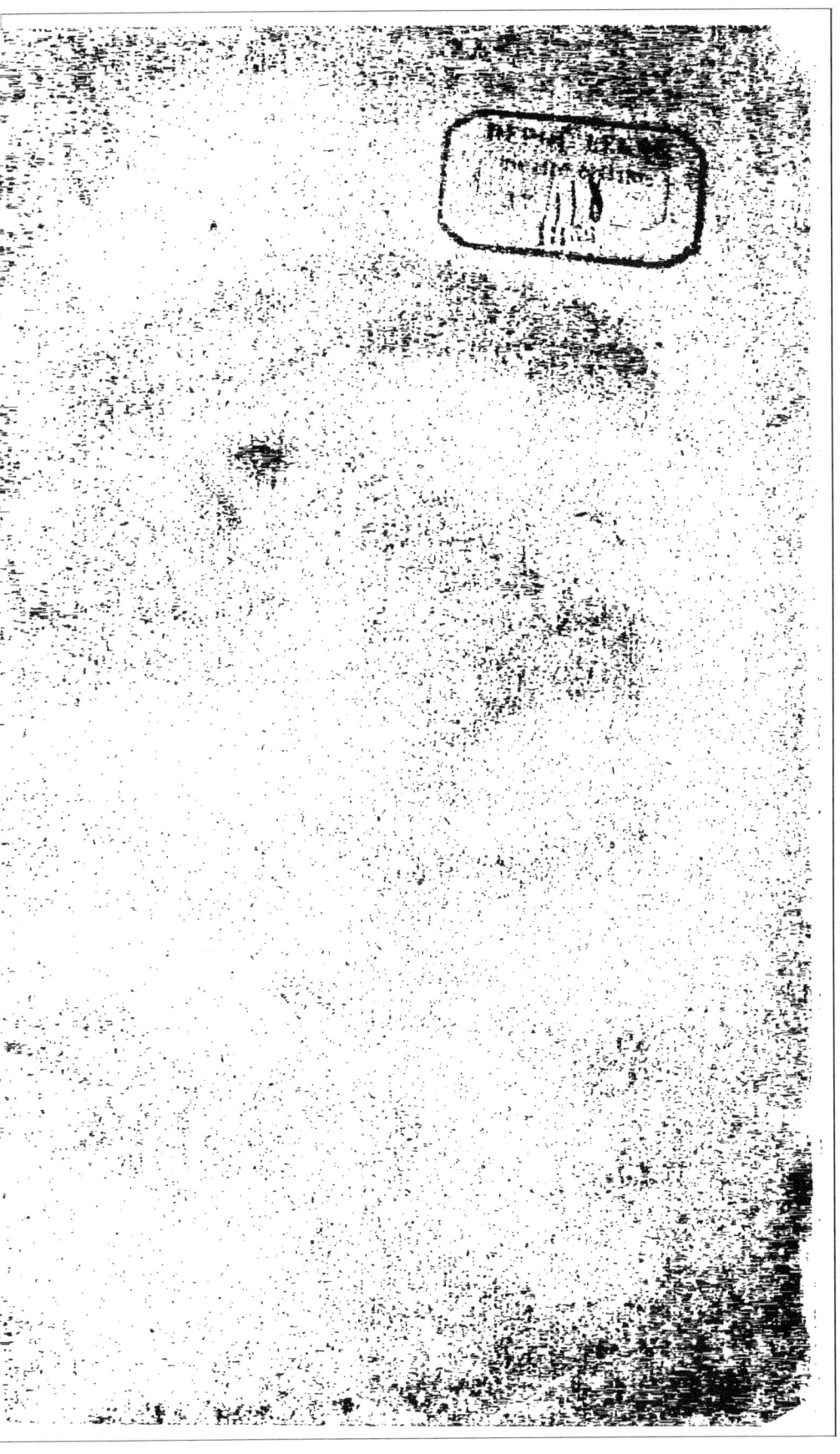

LE

MARQUIS ROGER

CALMANN LÉVY, ÉDITEUR

OUVRAGES

DE

CAMILLE BODIN

Publiés dans la collection Michel Lévy

Imprimerie Heutte et Cᵉ, à Saint-Germain.

LE
MARQUIS ROGER

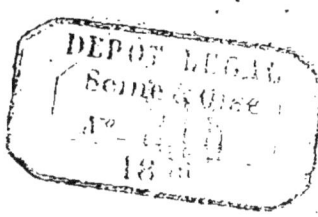

PAR

CAMILLE BODIN

C · L

PARIS

CALMANN LÉVY, ÉDITEUR
ANCIENNE MAISON MICHEL LÉVY FRÈRES
RUE AUBER, 3, ET BOULEVARD DES ITALIENS, 15
A LA LIBRAIRIE NOUVELLE
—
1876

LE

MARQUIS ROGER

ALICE DE LOSTANGE

A LA VICOMTESSE DE LAUMONT.

Florence, le 10 février 1840.

Tu es vraiment bien aimable, ma chère Delphine, dé
réclamer avec tant d'instance les détails que je t'ai promis
dans un jour de découragement et de tristesse. Cette
nouvelle preuve de ton amitié et de ton intérêt me touche
d'autant plus, que je sais, et je m'en réjouis, que ta vie
est remplie de bonheur et de distractions charmantes.

Puisse Dieu se montrer toujours aussi juste et aussi
bon pour toi ; car tu le mérites, ce bonheur qu'il t'accorde, puisqu'il ne te rend point indifférente pour les
peines des autres. Je sais, quoique tu ne me l'aies jamais
avoué, tout le bien que tu fais ; je sais que ta main
s'ouvre pour soulager le pauvre comme pour serrer celle
d'une amie malheureuse. Grâces te soient rendues, Delphine ! Tu entretiens en moi la consolante pensée que
l'égoïsme n'est point la plaie universelle de notre siècle.

1

Nous nous sommes trouvées si peu de temps seules pendant mon dernier voyage à Paris; nous avons été tellement distraites et entourées, que je n'ai pu te raconter tout ce que tu me pries aujourd'hui de t'écrire. Et puis il me semblait que je me devais la consolation de jouir de ta présence sans troubler ce bonheur en te parlant, pendant ces courts instants, de ma réelle et triste situation. D'ailleurs, en te voyant, dans ta ravissante villa, entourée de tant de bien-être, riche, gaie, bien portante, il y aurait eu vraiment de la cruauté à t'attrister par la peinture de mon sort. Mais, puisque tu m'as vue si souvent abattue, puisque tu as surpris les larmes que je cherchais à te cacher, puisque, enfin, tu veux savoir la vérité, je te la dirai...

Elle est cruelle, Delphine, cette vérité; et tant que je le pourrai, personne que toi ne la saura tout entière. Non, je ne veux pas de la pitié des indifférents : la pitié, vois-tu, blesse, quoi qu'on en dise, et j'ai le malheur, je le sais, d'avoir un caractère trop fier. Je me le suis dit bien des fois : je cherche à me corriger; mais, je dois te l'avouer, les souffrances qu'on m'impose, les humiliations dont on m'abreuve, m'inspirent plus de colère et de mépris que d'humilité.

Nous sommes à Florence depuis un mois, et cependant, sans ta lettre, je ne me serais peut-être pas encore décidée à t'écrire, quoique tu sois ma pensée la plus consolante, mon souvenir, le seul, hélas! le plus doux et le plus cher!

La comtesse de Vatry a trouvé libre un beau palais qui lui convient sous tous les rapports; elle n'avait qu'elle à consulter, puisqu'elle a su se rendre souveraine maîtresse. Elle s'est séparée de mon oncle. Tu apprendras bientôt, quand j'avancerai dans mon récit, comment elle a reconquis une liberté qui est si né-

cessaire à son caractère impérieux et dur; tu sauras
enfin comment mon oncle a été obligé de se séparer de
sa femme; comment j'ai été forcée, moi, de ne pas le
suivre, et comment je suis restée avec une femme qui
me déteste, et que je ne puis aimer.

Cependant, sois-en certaine, Delphine, je me montrerai juste, je ne me laisserai point dominer par le ressentiment que je dois éprouver.

Parlons d'abord, un instant, de la manière dont madame de Vatry s'est posée ici; parlons de cette ville
de Florence tant vantée, et où beaucoup de Français
accourent avec empressement. Pour s'y plaire d'abord, il
faut ou être artiste, ou très-jeune, très-insouciant, et,
avant tout, aimer le plaisir avec fureur. Ceci je l'ai entendu dire, car tu vas savoir comment j'ai passé ma vie
depuis mon arrivée.

Après un voyage fort amusant pour ma tante, puisque
nous avons fait beaucoup de stations, toutes marquées
par des réceptions, des fêtes dont elle était constamment
la reine, nous sommes arrivées le 1er janvier à Florence.
Je m'attendais à trouver un ciel d'azur, un parfum de
printemps; mais je puis t'assurer qu'il fait froid en Italie, qu'il y pleut souvent, et Florence surtout a besoin
de soleil.

Nous étions descendues d'abord dans un hôtel qui fut
jadis le palais d'une puissante famille florentine. Pendant
que madame de Vatry envoyait ses lettres de recommandation, faisait des visites et cherchait l'habitation où nous
sommes aujourd'hui, j'étais renfermée à l'hôtel dans
une chambre donnant sur une petite rue étroite et
sombre, où je me trouvais bien tristement; heureusement nous fûmes bientôt installées dans le palais d'où je
t'écris.

Madame de Vatry annonça bientôt qu'elle comptait

recevoir, donner des fêtes, des concerts. Ses redoublements de gaieté et de coquetteries prétentieuses sont toujours accompagnés de manières plus dures, plus sévères à mon égard. Comme d'habitude, elle me déclara que je ne devais pas m'attendre à paraître dans le monde ; qu'il n'était point d'usage dans cette ville que les jeunes personnes y allassent, et que je devais seulement m'occuper de cultiver mes talents ; talents, a-t-elle ajouté fort délicatement, qui avaient coûté assez cher pour que je pensasse à m'en faire une ressource.

La confirmation de ma vie de retraite ne m'a fait aucune peine. Comment regretterais-je ce que je connais à peine ? Il fut un temps où mon aimable oncle se faisait une joie de me voir briller un jour dans le monde, un temps où je pensais qu'il suffisait d'être modeste et jeune pour y réussir. Mais madame de Vatry m'a tant répété qu'on ne faisait aucune attention aux jeunes personnes qui n'avaient point de fortune, que je me suis résignée à n'y jamais compter pour rien.

Je ne fis aucune objection à madame de Vatry quand elle me déclara que je ne paraîtrais point chez elle lorsqu'il y aurait du monde. Mon sang-froid, qu'elle appelle de l'impertinence, l'irrite toujours ; mais j'avoue que je me fais un malin plaisir d'opposer le plus grand calme à ses colères de mauvais ton. J'arrangeais des fleurs dans les vases de son boudoir ; elle me demanda si j'aurais bientôt fini ce tripotage : je laissai à l'instant les fleurs, et je sortis.

Je ne revis ma tante qu'à l'heure du dîner ; elle me dit sèchement qu'elle allait faire une visite à la duchesse de S... ; que cette dame avait deux filles, et que je pourrais faire connaissance avec elles.

Tu sauras que madame de Vatry ne sait pas un mot d'italien, et je devinai qu'elle me prenait pour lui servir de truchement. J'étais sûre que cette visite l'ennuyait, et j'étais toute disposée à refuser; mais je vis que j'amènerais un orage, et je baissai la tête en signe d'assentiment.

— Ne faites pas une grande toilette; on vous trouverait parfaitement ridicule, ajouta madame de Vatry : les jeunes personnes ne se mettent pas ici comme en France.

Elle avait bien raison : les jennes personnes d'ici ne ressemblent à aucune de celles de notre chère France. J'aurais d'ailleurs été bien empêchée de désobéir à ma tante, puisque je n'ai pas une seule robe parée. Mais, avec l'aide de ma bonne Mélanie et un peu de goût, je me trouve toujours mise d'une manière convenable.

A dix heures, madame de Vatry me fit prévenir.

Cette soirée sans cérémonie me parut commencer bien tard. Ma tante était déjà enveloppée de sa *sortie*, sa tête était couverte de fleurs, et quand nous fûmes entrées dans le salon de la duchesse, je m'aperçus qu'elle était très-parée. Toutes les femmes l'étaient aussi, et je me serais trouvée un peu embarrassée de la simplicité de ma toilette, si je n'y étais accoutumée depuis longtemps.

Ma tante me présenta en articulant assez mal le titre que j'avais près d'elle; aussi une dame qui se trouvait assise à côté de nous lui dit, au bout d'un moment, en mauvais français :

— Mademoiselle votre fille est bien belle, Madame.

Les Italiens vous jettent les éloges à la face avec beaucoup de bonhomie.

— Faites donc attention, votre chaise est sur ma robe, me dit ma tante rudement; et se retournant, elle répondit d'une voix altérée : Cette jeune personne est la nièce de M. de Vatry et non ma fille, et si Madame avait fait plus d'attention...

Mais cette femme n'entendit pas. C'est encore une habitude des Italiennes de ne pas attendre la réponse à

leur question. Ma tante dut se contenter de faire jouer
son éventail avec un redoublement de vivacité.

Au bout d'un moment, les jeunes personnes passèrent
dans un autre salon pour danser entre elles, et la duchesse m'engagea à les suivre avec beaucoup de politesse
et de cérémonie.

Je me trouvai au milieu de plusieurs jeunes personnes
toutes fort élégantes. Elles regardaient en pitié ma
pauvre petite robe de mousseline de laine bleu de ciel;
mais que m'importe? je ne me ferai jamais un chagrin
de ma simplicité. Je ne prononçai pas dix paroles; nous
sortîmes à une heure du matin, et je suis persuadée que
ma tante s'était autant ennuyée que moi.

Voilà la seule fois que je sois sortie avec elle. Je sais
que tous les soirs, quand elle ne va pas au théâtre, il
vient beaucoup de monde au palais; je reste dans ma
chambre. Je ne m'ennuie pas : je fais de la musique, je
peins, je travaille à l'aiguille, je lis, et je me couche
vers dix heures, au bruit des voitures qui entrent dans
la cour...

Je viens d'apprendre que madame de Vatry donne un
grand bal dans six jours; il me paraît bien difficile que
je n'y paraisse pas : car enfin il me semble impossible
qu'on ignore qu'elle a une nièce habitant dans sa maison. Mais de quoi vais-je me préoccuper, bon Dieu! Rien
ne m'intéresse, tout le monde me dédaignerait, ou m'ac-
cueillerait avec indifférence; aucun regard de bienveillance ne viendrait me rassurer. Ah ! il vaut bien
mieux que je n'aille pas à ce bal ; je dois m'accoutumer à
ne connaître aucun des plaisirs de mon âge...

Mademoiselle Mélanie vient d'entrer dans ma chambre
avec un air de joie bien inusité: l'excellente fille est souvent plus triste que moi de mon isolement.

— J'ai de bonnes nouvelles à vous donner, Mademoiselle, s'est-elle écriée : vous paraîtrez au bal, et je suis chargée de composer votre toilette, pour laquelle vous pensez que je ne négligerai rien. Ensuite, vous désirez depuis longtemps faire parvenir sûrement une lettre à madame la vicomtesse de Laumont, et j'ai justement une excellente occasion : Baptiste, le valet de chambre de M. le marquis de Sommerville, part dans quelques jours pour la France. A ce propos, Mademoiselle, il faut convenir qu'il y a des maîtres qui sont excellents et qui méritent bien notre reconnaissance : M. le marquis a la bonté de se priver de son valet de chambre pour le laisser aller en France voir sa mère qui est malade. Vous devez connaître M. le marquis, Mademoiselle, il vient souvent chez madame ?

— Vous oubliez, ma bonne Mélanie, que je ne reste jamais au salon quand il vient du monde.

— Pardon, cela est trop vrai ; sans cela vous auriez remarqué M. le marquis ; il est aussi beau qu'il est bon ; M. Baptiste ne tarit pas sur son éloge ; voyez-vous, Mademoiselle, quand les domestiques disent du bien de leurs maîtres, on peut les croire.

— Le marquis vient souvent ici, mademoiselle Mélanie ?

— Tous les jours, Mademoiselle, tous les jours, et même il sort souvent avec Madame. Mais, parlons du bal, il paraît qu'il sera superbe. Ce qui me fait le plus de plaisir, c'est qu'une fois qu'on aura vu Mademoiselle, il sera impossible qu'on ne la remarque pas ; elle jouira alors de tous les plaisirs de son âge. Voyons, arrangeons la toilette de Mademoiselle.

Nous passâmes une heure à nous occuper de cette importante affaire. Je trouvais presque tout ce que me proposait mademoiselle Mélanie trop beau ; j'avais peur de déplaire à ma tante en me montrant si brillante. Pour en finir, il fut convenu que mademoiselle Mélanie se chargerait elle-même de tout préparer.

En attendant, je m'occupe de réunir les petits cahiers sur lesquels j'ai tracé tout ce qui m'est arrivé jusqu'à ce moment. Tu sauras ainsi le passé et le présent...

Je viens de dîner avec ma tante; c'est un honneur dont je jouis quand elle est seule: s'il y a quelqu'un, on me sert dans ma chambre.

— Vous savez, m'a-t-elle dit fort sèchement, que je donne un bal samedi prochain, et que j'ai chargé mademoiselle Mélanie de ce qui concerne votre toilette. Je crois devoir vous donner quelques avis à ce sujet.

— Quels qu'ils soient, Madame, je les suivrai.

— Vous n'avez aucune espèce de fortune, reprit-elle avec beaucoup de dureté, et si votre oncle avait eu plus de prudence, il ne vous aurait pas fait donner une éducation fort inutile dans votre position. Par convenance et pour ne pas vous abandonner, je vous ai gardée jusqu'à présent avec moi; vous y avez contracté des habitudes de luxe et de bien-être auxquelles il vous sera pénible de renoncer; mais enfin il le faudra.

— Je m'y soumettrai Madame, et...

— Laissez-moi m'expliquer, reprit-elle. Je compte passer six mois à Florence; profitez de ce temps pour tâcher de vous attacher à quelque famille russe ou anglaise qui vous emmène avec elle.

Je sentis mes yeux se remplir de larmes à cette preuve de la complète indifférence de la comtesse; mais je sus dissimuler mon émotion.

La comtesse reprit :

— J'ai dit au peu de personnes à qui j'ai parlé de vous que je ne vous présentais pas dans le monde parce que vous étiez sans aucune fortune, mais que je vous avais fait donner une éducation très-brillante; il est donc tout à fait convenable que votre toilette soit fort simple. Tâchez d'intéresser quelque dame à votre sort ; soyez polie, obligeante, et surtout, ajouta-t-elle, tâchez de vous défaire de cette propension à la moquerie qui est, du reste, fort habituelle à votre famille.

— Je ne pense pas...

— Il m'importe peu ce que vous pensez ; je me suis aperçue de ce défaut, cela suffit.

Il est impossible de raisonner avec madame de Vatry, et je n'essayai pas de la faire changer d'opinion. Mais, songeant qu'elle m'accordait rarement l'honneur de causer avec elle, je résolus de profiter de l'occasion, et je me hasardai à lui faire observer que, ne voyant personne, il m'était difficile de me recommander moi-même, et que j'attendais de sa bonté de s'occuper de me chercher une situation convenable.

Madame de Vatry rougit de colère, sans doute de l'empire que je paraissais conserver sur moi, et s'écria :

— Vous vous trompez étrangement, Mademoiselle, si vous pensez que je doive passer ma vie à m'occuper de la vôtre. Votre oncle a désiré, je dirai plus, il a mis pour condition au repos qu'il veut bien m'accorder que je vous garderais avec moi jusqu'à ce que votre éducation fût terminée. Elle l'est entièrement. L'éclat de votre voix retentit dans tout ce palais ; avant de quitter Paris, votre maître m'a dit que vous étiez très-forte sur l'aquarelle. J'ai cru qu'en vous amenant dans une ville où il se trouve beaucoup d'étrangères, vous pourriez trouver une place, une situation qui vous convînt enfin.

— Pour que j'atteigne ce but, permettez-moi, Madame, de ne pas rester dans une retraite aussi complète.

— Soit, dit-elle, vous paraîtrez dans le monde, vous y danserez, vous y chanterez, vous y déploierez tous vos talents ; au lieu même de vous montrer modeste, comme je vous y engageais tout à l'heure, vous ferez des frais pour vous faire valoir.

Je rougis, je pâlis presque à la fois, et des larmes 'que je ne pus retenir coulèrent abondamment de mes yeux. Je dois avouer que je me sentais autant de colère que de douleur.

— Oh! je vous en prie, s'écria madame de Vatry avec fatigue, ne faites pas une tragédie d'une mauvaise comédie. C'est convenu, vous paraîtrez dans le monde, vous y produirez de l'effet ; n'est-ce pas ce que vous désirez?

— Ce que je désire, Madame, c'est de ne plus vous être à charge. Sans être brillante, comme vous le dites avec moquerie, mon éducation peut m'être utile. Mettez-moi à même de l'utiliser, non en me permettant de rester dans votre salon, mais en parlant de moi avec quelque indulgence. Je ne demande pas mieux que de me soumettre à quelques conditions que ce soit pour gagner une vie que le sort a faite si triste.

Madame de Vatry leva les épaules en signe de pitié.

— Et que ferez-vous, reprit-elle, de votre esprit ironique? Savez-vous qu'une demoiselle de compagnie doit se montrer soumise, respectueuse? C'est une esclave qui ne doit avoir ni goûts, ni volonté ; elle doit renoncer à se coucher, à se lever à l'heure qui lui convient. Il faut qu'elle fasse l'aimable avec le cœur malade ; qu'elle n'ait de volonté que celle de sa maîtresse, et...

— Eh! Madame, interrompis-je, je suis la nièce du comte de Vatry, dont vous portez le nom.

— Il faut surtout, Mademoiselle, continua la comtesse sans m'écouter et avec un sang-froid qui contrastait avec ma cruelle agitation, il faut surtout qu'elle n'ait aucune prétention à la beauté ; qu'elle ne passe pas tous les jours deux heures à sa toilette.

L'absurdité de cette dernière méchanceté me rendit tout

mon calme. Je m'assis en croisant mes bras avec tranquillité.

Tu ne saurais croire, Delphine, tout ce que j'ai eu à entendre d'impertinentes sottises inspirées par la plus basse jalousie : car je suis forcée de reconnaître que ma tante ne peut me pardonner d'avoir dix-huit ans alors qu'elle en a trente-six.

Elle se tut enfin, lasse de mon calme, lasse de ne plus voir couler mes larmes, et ajouta :

— Sonnez pour qu'on vienne m'habiller.

Je la saluai et me retirai.

En rentrant dans ma chambre, je dis à mademoiselle Mélanie que je ne voulais pas qu'elle fît le moindre préparatif pour le bal, attendu que je ne désirais pas y aller.

— Et pourquoi cela donc, mon Dieu ! Mademoiselle ? c'est la seule occasion que vous pouvez avoir de vous montrer ; vous êtes si bien faite pour...

La sonnette de madame de Vatry se fit entendre ; elle se hâta d'y courir, et revint au bout de peu d'instants en levant les mains et les yeux au ciel.

— Que s'est-il donc passé ? s'écria-t-elle ; j'ai trouvé Madame dans un état d'exaspération extraordinaire, quelque sujette qu'elle soit à se mettre en colère. « Mélanie, m'a-t-elle dit, préparez pour mademoiselle Alice une toilette somptueuse ; il faut qu'elle soit superbe, brillante, resplendissante. Je ne veux pas surtout qu'elle s'imagine que je la cache, que je suis jalouse de sa beauté, qui, à tout prendre, est fort ordinaire. » En parlant ainsi, madame la comtesse était rouge comme un coquelicot, et marchait à grands pas dans son appartement, d'où elle n'a pas tardé de m'ordonner de sortir. Et maintenant, ajouta mademoiselle Mélanie, je ne sais à qui obéir. Cependant, Mademoiselle, si je puis me permettre de vous donner un conseil, ce serait de paraître à cette fête.

— Oui, mademoiselle Mélanie, je ferai ce que ma tante voudra.

En effet, quel autre parti ai-je à prendre? ne suis-je pas sous sa dépendance? et quel moyen ai-je d'en sortir? Je pense souvent à écrire à mon oncle, mais je ne sais où lui adresser ma lettre. Pendant quelque temps, j'ai reçu de ses nouvelles; il m'annonçait qu'il voulait reprendre du service : mais l'a-t-il fait, et où est-il?

Ah! ma chère Delphine, que je suis tourmentée...

Mademoiselle Mélanie vient de m'avertir qu'il faut tenir prête ma lettre pour toi, parce que le valet de chambre de M. de Sommerville peut partir d'un jour à l'autre.

Qu'il est malheureux que M. de Sommerville soit encore si jeune! Sa réputation de bonté et de générosité m'inspire tant de confiance, que je m'adresserais à lui, que je lui demanderais conseil, et que je le prierais même de me chercher une occupation, une place...

Oui, une place, Delphine; ne va pas te révolter; il ne faut pas que je me dissimule ma véritable position : il me faut une place pour gagner ma vie; il faut que je reçoive des gages d'une personne qui aura le droit de disposer de ma volonté.

Les larmes me viennent aux yeux en pensant à tout cela. Hélas! je ne désire ni grande fortune ni rien de ce qu'elle procure, mais seulement de pouvoir me retirer dans une petite maison près de ta jolie villa. Je n'irais pas chez toi, je n'irais pas dans ton grand monde, mais tu viendrais me voir souvent, bien souvent. Je ne serais soumise aux volontés de personne; et pour cela, mon Dieu, que me faudrait-il? La valeur d'un des seuls diamants dont madame de Vatry charge son front.

Adieu, Delphine, adieu pour aujourd'hui ; je reprendrai cette lettre avant de la fermer.

LE MARQUIS ROGER DE SOMMERVILLE

A M. ARMAND DE MARIGNI.

Florence, 14 février 1840.

Ne me fais pas de reproches, j'avoue mes torts, Armand. Je suis ici depuis trois mois ; tu es mon seul ami, l'homme que j'estime le plus, et je ne t'ai point encore écrit. Tu sais bien, du reste, que ce n'est point mon cœur qu'il faut accuser, mais mes habitudes nonchalantes et rêveuses. Puis tu m'as tellement reproché de me laisser dominer par tout ce qui m'entoure, que tu ne seras pas étonné d'apprendre que je fais rarement ce que je veux.

Je sors pour une heure, je rencontre quelqu'un qui m'entraîne ; je ne me plais point avec ce quelqu'un, mais j'y suis et j'y reste. Ou bien, si je rentre, je me place au coin du feu, mon écritoire auprès de moi ; puis je pense, je ne pense à rien d'important peut-être ; je me mets à rêver à quelque chose de tout à fait impossible, par exemple, à l'amour sans fin, au bonheur sans nuages ; puis, tout à coup, je suis pris d'un profond ennui de tout, je cherche ce qui pourrait me plaire, m'amuser, et je ne trouve rien.

Cependant je crois qu'aujourd'hui je vais t'écrire une longue lettre. Il tombe une de ces pluies torrentielles qui donnent un avant-goût du déluge. C'est quelque chose de hideux que la pluie à Florence.

Je me trouve pour la seconde fois en Italie. Veux-tu savoir comment cela s'est fait? tu n'étais pas à Paris pour me retenir; le petit Derny voulait aller à Florence, où il a le bonheur de s'imaginer qu'il est amoureux. Il a donné l'ordre à Baptiste de faire charger mes malles et préparer ma voiture de voyage : je le laissai dire, croyant que je ne partirais pas. Puis je me suis senti en route sans en être trop fâché, car il m'importe peu d'être à Florence ou à Paris ; le monde est partout le même. Je m'amuserais même assez ici, si je pouvais m'amuser quelque part. On ne pense qu'aux plaisirs dans cette ville de fleurs ; presque tout le monde ne sait rien, ne veut rien savoir, ne fait rien et ne veut rien faire. Les habitants sont tellement insoucieux, qu'il y en a beaucoup, j'en suis sûr, qui ne connaissent pas la moitié des curiosités que renferme leur ville. Toute la vie d'un Florentin, et surtout d'une Florentine, se borne à se promener, à faire ou à recevoir des visites, à se rendre au théâtre ou au bal. Ils accordent tout au luxe extérieur; pourvu qu'ils éblouissent, ils sont heureux. Naturellement peu sensibles, il leur faut de continuelles intrigues; c'est une occupation de tous les jours. Mais ils ne donneraient pas une larme à la perte ni au malheur d'un ami. Quant à leur jalousie et à leurs coups de stylet, on ne trouve cela que dans les opéras, où il y a toujours provision de femmes adultères et de maris cruels.

L'hiver est fort sévère, et je m'ennuierais assez sans une espèce de coterie que nous avons formée ici, Derny et moi. Il m'a présenté chez une comtesse française dont tout le monde prétend que je suis amoureux. En vérité, il n'en est rien; c'est une maladie dont je me crois à jamais guéri. Mais je m'amuse passablement dans la société de madame de Vatry. Cette femme est encore assez belle. — Ce mot *encore*, je le sais, gâte bien des choses.

Cependant il est vrai qu'avec ses trente-six ans, la comtesse pourrait fort bien s'en donner vingt-huit. Elle est peut-être un peu chargée d'embonpoint et de couleurs, elle rit peut-être un peu trop haut et sans retenue ; mais elle a de fort belles dents, et sa gaieté m'amuse. Elle a de ces plaisanteries un peu hasardées qu'on ne lui pardonnerait point si elle ne possédait pas cent mille livres de rente ; et des prétentions au talent, que je crois justifiées. Du reste, tu sais que je ne suis pas fat, mais je t'avoue que la comtesse m'aime plus que je ne le voudrais. Elle ne peut se passer de moi ; cela me gêne parfois, moi qui aime l'indépendance par-dessus tout, et cependant je me laisse aimer...

On jouit chez madame de Vatry d'une grande liberté, et l'on y joue beaucoup. J'arrive chez elle souvent abattu, découragé, fort maussade enfin ; au bout d'un moment, je me trouve ranimé. Derny prétend qu'elle a des plaisanteries à la Déjazet, qui ont beaucoup de prix pour des Français ; et il est vrai qu'il n'y a qu'eux qui sachent rire et faire rire.

Je me trouve continuellement avec la comtesse, parce qu'on nous invite toujours ensemble. Elle est séparée de son mari, et m'a dit une fois, avec un grand soupir, qu'elle me priait de ne jamais toucher cette corde-là. Si le mari de la comtesse était jaloux, il a dû avoir furieusement à souffrir. Elle a une coquetterie fort évidente ; et, comme elle cherche à la réprimer quand je suis là, il faut bien croire qu'elle m'aime réellement. Je me laisse donc aller, et ma vie se passe ainsi sans peine ni plaisir...

Ma lettre a été interrompue par un petit billet de la comtesse ; la pluie avait cessé, et elle me prévenait qu'elle avait envie d'aller visiter San-Miniato. Quoique le tête-à-tête m'ennuyât assez, car la comtesse veut alors faire du sentiment, ce qui lui va fort mal, je ne pouvais me dispenser d'accepter, et je répondis que j'irais la prendre.

Comme je n'avais pas besoin de ma voiture, je me rendis à pied chez elle. Présumant qu'elle ne serait pas prête de longtemps, sa toilette est toujours fort longue, je m'arrêtai machinalement devant un marchand de tableaux à considérer deux charmantes aquarelles représentant, l'une une jeune fille en prière dans une église, l'autre la même jeune fille en habits de religieuse. Tu sais que je me connais un peu en peinture, et je trouvais le coloris d'une fraîcheur et d'un fini parfaits. Je demandai si ces deux tableaux étaient à vendre ; on me répondit qu'ils appartenaient à madame la comtesse de Vatry ; qu'on n'avait fait seulement que les encadrer, et qu'on allait les envoyer au palais de cette dame. J'ai été agréablement surpris en arrivant chez la comtesse de trouver les deux tableaux, qu'on suspendait déjà dans son boudoir.

La comtesse rougit en m'entendant lui demander si c'était son ouvrage ; elle en convint cependant, et reçut mes éloges avec une simplicité et un embarras qui me firent plaisir. Je ne pensais pas, je l'avoue, qu'elle eût assez de modestie pour cacher un si charmant talent.

Nous sommes partis, et avons laissé sa voiture au pied de l'avenue de cyprès qui conduit à San-Miniato. C'est une église, tu le sais, d'une architecture admirable, et d'où l'on découvre tout Florence.

La comtesse n'est pas très-leste, et nous gravissions péniblement la montée, lorsque nous rencontrâmes une femme voilée qui fit un salut très-profond en passant devant la comtesse. A sa taille svelte, je ne pouvais douter que ce ne fût une jeune personne. Elle me parut mise fort simplement, elle était accompagnée d'une gouvernante fort convenable de tournure.

Le bras de la comtesse trembla sous le mien ; et elle me regarda presque avec colère quand je lui dis assez naïvement :

— A ce pied si petit, si bien chaussé, on ne peut méconnaître une Française.

— Vous êtes galant pour vos compatriotes, me dit la comtesse avec dépit.

Dans ce moment, je pus remarquer ma maladresse : madame de Vatry a les pieds et les mains énormes.

Nous entrâmes dans l'église, où il se trouve des choses fort remarquables. La comtesse examina tout fort légèrement, et sortit presque aussitôt.

Je la suivais, quand j'aperçus à terre une feuille de papier. C'était l'esquisse très-fidèle d'un tableau placé sur le maître-autel. Je ne sais pourquoi je serrai cette feuille de papier sans en parler à la comtesse.

J'arrivai tout naturellement à lui parler du peu de temps qu'elle pouvait accorder à son charmant talent ; elle me répondit qu'elle se levait de bonne heure, et changea la conversation. Elle, ordinairement si gaie, si facile à distraire, me parut préoccupée et rêveuse...

C'est Baptiste qui te portera cette lettre. En parlant de son départ, il m'a dit, croyant que je le savais, une chose assez extraordinaire, parce que la comtesse ne m'en a jamais parlé. C'est qu'elle a chez elle une nièce d'une extraordinaire beauté, et qui ne va jamais dans le monde. A ce propos, Baptiste ajouta :

— Je vais voir mademoiselle Mélanie, la femme de chambre, le matin, attendu que madame la comtesse se lève toujours fort tard.

Cependant elle m'a assuré que c'était le matin qu'elle travaillait... Au surplus, ce n'est pas la première fois que je me suis aperçu que la comtesse altère souvent la vérité. Je dois lui savoir gré, en tout cas, de la peine

qu'elle se donne de dissimuler ses défauts devant moi ;
mais je sais qu'elle est violente, envieuse et colère. Pourquoi cache-t-elle sa nièce ? Il m'est venu un soupçon qui
n'a peut-être pas le sens commun. Après tout, de quoi
vais-je m'inquiéter ? Je ne regarde ma liaison avec la
comtesse que comme une distraction qui m'ennuie le
matin, parce que je suis forcé d'être son chevalier, et
qui me distrait le soir, à cause du monde que je trouve
chez elle.

Je puis d'un instant à l'autre quitter Florence; rien
ne m'y retient, et tu me verras peut-être arriver quelques jours après cette lettre. Je ne sais ce que je désire;
le monde m'ennuie, la solitude me pèse. Florence est
une ville plutôt agitée que gaie; on y danse sans entrain;
les heures sont marquées pour tout. La toilette des
femmes les occupe tellement, qu'elles en font l'unique
sujet de toutes leurs conversations. Les Italiennes sont
frivoles et indifférentes, excepté pour ce qui touche leur
vanité. Elles ont une dépravation sans grâce et sans ex-
cuse; leur coquetterie n'a rien qui parle à l'imagination.
Ici point de ces difficultés, de ces mystères qui donnent
un stimulant à l'amour; point de crainte, de dangers,
rien de ce qu'un homme délicat peut désirer. Tout s'arrange sans difficulté, même avec la famille : une mère,
un frère, un mari se montrent les meilleurs amis de l'a-
mant de leur femme, de leur fille ou de leur sœur. C'est
à une mère qu'une femme mariée vient demander compte
des infidélités de son fils. L'Italien n'a de scrupules pour
rien; le mérite sans argent et sans titre est à ses yeux
comme s'il n'était pas. Quoi qu'ils en disent, ils n'aiment
point les Français, dont ils redoutent la supériorité et
surtout la moquerie.

Du reste, la société de Florence et très-accueillante,
presque trop facile, et certes, on y rencontre des gens

qui ne seraient reçus nulle part ailleurs. Ce que l'on
trouve ici surtout, c'est une quantité d'Anglais qui vien
nent en Italie par économie et peuvent y mener un train
qu'ils ne pourraient supporter chez eux : si dans les bals
vous remarquez de belles jeunes filles décolletées outre
mesure, échevelées et couchées sur les bras d'un homme
qu'elles ne connaissent pas, vous pourrez dire en toute
sûreté que ce sont des Anglaises.

On joue beaucoup à Florence. Je ne puis mieux comparer cette ville qu'à une continuelle saison d'eau ; enfin,
je ne me déplais pas trop ici, et j'y reste. Tu reconnaîtras
bien là, Armand, mon caractère incertain.

Allons, encore une interruption.

La comtesse me fait prévenir qu'elle a ce soir sa loge à
la Pergola ; elle se félicite beaucoup de ce que cette loge
soit à côté de celle du roi Jérôme Bonaparte.

Imagine-toi, Armand, que nous vivons ici de pair à
compagnon avec tous ces rois détrônés. Les Bonaparte
sont en majorité ; mais il n'y produisent aucune sensation.

Du reste, les succès qu'on obtient à Florence sont de
peu de durée ; la comtesse de Vatry est dans ce moment
fort à la mode, et je partage ses succès. Nous faisons as-
saut de luxe, de chevaux, de voitures ; cela m'amuse
passablement. Je perds beaucoup d'argent au jeu ; mais
qu'est-ce que cela me fait? je n'ai que pour moi à penser.
Je n'ai point envie de me marier, quoiqu'il me semble que
je serais heureux si je pouvais rencontrer une femme
selon mon goût et mes idées. Mais je dois avouer que je
n'ai plus d'illusions ; à trente-quatre ans, il me semble
que j'en ai soixante pour la lassitude du cœur. Je connais
trop le monde pour l'aimer; je pourrais faire du bien,
j'en ferais même : à quoi cela me servirait-il ? à me prouver que l'ingratitude est un vice si commun, qu'il ne

faut plus s'en étonner. Je suis las d'être généreux, comme je suis las de tout.

Je ne fermerai cette lettre qu'après un grand bal que va donner la comtesse de Vatry. Il me fournira peut-être quelque événement intéressant à te raconter : car je crains bien, mon cher Armand, que tu ne trouves ma lettre fort insignifiante....

Eh bien, mon ami, j'arrive du bal; il est six heures du matin, et je n'éprouve pas le moindre besoin de me reposer. Je me sens, au contraire, agité, nerveux, impatient; et pourtant je préfère cent fois cette agitation à l'apathie dans laquelle je suis souvent plongé.

Il faisait une chaleur étouffante quand j'entrai chez madame de Vatry; ses salons étaient remplis : et, bien que j'eusse promis à la comtesse d'arriver de bonne heure, j'étais resté à rêvasser au coin du feu. Elle vint au-devant de moi, et me fit de vifs reproches de m'être fait attendre. Elle paraissait radieuse et fort contente de sa parure, qui me sembla pourtant de fort mauvais goût. C'était un *pasticio* de fleurs, de diamants, de plumes; cet amas de colifichets ajoutait encore à sa rotondité, et lui ôtait le peu de grâce dont elle est naturellement si peu pourvue. Je t'avoue que j'étais assez vexé d'être reconnu comme le cavalier servant de cette robuste beauté. La comtesse me quitta enfin pour s'occuper de ducs, de princes qu'elle était fière de recevoir : un de ses ridicules est d'attacher beaucoup d'importance à s'entourer de gens titrés.

Au bout de quelques moments, elle se disposa à figurer dans un quadrille, et me donna son énorme bouquet à garder. J'étais aussi ennuyé qu'embarrassé de cette marque de confiance, et me trouvais parfaitement ridicule avec cette botte de fleurs à la main; enfin je la posai sur un piédestal supportant un groupe de marbre.

J'aperçus alors, cachée à demi par ce groupe, une jeune personne qui paraissait fort embarrassée d'elle-même.

Je ne te ferai point son portrait, Armand ; tu jurerais que j'en suis amoureux. On voyait qu'elle faisait tous ses efforts pour qu'on ne la remarquât pas ; elle regardait les quadrilles avec beaucoup d'attention, mais il était facile de juger que c'était plutôt pour se donner une contenance que par plaisir : car l'expression d'une profonde mélancolie était répandue sur cette figure si jeune et si candide. Sa toilette, — la toilette d'une femme la peint d'abord, — sa toilette donc était de la plus élégante simplicité ; de frais camélias blancs et naturels faisaient ressortir l'éclat de ses noirs cheveux ; des fleurs semblables relevaient sa robe de gaze. Tout son ensemble était tellement distingué, que j'aurais juré que cette jeune personne devait avoir un rang élevé dans le monde. Mais comment la laissait-on seule ainsi, sans appui ? Faite pour attirer tous les regards, comment personne ne s'en occupait-il ?

Je restais immobile de l'autre côté du piédestal ; j'évitais de fixer mes yeux sur les siens ; je m'apercevais qu'elle perdait contenance sous mes regards. Je m'adressai à plusieurs habitués de la maison pour savoir qui elle était ; tous l'ignoraient et tous répétaient : Elle est bien belle ! Enfin j'aperçus à la porte de la galerie un homme de confiance de la maison de la comtesse, et je lui demandai le nom de cette jeune personne.

— C'est la nièce de madame la comtesse, me répondit-il, mademoiselle Alice de Lostange.

Je me sentis encore plus révolté de l'abandon de cette jeune personne. Je m'approchai sans hésiter de madame de Vatry, qui venait de terminer son quadrille et sautillait encore pour se donner des airs de jeunesse.

— Présentez-moi à mademoiselle Alice de Lostange, lui demandai-je ?

Tu ne saurais croire, Armand, l'expression de fureur qui se répandit sur ses traits ; sa figure riante et animée par la coquetterie devint pâle et sombre ; mais elle n'osa me refuser, et, me conduisant vers sa nièce, elle lui jeta mon nom avec colère et dédain.

Je demandai à mademoiselle de Lostange de figurer avec moi dans le premier quadrille, et je restai près d'elle jusqu'à ce que le signal en fût donné. J'étais outré contre la comtesse : comment pouvait-elle laisser ainsi chez elle, sans appui, sans la présenter, une jeune personne si bien faite pour briller ? Non, tu ne peux te faire une idée, Armand, de la grâce charmante de mademoiselle de Lostange, de sa modestie, cette vertu si rare maintenant chez une jeune fille ; de cette réserve sans embarras et sans gaucherie qui n'exclut pas l'esprit ; de ce regard intelligent et doux ; de cette beauté parfaite qui paraît s'ignorer encore.

Je lui demandai pourquoi je ne l'avais pas encore rencontrée chez sa tante ; elle me répondit avec embarras, mais avec mesure.

Madame de Vatry figurait dans le quadrille à côté du nôtre, et nous lançait des regards courroucés dont mademoiselle de Lostange ne paraissait pas s'apercevoir. Cependant elle souffrait beaucoup ; j'en étais sûr. Je la reconduisis sur une banquette moins écartée que celle où elle était assise précédemment ; mais aucune dame ne lui parla : elle n'avait été présentée à personne.

Je restai près d'elle autant qu'il me fut possible ; mais la comtesse ne tarda pas à venir me redemander son bouquet d'un ton fort irrité. J'avais oublié, sur le piédestal où je l'avais posé, ce faisceau de fleurs, et je ne pus le retrouver.

— Je conçois votre distraction, me dit-elle avec dépit, mademoiselle de Lostange est bien faite...

— J'avoue, Madame, que je ne m'étonne pas de trouver dans votre famille une aussi belle personne ; seulement je suis surpris de ne pas l'avoir encore rencontrée
chez vous.

— Mademoiselle de Lostange est la nièce de M. de
Vatry, me répondit-elle ; au fait, elle ne m'est rien, et
je ne m'en suis chargée que jusqu'à ce qu'elle trouve
une position convenable.

Je crus comprendre qu'il s'agissait d'un mariage, et
je répondis :

— Il ne sera pas difficile de trouver un établissement
à une aussi belle personne.

La comtesse me regarda avec ironie.

— Vous vous trompez, monsieur le marquis, dit-elle :
mademoiselle de Lostange n'a pas de dot.

Ma figure témoigna le mécontentement que j'éprouvais de cette réponse. Quelle opinion avait-elle donc des
hommes, si elle croyait qu'il n'existât chez eux aucune
générosité ?

— Du reste, reprit rapidement la comtesse, elle peut
se marier d'un instant à l'autre ; il y a un cousin...

— Ah ! il y a un cousin ?

— Oui, et vous savez que le cousin d'une jeune fille
est presque toujours un amant donné par la nature ; il
existe une grande passion entre Édouard de Vatry et
Alice de Lostange.

M'expliqueras-tu, Armand, pourquoi je me sentis une
espèce d'humeur de ce que cette jeune personne, dont
les regards étaient si purs et si naïfs, connût déjà une
passion aussi tumultueuse que celle de l'amour ?

La comtesse me laissa presque désenchanté, et elle me
parut même moins coupable de ne pas avoir lancé sa

nièce dans le monde. Au fait, c'est un pénible fardeau qu'une jeune fille amoureuse.

Je cherchai des yeux mademoiselle de Lostange, elle avait disparu. Tu vas reconnaître encore la bizarrerie de mon caractère ; j'en fus à la fois bien aise et fâché. Elle était sans doute allée rêver à ses amours absents ; je ne devais plus m'étonner de ce qu'elle n'aimait pas le bal : son cœur était occupé, pouvait-elle jouir de quelque plaisir quand celui qu'elle aime n'était pas là ?

Je m'ennuyais mortellement au bal, j'entrai dans le salon où l'on jouait, et j'ai perdu une centaine de louis au lansquenet ; je suis sorti aussi fatigué, aussi découragé qu'il soit possible de l'être. Pourquoi cela ? Qu'est-ce que cela me fait, après tout, que mademoiselle de Lostange soit si amoureuse de son cousin ? Je ne dois peut-être jamais revoir cette jeune personne, et en vérité je ne le désire pas. Il y a bien assez de jeunes filles romanesques et ridicules.

Je viens de sonner, ce n'est point Baptiste qui est venu, et quand je l'ai demandé, j'ai appris qu'il était sorti. Au bout d'un instant, il est rentré fort essoufflé, et s'est excusé sur ce qu'il croyait que je me lèverais tard. Il m'a appris qu'il était allé prendre les commissions de la femme de chambre de la comtesse. Je lui ai fait une question fort inutile sans doute ; mais sait-on quelquefois pourquoi l'on parle ?

Je lui ai demandé si mademoiselle de Lostange lui avait aussi remis quelque commission. Il m'a répondu qu'il avait deux lettres. Je n'ai pas osé lui demander pour qui, car, en effet, cela ne me regarde pas ; mais j'ai donné à ce brave garçon un portefeuille à moi pour qu'il ne perdit pas ces papiers.

Baptiste, qui m'a vu naître, est assez libre avec moi, et m'a demandé comment il devait arranger toutes les

lettres qu'on lui avait remises pour la France. J'ai placé
moi-même un paquet de papiers d'envoi de mademoiselle de Lostange à une vicomtesse de Laumont. Quelle
est donc cette vicomtesse, et quelle confidence si volumineuse Alice peut-elle avoir à lui faire? En vérité, je crois
que toutes les jeunes filles d'aujourd'hui ont la prétention d'écrire leurs Mémoires.

Mademoiselle de Lostange n'a point échappé cette
occasion de se rappeler à son cousin; il y a aussi une
lettre à l'adresse de M. Édouard de Vatry, lieutenant au
9ᵉ dragons.

Que penses-tu, Armand, d'une jeune personne qui
écrit à un lieutenant de dragons? Il est vrai qu'elle
l'aime, qu'ils sont fiancés, qu'ils vont se marier : grand
bien leur fasse! Moi, j'ai envie de partir pour Naples ou
pour la Sicile. Qu'irai-je y faire?... user des jours pour
arriver à la fin ; vivre pour dire avoir vécu. Que puis-je
attendre maintenant de l'existence? J'ai joui de tout, je
sais ce que c'est que ces plaisirs auxquels on fait tant de
sacrifices. La comtesse m'ennuie, sa gaieté triviale me
pèse ; mais par quoi puis-je remplacer les heures que je
dépense avec elle? je n'en sais rien.

Adieu, je vais tâcher de dormir ; ce sera autant de
pris sur la longue journée qui m'attend. Je te serre la
main, Armand.

ALICE DE LOSTANGE

A LA VICOMTESSE DE LAUMONT.

Florence, le 15 février 1840.

Mon grand-père, le comte de Lostange, émigra un des derniers ; mais enfin il émigra, en laissant en France sa jeune femme et son fils, âgé de quatre ans. Malgré le désespoir qu'il éprouva de quitter sa femme et son enfant, il fit son devoir, sacrifia sa fortune et sa vie à son roi, et fut fusillé à Quiberon. Sa femme, restée avec un enfant et presque sans fortune, trouva dans son courage le moyen de supporter le malheur ; par son aimable caractère, elle se fit des amis, et acquit des protecteurs à son fils. Celui-ci entra à l'École polytechnique, et ensuite à celle de Metz, d'où il sortit officier du génie. Il avait vingt ans alors ; il était beau, aimable, charmant, et, pour son malheur, trop sensible. M. de Lostange avait pour camarade et ami un jeune homme digne de lui : c'était Antoine de Vatry, dont la famille était établie à quelques lieues de Metz. Il conduisit mon père dans sa famille, composée de sa mère, de trois fils, dont le dernier encore un enfant, et d'une fille, jeune personne si bonne, si aimable, que son souvenir est toujours resté cher à ceux qui l'ont connue. Ma mère fut un ange, Delphine. Pourquoi Dieu, qui la rappela si tôt, ne me prit-il pas aussi avec elle ?

Mon père aima Éléonore avec passion ; ce fut son premier, son unique amour, il la demanda en mariage. Madame de Vatry objecta l'âge de sa fille, leur manque de fortune à tous deux : cela était juste. Mon père se ré-

signa, et entra en campagne; il fut en Hollande, en
Italie, se conduisit bien partout; mais il était triste,
amoureux, ne brilla nulle part, et n'avait qu'une pensée : Éléonore. Dans un moment de trêve, il rentra en
France; il demanda d'être attaché au service d'une
place, et fut envoyé à Mantoue où il emmena Éléonore,
devenue sa femme. Mon père n'avait point de fortune,
il ne pouvait espérer d'avancement, et cependant il ne
manquait à son bonheur que d'avoir un enfant.

Mais de graves événements étaient arrivés : l'empe-
reur était parti et revenu, les Bourbons avaient quitté
et repris le trône. Mon père espéra un moment qu'ils
auraient de la mémoire, qu'ils se souviendraient que le
comte de Lostange, son père, avait été une des victimes
de Quiberon. Comme tous les rois, ils manquèrent de
reconnaissance. Le ministre de la guerre, qui avait seulement entendu parler de mon père comme d'un officier
instruit, l'envoya dans la triste place de Valenciennes.

Cependant il y vivait heureux avec ma mère toujours
belle, bonne, et la plus aimable créature que le ciel ait
formée. La comtesse de Vatry était morte, ses deux fils
aînés avaient succombé à l'armée. L'un d'eux, qui s'était
marié, avait perdu sa femme et laissé un fils. Mon cousin Édouard de Vatry, dont tu m'as entendue parler,
Édouard était venu au monde dix ans avant moi, et
n'avait de parents que ma mère, mon père et un jeune
oncle, le dernier des frères de ma mère. Mon père, lui,
sans fortune, sans appui, avait donc deux jeunes gens
à protéger.

Édouard fut reçu dans la maison de mon père; il n'avait
pas d'autre asile, et celui-là lui fut offert de bien bon
cœur. Mon oncle n'avait guère que vingt ans, il entra à
l'école de Saint-Cyr. Mon père, quelque gêné qu'il fût
par les sacrifices qu'il s'imposait pour sa famille, était

déjà le plus heureux des hommes quand je vins au
monde. Ce fut un bien beau jour que celui où ma mère
me remit dans ses bras. Elle n'avait jusqu'alors prié
Dieu que pour le remercier et pour lui demander la continuation de son bonheur, sans jamais accorder un soupir à une vie plus opulente et plus remplie de plaisirs.
Je fus donc élevée dans cette atmosphère de tendresse,
ne quittant les bras de mon père et de ma mère que
pour passer dans ceux d'Édouard, mon cousin.

A cette époque arriva la révolution de juillet ; j'avais
six ans, Édouard seize. Il fut reçu à l'école de Saint-Cyr,
dont mon jeune oncle, Edmond de Vatry, était depuis
longtemps sorti pour entrer au service.

Ce fut un des premiers chagrins de ma vie, car j'aimais Édouard et l'aime encore comme un frère. A cette
époque, notre bonheur de famille fut cruellement troublé ; ma mère, dont la santé était fort altérée depuis ma
naissance, tomba dans un état de langueur et de dé-
périssement effrayant. Chaque douleur de ma mère se
reflétait sur le visage de mon père, et ils marchaient
ensemble vers la tombe, puisque ni remèdes, ni consul-
tations n'amélioraient l'état de ma mère. Cependant
M. de Lostange se rattacha à une dernière espérance. On
lui conseilla de conduire ma mère dans le Midi. Il obtint la permission de confier à son lieutenant le com-
mandement de la place de Valenciennes, et nous partîmes. Hélas ! le voyage fit beaucoup de mal à ma mère.
Et quand nous arrivâmes à Nice, sa maladie de poitrine
et de langueur était arrivée au dernier degré. Cependant
tout à coup elle parut se trouver un peu mieux ; avec
l'imprévoyance de l'enfance, je jouissais avec transport
d'un climat presque toujours serein, de la mer dont la
vue me faisait déjà rêver. J'étais bien heureuse de voir
les orangers et les citronniers, chargés en même temps de

fleurs et de fruits. Il y avait tant de différence entre la chaude et riante Nice, et la triste et sombre ville de Valenciennes !

Mais, hélas ! ce répit au malheur ne fut pas de longue durée. Mon père et ma mère furent accablés par la souffrance, et cruellement effrayés de mon avenir ; hélas ! qu'allais-je devenir, et que suis-je devenue, mon Dieu!..

Mon père succomba le premier ; le jour même où il rendait sa belle âme à son Créateur, le ministre lui faisait écrire qu'il ne pouvait prolonger davantage son congé.

J'étais bien jeune, mais jamais je ne perdrai le souvenir de la douleur de ma mère. Elle m'oublia dans ce moment, car je l'entendis s'écrier : « Grâces à Dieu, il ne m'attendra pas longtemps! »

En effet, peu de jours après elle l'avait rejoint. Malgré ma jeunesse, ce fut un moment bien affreux, Delphine, que celui où je me trouvai entre ces deux tombes.

Je fus recueillie par une dame qui avait montré beaucoup d'intérêt à ma mère. Là, j'attendis des nouvelles de mon oncle Edmond à qui l'on avait écrit.

Il n'éprouva pas un grand étonnement, mais une amère douleur : il savait dans quel état étaient mes parents. La mémoire de sa sœur lui était trop chère pour qu'il hésitât un instant à venir me chercher ; il pleura avec moi ; avec moi, il vint visiter ces deux pierres qui m'étaient déjà si précieuses. Forcé de retourner à Paris où il était en garnison, mon oncle me plaça, en arrivant, au couvent du Sacré-Cœur.

La vente de plusieurs objets qui appartenaient à mes parents et quelques mois d'appointements qui étaient dus à mon père, formèrent une somme de dix mille francs, que mon oncle destina à mon éducation. Il pensait que quand elle serait finie j'en pourrais tirer parti. Lui-même n'avait pour fortune que ses appointements de capitaine.

Jeune encore, sa figure et ses manières étaient charmantes. Il possédait une telle distinction, que le titre de
comte qu'il portait semblait fait pour lui. Je l'aimais
presque autant que j'avais aimé mon père. Mais rien ne
pouvait remplacer ma mère dans mon cœur. Ah! que j'ai
versé de larmes quand j'entendais une de mes compagnes
dire : « ma mère. » Je n'ai connu l'envie que dans ce
moment. Je les voyais presque toutes riches, heureuses,
possédant avec profusion tout ce que l'or peut donner ;
je ne leur enviais que leurs mères.

Je ne sortais jamais qu'avec mon oncle, et encore très-
rarement. Avec lui, j'étais heureuse, mais sitôt qu'il
m'avait quittée, des flots de larmes sortaient de ma poi-
rine oppressée ; notre excellente supérieure redoublait
alors pour moi de soins et de bontés que je cherchais à
mériter, autant qu'il était en ma puissance. Excepté le
chagrin que me causait le souvenir de la perte de ma
mère et mon isolement de cœur, j'étais heureuse ; d'un
caractère confiant, et reconnaissante de l'amitié qu'on
me témoignait, je me faisais aimer de tout le monde, car
la douce malice dont madame de Vatry fait de l'ironie et
de la causticité m'attirait plus de caresses que de reproches.

Enfin, la raison venant à mon aide, je ne désirais aucun changement à mon sort, et je puis dire que, loin de
rien faire pour que cela arrivât, je l'ai repoussé de toutes
les forces de ma jeune volonté.

Mon oncle venait souvent me voir. Il y avait des jours
marqués pour les réceptions des parents, qui restaient
derrière une grille, tandis que les élèves se tenaient de
l'autre côté. On ne pouvait guère se parler à l'aise, et je
m'impatientais souvent des conversations générales qui
s'établissaient à côté de nous. L'humeur qu'elles me donnaient me fit apporter plus d'attention à une assez belle
femme, très-parée, qui se trouvait presque toujours là

quand mon oncle y venait. Elle accompagnait une de ses amies qui avait une fille au Sacré-Cœur.

Madame Descarriers se mit sur le pied de me faire beaucoup de grâces et d'amitié; elle se plaça ainsi, peu à peu, en tiers entre mon oncle et moi. Je dois avouer que, dès lors, elle m'inspirait une profonde répulsion. Mais, hélas! ce sentiment ne fut point partagé par mon oncle : il me reprocha même mon peu d'amabilité vis-à-vis madame Descarriers; il me la vanta, me parla à cette occasion un peu sévèrement, et me la fit aimer encore moins.

Enfin, que te dirai-je? madame Descarriers était excessivement riche, elle était jeune encore, assez belle; sa coquetterie, très-accusée, était de mauvais goût; elle fit beaucoup de frais auprès de mon oncle et me témoigna une grande affection. M. de Vatry fut flatté de la préférence marquée qu'elle lui montrait; il ne devina pas que tout ce que désirait madame Descarriers était un titre, un rang dans le monde. Très-vaine d'elle-même et de ses charmes physiques, qu'elle croit d'une perfection incontestable, elle ne pardonne pas à une autre de posséder un avantage qui lui manque, non plus qu'elle ne croit aux maux qu'elle n'a pas ressentis; elle traite d'affectation tout ce qui blesse les autres; sa gaieté est bruyante, elle ne conçoit pas qu'on puisse refuser de s'amuser dans quelque lieu et avec quelque compagnie que ce soit; fort peu délicate dans ses plaisanteries, incapable de comprendre le beau et le simple qui en est le complément, elle déploie à tous propos une coquetterie dépourvue de grâces, et se montre aussi avide de louanges que crédule à les croire; enfin l'admiration qu'on lui exprime ne peut être formulée avec trop d'enthousiasme.

Ne t'étonne point, Delphine, de ce jugement sévère sur une personne à laquelle, en apparence, je dois tant. Elle m'a fait payer bien cher une protection que je n'a-

vais pas désirée, et elle s'est montrée vraiment trop
cruelle dans sa feinte bonté. Sans elle, il est vraisem-
blable que je serais restée au couvent du Sacré-Cœur, où
j'aurais mené une vie calme, exempte de dangers, au lieu
que maintenant je suis effrayée de l'avenir autant que du
présent. Cette femme veut me jeter sans appui, sans protection, dans un monde que je dois craindre, et pour lequel je ne me sens point faite. Le ciel m'est témoin, Delphine, que je ne redoute pas les privations qu'entraîne le
manque de fortune, mais je crains... Hélas! que ne dois-
je pas craindre?

Comme je te l'ai dit, madame Descarriers venait souvent au parloir, et toujours dans de riches toilettes. Enfin,
je ne sais pas bien au juste comment se forma la liaison
de mon oncle avec elle, mais constamment madame Descarriers se trouva entre lui et moi. Elle m'inspira tout
d'abord un sentiment de répulsion. Un tressaillement de
terreur me prenait quand elle appuyait ses lèvres sur
mon front, et je ne sus trouver que des larmes quand elle
me demanda si je serais bien aise de venir vivre avec elle.

Hélas! mon oncle était mon tuteur, le seul parent que
j'eusse; je l'aimais de toute mon âme. Il parut heureux
quand il devint l'époux de madame Descarriers, et je dus
cacher ma douleur quand j'entrai dans cette maison que
je devais regarder comme la mienne.

Ma nouvelle tante me prodigua d'abord tout ce que le
luxe et la richesse peuvent inventer : il semblait que je
fusse un mannequin sur lequel elle essayait sa magnificence. Mon oncle me fit donner les premiers maîtres, et
j'eus le bon esprit de profiter de leurs leçons. J'avais
d'heureuses dispositions; et, tant que je fus encore très-
jeune, tout se passa assez bien.

Je n'aimais point ma tante, mais elle ne s'en souciait
guère, me traitait convenablement, riait avec moi et fai-

sait sans cesse mon éloge. Elle exigeait que je fusse toujours élégamment mise. Enfin elle me trompait si bien, qu'elle trompait tout le monde, excepté moi, sur ses véritables sentiments. Je n'ai jamais conçu comment mon oncle, si distingué de ton, de manières, avait pu prendre de la passion pour madame Descarriers. Il est pourtant certain qu'il l'aimait, et qu'en l'épousant il n'avait cédé qu'à l'amour et au désir de m'assurer une tendre protectrice.

Tout fut donc assez convenable les trois premières années de leur mariage. Madame de Vatry, peu accoutumée au nouveau monde dans lequel sa position actuelle et son titre lui permettaient de se lancer, y porta d'abord une espèce de retenue qui rendit moins frappants son mauvais ton et son incroyable vanité. Mais quand elle fut familiarisée avec son nouveau titre, ses airs de hauteur devinrent trop absurdes et trop évidents pour que mon oncle ne s'en impatientât pas souvent. Elle affectait la supériorité, qui est le propre de l'aristocratie de naissance, et ne parvenait à montrer que les ridicules de l'aristocratie financière. Mon oncle commença par de tendres représentations : elles amenèrent des pleurs ; on feignit de le croire jaloux, et on lui pardonna. Mais quand il revint à la charge, et qu'il assura que ce n'était point par jalousie, mais bien par convenance qu'il blâmait les manières libres de sa femme, les scènes violentes commencèrent. Mon pauvre oncle ne savait comment faire pour tenir tête à une virago qui se moquait de sa santé délicate et de sa sensibilité, qui lui faisait un crime de ses manières distinguées ; et il était facile de deviner que, contente de s'être procuré un titre, elle ne tenait plus à celui qui le lui avait donné.

Mon oncle était un homme peu intéressé, entendant mal les affaires, et nous étions tous les deux sous la dé-

pendance d'une femme commune et coquette. Bientôt
elle ne put se décider à me pardonner de prendre des années qui me donnaient les charmes de la jeunesse, et,
dès ce moment, son indifférence devint de la haine.

Nous passions une partie des étés dans une charmante
maison de campagne aux environs de Paris; j'étais plus
heureuse quand nous nous y rendions. Cependant cette
troisième année, qui avait vu commencer les scènes entre
M. et madame de Vatry, ma tante commençait à me traiter
avec une sévérité cruelle; aucune de mes actions ne trouvait grâce à ses yeux, et elle me faisait payer bien cher
son hospitalité.

Ce fut à cette époque, chère Delphine, que ta mère
acheta une propriété voisine de celle que nous habitions,
et que nous nous liâmes de cette amitié qui durera, je
l'espère, autant que notre vie. Tu étais si gaie, si bonne,
que tu ne pouvais supposer que je ne fusse pas heureuse
dans ma famille, et, quand j'étais avec toi, j'oubliais de
me plaindre. Cependant ta mère te rendait si heureuse,
que tu aurais peut-être dû songer que moi j'avais perdu
ce trésor si précieux, ce trésor que la Providence donne
à l'enfant comme la meilleure des nourrices et des sur-
veillantes, et surtout à la jeune fille comme le guide le
plus sûr et le plus indulgent.

Hélas! à la place de ma bonne mère, qu'avais-je
trouvé? Une femme qui m'avait recueillie par calcul; la
charité n'avait pas même ému un instant cette âme hautaine et sèche. Ah! si je ne l'avais pas rencontrée, je serais devenue religieuse, j'aurais touché le port avant
l'orage! Pourtant c'est bien beau de pouvoir, en liberté,
admirer le ciel, se promener dans les sentiers où poussent
tant de fleurs, être libre enfin. Voilà ce que je me disais,
Delphine, pour me consoler d'être devenue tout à fait
odieuse à ma tante. La trace de mes larmes devenait

chaque jour plus fréquente; mais je les dissimulais autant que possible; j'avais peur qu'on accusât mon oncle
de souffrir qu'on me maltraitât; tandis qu'au contraire,
Delphine, quoiqu'il ne connût qu'une faible partie de
mes peines, cela suffisait pour amener entre sa femme et
lui des scènes tellement scandaleuses, que souvent, pour
avoir la paix et éviter l'éclat, mon oncle affectait envers
moi une sévérité qu'il savait que je ne méritais pas, et
cependant il était bien loin, par là, de parvenir à apaiser
sa femme ainsi qu'il l'espérait. Elle se targuait même
parfois de cette sévérité apparente de mon oncle pour re-
doubler ses mauvais traitements, avec justice, disait-elle.
Quelle justice, bon Dieu! qui faisait prendre en mauvaise
part mes actions les plus innocentes! Je ne connaissais
plus aucune des joies de la jeunesse; je n'osais plus sourire; elle m'accusait alors de n'avoir ni âme ni sensibilité; si je pleurais, c'était, disait-elle, une manière de
me plaindre de celle à qui je devais tout.

Te peindrai-je, Delphine, tout ce que le taquinage
d'une femme haineuse et sans esprit peut exercer sur
une jeune personne? Il y avait tant de choses que ma
tante ne me pardonnait pas! D'abord ma naissance, qui
blessait la sienne; mon éducation commencée avec tant
de soins, et qu'elle n'avait pu empêcher de continuer,
et, sur cet article, mon oncle se montrait intraitable;
puis et surtout, mes seize ans, que j'atteignais avec cet
éclat que le malheur ne peut arrêter: car enfin, malgré
les mauvais traitements de ma tante, j'aimais la vie;
mon sang coulait avec cette douce activité qui embellit
tout. Enfin, que te dirai-je? mes larmes mêmes n'étaient
alors qu'une douce rosée qui humectait mon printemps.
Mais enfin mes robes devenaient chaque jour trop courtes
et mon corsage trop étroit.

Comment décrire les scènes ridicules qu'il me fallut

endurer; les sarcasmes que m'attiraient la moindre attention, le moindre regard donné à mon jeune visage;
la critique chaque jour renouvelée sur ma coiffure, que
je changeais vainement sans réussir à lui plaire? Peu à
peu je fus sevrée de ces petites jouissances que l'on accorde aux jeunes filles, sous le prétexte de ne pas me
donner de goûts au-dessus de ma fortune. Ma mise
devint plus que simple. Si quelque étoffe, quelque forme
de vêtement me déplaisaient, c'étaient précisément
celles-là que l'on m'imposait. Courbée sur mon dessin,
ou attachée des heures entières à mon piano, quand ma
tante m'accordait, pour ces exercices, quelques minutes
de relâche, elle les employait à me reprocher ce que coûtait mon éducation ou mon entretien; elle ne s'arrêtait
même pas quand elle s'apercevait que ma santé s'altérait,
que mes yeux devenaient rouges et cernés. Je ne compris
point pendant longtemps le motif des sarcasmes de ma
tante; une vieille dame qui venait chez elle me l'apprit.

— Ma chère petite, me dit-elle, vous devenez trop jolie,
voilà tout. Il faut beaucoup plus d'esprit et un meilleur
cœur que n'en a madame de Vatry pour renoncer de
bonne grâce à ne pas jouer le premier rôle. Madame de
Vatry a deux fois votre âge; elle approche de ce terme
fatal qu'aucune femme ne veut jamais franchir. Toutes,
elles tournent autour de leur quarantaine sans jamais
vouloir l'accepter, et je connais telle femme qui avoue-
rait plutôt un crime que son âge. Plus vous grandirez,
plus vous serez malheureuse. Obtenez donc de votre
oncle qu'il vous enlève à cette position insupportable. Il
a eu certainement le bon esprit de se faire une position
indépendante de madame de Vatry.

Je suivis ce conseil, je demandai à mon oncle de me
replacer au Sacré-Cœur, où j'achèverais mon éducation;
je ne me doutais pas encore de l'orage effroyable que je

soulevais sur ma tête. Cette femme osa, oui elle osa jeter
sur celui dont elle portait le nom un soupçon honteux,
un soupçon révoltant, elle dit...

Je ne te répéterai pas ses paroles, Delphine; tu n'es
pas plus faite pour les lire que moi pour les écrire.

Mon oncle avait vingt ans de plus que moi, mais il
était d'une taille et d'une figure si charmantes qu'il paraissait plus jeune que son âge; sa femme s'en fit un
prétexte pour donner une couleur criminelle à l'intérêt
de mon oncle pour moi. Je m'arrête... Où cette femme-
était-elle née? où avait-elle été élevée?

Depuis ce moment, Delphine, le mépris se joignit à
l'aversion que j'avais pour elle. Oh! qu'elle est cruelle,
Delphine, celle qui la première ose souiller d'une coupable pensée la pureté d'une jeune fille! Non-seulement
elle l'offense, mais elle ouvre une dangereuse route qui de
l'imagination conduit au désordre. Et tel fut le triste
résultat de l'odieuse accusation de madame de Vatry, que
je ne pouvais plus regarder mon oncle qu'en rougissant. Lui-même était gêné et froid en me parlant, il
n'osait plus appuyer ses lèvres sur mon front; tout le
charme de sa tendresse avait été empoisonné par cet
odieux soupçon, soupçon que sa femme n'avait pas eu
honte de répandre auprès de ceux qui nous entouraient.
Les subalternes accueillent avec tant de joie tout ce qui
avilit ceux qui sont au-dessus d'eux!

Ma tante était fort généreuse avec ses gens: elle aimait
la flatterie et savait la payer. La situation de mon oncle
et la mienne étaient donc intolérables. M. de Vatry, trop
délicat pour se faire une position indépendante de celle
de sa femme, ne pouvait disposer de rien; il était encore
plus malheureux que moi. Quand on est très-jeune,
les sensations sont rapides, et le sourire apparaît vite sur
les lèvres quand les yeux sont encore pleins de larmes.
Je dois avouer aussi que mon caractère, naturellement

un peu enclin à la moquerie, me faisait trouver de petites vengeances à parler toujours à la comtesse avec un
ton et des manières si distinguées et si délicates, qu'elles
faisaient encore mieux ressortir la vulgarité et la grossièreté des siennes.

Si j'étais orgueilleuse de mon éducation et de mes
talents, c'est parce qu'elle était ignorante et mal élevée.
Elle ne pouvait pas toujours, quelque bonne volonté
qu'elle en eût, me soustraire à la vue du monde qu'elle
recevait, et ce monde, tel commun qu'il fût, savait parfaitement apprécier la différence qui existait entre ma
tante et moi.

Il n'osait le témoigner, mais moi, je le devinais, et je
n'avais pas été encore assez malheureuse pour savoir
cacher ma joie de ce petit triomphe; je ne me vengeais
donc des mauvais procédés de madame de Vatry que par
une obéissance passive et dédaigneuse.

Certes, je ne suis point fière de ma naissance, mais je
suis persuadée que, lorsque, dès sa première jeunesse,
on a été entourée de personnes distinguées, on en conserve toute la vie le souvenir, pour ainsi dire le parfum.
Si madame de Vatry eût été pour moi ce qu'elle devait
être et ce qu'elle avait promis, jamais je n'aurais pensé
à me faire un droit des avantages que l'éducation me
donnait sur elle. Mais elle rendait mon bien-aimé oncle
si malheureux, elle prenait si bien à tâche de le blesser
dans ses sentiments les plus nobles, les plus délicats, que
toute reconnaissance pour elle s'éteignit entièrement
dans mon âme, j'ose l'affirmer, douce et sans fiel.

Mon oncle aussi vint à la haïr; mais, sans énergie, et
n'ayant pas la force de lutter, il prit le parti de céder la
place : il reprit du service, et partit, je crois, pour Alger.
Effrayé des soupçons odieux que madame de Vatry avait
osé répandre, sans fortune, sans personne à qui me confier, il me laissa à sa femme, espérant que, quand je

serais seule avec elle, elle me traiterait mieux. Que de
larmes je versai en apprenant cette résolution! cependant
j'aimais trop mon oncle pour essayer de la faire changer :
il était trop malheureux pour que je ne préférasse pas
son repos à tout.

J'essayai, à mon tour, de me soustraire à la protection
à laquelle mon oncle avait été forcé de m'abandonner.
J'écrivis à l'abbesse du Sacré-Cœur. Je lui demandais
d'entrer chez elle pour y donner des leçons de piano et
de peinture; elle me répondit que, du moment que j'aurais obtenu le consentement de ma tante, elle me recevrait aux conditions que je fixerais moi-même ; mais
madame de Vatry, qui n'avait pu retenir une de ses victimes, ne voulut pas laisser échapper l'autre. Que pouvais-je faire, à mon âge, sans appui, sans fortune? me
soumettre et souffrir.

Je ne reviendrai pas sur les trois ans que je viens de
passer ; Dieu m'a donné la force, la confiance en lui, et
au moment où je t'écris, quoique bien malheureuse, je
crois plus que jamais à la Providence; j'espère et j'attends. Cependant, je ne puis passer sous silence une nouvelle peine que m'imposa madame de Vatry.

Le régiment de mon cousin Édouard de Vatry vint à
Paris. Ses visites me rendirent bien heureuse; il avait
tant aimé ma mère! Nous parlions d'elle ensemble;
Édouard était un frère pour moi. Eh bien, cette femme
osa encore jeter le venin de sa méchanceté sur notre innocente amitié. Rien ne fut sacré pour elle, ni le nom
qu'elle portait, ni ma jeunesse, ni mon abandon.

Il me fut défendu de revoir Édouard. Les lettres de
mon oncle ne m'arrivèrent plus. Il ne me fut plus permis d'écrire. Traitée comme une esclave, presque pri-
sonnière, cette femme parlait sans cesse des bontés dont
elle me comblait. Ah! Delphine, que de fois, tombant à
genoux, j'ai prié Dieu de me réunir à ma mère ! Et pen-

dant que, renfermée dans ma chambre, je versais des
larmes si amères qu'il faudrait, je crois, bien des années
de bonheur pour en effacer le souvenir corrodant, j'entendais des éclats de joie, presque des cris de plaisir : ce
n'était que fêtes, que festins, depuis que mon oncle était
parti.

La société qu'elle recevait était tellement mêlée, que je
me sentais presque heureuse de ne pas y paraître. Enfin,
un jour je compris que madame de Vatry était envieuse
d'être reçue dans une société qui ne la conviait jamais,
tant elle y était déplacée ; on parlait devant elle de la
facilité de celle de Florence : les princes, les souverains
même vous accueillent quand vous avez de la fortune et
un titre. Il prit tout à coup à madame de Vatry l'amour
des beaux-arts, la fantaisie de visiter la terre classique
où ils ont fleuri avec tant de succès. Elle ne rêva plus
que l'Italie, et les préparatifs qui furent faits, tous pour
la toilette, annoncèrent de brillants projets. Nous partîmes. Elle me traîna avec elle, quoique je demandasse
avec instance d'entrer au Sacré-Cœur. Nous allâmes droit
à Florence ; c'est là où l'on trouve le plaisir sans contrainte, la flatterie sans pudeur et la licence sans remords.

Depuis que nous y sommes, je ne m'occupe que de
cultiver mes talents ; j'espère que je pourrai en faire
usage.

Je ne relis pas ces feuilles, que j'ai écrites bien à la
hâte. Le domestique de M. de Sommerville part demain,
et si j'ai le temps d'ajouter quelques lignes, elles t'ap-
prendront les événements qui seront arrivés ; je dis événements, ma chère Delphine, tout est événement dans
une vie comme la mienne.

J'ai été au bal de ma tante ; mais, bon Dieu ! quelle
attitude y ai-je eue ! celle d'une jeune fille abandonnée, dédaignée, dont on ignore le nom et la position.

Il est vrai que personne ne me protége ni ne m'aime.

La veille de cette fameuse soirée, j'avais été rencontrée. Il m'est permis quelquefois de sortir, le matin, avec mademoiselle Mélanie, la seule des femmes de ma tante qui me montre des égards et de la complaisance. Avant-hier donc, cette excellente fille avait été fort occupée à finir ma robe de bal, et nous ne pûmes sortir que tard. Bien entendu, quand cela ne me serait pas défendu, je ne vais jamais dans les endroits où je peux rencontrer madame de Vatry. Il fut décidé entre moi et mademoiselle Mélanie que nous nous dirigerions vers San-Miniato, charmante église située sur une des collines qui environnent Florence, et d'où on jouit d'une vue ravissante.

Ma tante n'était point sortie, et je ne pouvais deviner que j'aurais le malheur de me trouver sous ses pas ; ce fut cependant ce qui m'arriva. En descendant la longue avenue de cyprès qui conduit de San-Miniato à la ville, je me trouvai en face d'elle. Elle me parut haletante sous le poids de sa taille épaisse, et il était facile de s'apercevoir qu'elle s'appuyait un peu trop lourdement sur le bras d'un jeune homme fort beau et fort élégant. Mon voile était baissé ; je passai rapidement, et cependant je remarquai le regard irrité que madame de Vatry jeta sur moi. Qu'avais-je fait pour le mériter ?

Je rentrai tremblante à la maison, redoutant l'explosion de la colère que je m'attendais à subir, et contrariée d'avoir perdu le charmant croquis d'un tableau fort remarquable.

Je ne te répéterai point les injustes reproches et les expressions dures qu'il me fallut entendre.

Il est de ces choses qui vous irritent et ne vous affligent plus. Tu m'accuseras peut-être d'orgueil, Delphine, mais je me sens tellement supérieure à cette femme, que je ne lui réponds jamais que par un dédaigneux silence, ce qui l'irrite au plus haut degré ; aussi s'en vengea-t-elle bien à son bal.

J'entrai dans le salon où se tenait ma tante quelques minutes avant l'arrivée des invités. A mon approche, elle se recula de quelques pas, et me toisa avec le plus ironique dédain. Les salons se remplirent. Madame de Vatry ne me présenta à personne ; je restai sans qu'on me donnât aucune marque d'attention que de me regarder avec plus d'étonnement et d'audace que je ne devais m'y attendre dans la maison de ma parente. Enfin, ne sachant plus quelle contenance tenir, et voulant me soustraire autant que possible aux regards malveillants dont j'étais l'objet, je me réfugiai derrière un groupe de marbre placé dans un coin de la galerie où l'on dansait. Je m'efforçai de me donner une contenance en paraissant prêter toute mon attention à ce qui se passait autour de moi, et cependant j'y pensais bien peu. Mon imagination se reportait à mon enfance si heureuse, à mon abandon présent, à la tendresse qui avait veillé sur mon berceau. Les fleurs qui relevaient ma robe m'inspiraient des pensées funèbres, je les aurais bien volontiers changées contre une branche des cyprès qui ombragent la tombe de ma mère.

Je voyais autour de moi des jeunes filles riantes, animées par le plaisir ; leurs mères veillaient sur elles, jouissaient de leur joie, de leurs succès. Moi seule, isolée, abandonnée, j'étais un objet d'étonnement, de mépris peut-être. Mes yeux remplis de larmes se fixaient, sans les voir, sur les groupes qui m'environnaient, quand je sentis tout près de moi un parfum de fleurs. C'était un gros bouquet que l'on posait sur le piédestal de la statue contre laquelle j'étais appuyée.

Je reconnus dans celui qui posait ce bouquet le jeune homme qui, la veille, accompagnait madame de Vatry. Nos yeux se rencontrèrent. Mon voile était si stricte-

ment baissé à la promenade, que je suis persuadée qu'il
n'a pu me reconnaître; pourtant je me sentis rougir :
mon Dieu ! ce fut de mon isolement, de mon abandon.
Nous restâmes quelques minutes bien près l'un de
l'autre sans faire un seul mouvement. Je regardais toujours les danseurs, mais je les voyais encore moins
qu'auparavant. Enfin, ma tante aperçut sans doute son
cavalier de la veille ; elle s'approcha, rouge d'émotion
et de colère, et lui parla d'abord d'un ton impérieux,
mais il lui dit quelques mots à voix basse. Ma tante ré-
sista d'abord à ce qu'il lui demandait ; puis tout à coup
s'approchant de moi, elle jeta ces paroles avec colère :

— Mademoiselle, je vous présente monsieur de Sommerville.

Et elle s'éloigna en me lançant des regards furieux.

M. de Sommerville, après s'être incliné devant moi,
m'invita pour le premier quadrille. Le hasard, un triste
hasard, me fit figurer près de ma tante ; elle me jetait
tantôt des regards dédaigneusement ironiques, tantôt des
regards de colère qui m'embarrassaient et m'effrayaient.
La malveillance est si cruelle ! M. de Sommerville
me parlait, et je lui répondais bien mal ; il s'étonnait de ne pas m'avoir vue chez ma tante, me demandait pourquoi j'avais un tel goût pour la solitude. Sa
voix est remplie de douceur, son regard, à la fois inqui-
siteur et bon, intimide et rassure à la fois. Sa figure,
Delphine, il me semble que je n'en ai jamais vu d'aussi
charmante, d'aussi distinguée ; et je crois que s'il n'était
pas si jeune, je m'adresserais à lui avec confiance et lui
demanderais son appui : on m'a dit qu'il était bon et
généreux.

Mais il est très-lié avec madame de Vatry, il vient
chez elle tous les jours plutôt deux fois qu'une. Comment se peut-il qu'un homme comme M. de Sommerville puisse se plaire dans la société de madame de

Vatry? Sans doute, c'est qu'il la trouve aimable, belle. Cependant, ce soir elle était presque ridicule; sa toilette, trop recherchée, était déplacée pour une femme chez elle; de nombreux diamants scintillaient sur sa tête; mais sa figure échauffée et colère, sa taille hommasse, son maintien si libre... Hélas! qu'importe comment elle soit! elle plaît ainsi, on la recherche, on l'adule, on l'aime. On l'aime! Oh!... qu'il doit être doux d'être aimée, de sentir un œil ami s'arrêter sur le vôtre!

Ma tante me poursuivait toujours de ses regards irrités; les yeux de M. de Sommerville, sans cesse fixés sur moi, m'embarrassaient; personne ne me parlait. Humiliée, irritée, je sortis du bal sans qu'on me remarquât, sans que personne me dît : Pourquoi partir?

Mademoiselle Mélanie n'était point dans ma chambre; je détachai seule, en pleurant, les fleurs qui ornaient mon front, les sanglots m'étouffaient; je me jetai à genoux, et je demandai à Dieu non du bonheur, mais du courage. Les sons de l'orchestre montaient jusqu'à la chambre que j'occupe, placée au-dessus de la galerie où l'on dansait; ils vibraient sourdement dans cette immense pièce haute et voûtée; une bougie m'éclairait à peine de sa lumière vacillante; la pluie tombait fortement, et le vent s'engouffrait par rafales dans le grand corridor qui conduit à cette chambre retirée. Mes nerfs malades me rendirent pusillanime, je fus prise d'une peur d'enfant, bien ridicule sans doute, et ce ne fut qu'après avoir beaucoup pleuré que je me trouvai plus calme.

J'ai repris maintenant de la confiance en Dieu et en moi-même; je suis résolue à tout essayer pour gagner ma vie et pour me soustraire à la dure protection qu'on m'accorde à regret. Ah! que ne puis-je fuir au bout du monde! car, je te l'avoue, ce qui me rendrait plus malheureuse, ce serait d'être un objet de pitié pour l'ami de

ma tante. Hélas ! de quoi vais-je me préoccuper ! pense-
t-il seulement que j'existe, et...

On vient chercher mes lettres. Pardonne-moi, chère
Delphine, de t'avoir attristée par le récit de mes peines.

I

Quinze jours s'étaient écoulés depuis le soir du bal de
madame de Vatry. Ce bal avait eu le sort de toutes les
fêtes : on en avait parlé la veille, le jour même, et le
lendemain on pensait à un autre. Les soins, les dépenses
énormes qu'avait faites madame de Vatry n'avaient eu
pour résultat que d'amuser un soir, de lui assurer les
invitations de toutes les personnes qui recevaient, et de
lui attirer aussi une critique assez amère sur ses prétentions à l'excentricité ; cependant, comme personne ne
pensait à venir lui dire en face qu'elle était ridicule,
elle n'eût songé qu'à se féliciter de la fête qu'elle avait
donnée, si elle n'avait reçu un coup sensible. Quelque
cruauté qu'elle eût mise dans sa conduite avec Alice,
quoi qu'elle eût fait pour la tenir dans l'ombre et pour
l'humilier, les femmes l'avaient remarquée avec malveillance et jalousie, mais enfin l'avaient remarquée.
Plus d'un homme s'était informé quelle était cette beauté
modeste et distinguée, plus d'un l'avait regardée avec
admiration ; enfin, la comtesse avait été obligée d'avouer
qu'Alice était sa nièce.

Peut-être madame de Vatry eût-elle pris son parti de
l'admiration qu'excitait Alice, si M. de Sommerville
n'avait pas partagé cette admiration. Mais son occupation d'Alice avait été remarquable et remarquée : lui
seul avait dansé avec elle, avait osé demander de lui

être présenté ; et depuis ce moment, Roger était changé pour madame de Vatry d'une manière tellement évidente, que quel que fût le robuste amour-propre de la comtesse, elle ne pouvait s'y tromper. En effet, Roger avait éprouvé une émotion aussi vive que rapide à la vue d'Alice.

En faisant mieux connaître son caractère, on comprendra mieux aussi le genre de sensation qu'il avait éprouvé.

Roger de Sommerville était resté fort jeune maître d'une grande fortune. Son caractère était plutôt doux que bon, et plus faible que sensible ; sa main s'ouvrait facilement pour laisser échapper l'aumône ou pour rendre un service, pourvu que ce service ne dérangeât ni ses plaisirs ni sa commodité. Il détestait la contrainte ; homme d'habitude, Roger faisait continuellement, par faiblesse ou par paresse, des actions qu'on pouvait prendre pour des preuves de passion. Doué d'une figure douce et charmante, distingué par sa taille et ses manières, énervé par une vie trop remplie de plaisirs et de bonheur, impatient, exigeant comme un enfant gâté, capricieux et fantasque, adulé comme une jolie femme, il était pourtant difficile de résister à son charme quand il voulait plaire et se faire aimer. Blasé sur tout, Roger, incapable de constance, croyait toujours ses caprices éternels ; rempli de talents qu'il avait acquis sans s'en donner la peine, ses amis le prônaient, les femmes s'étaient longtemps disputé l'honneur de lui plaire. Sa première jeunesse avait été entièrement donnée au plaisir. Usé de toutes manières, il accueillait avec passion tout ce qui produisait quelque impression sur lui, et, se trompant lui-même, ses fantaisies prenaient tout à coup l'importance d'une passion ; alors rien ne lui coûtait pour la satisfaire. Libéral par habitude et souvent par ennui, sa générosité était renommée comme une vertu. Délicat de

santé, ainsi que le deviennent presque toujours ceux qui
ne font rien et qui sont trop heureux, la moindre con-
trariété l'abattait; alors ses diatribes contre les chagrins
de la vie étaient remplies de mélancolie et de philoso-
phie, sentiments qu'il exprimait avec infiniment de
grâce et de poésie. Éloquent, entraînant quand il voulait
obtenir, il passait de l'exaltation au désenchantement
avec une incroyable légèreté, et, par une anomalie très-
commune, il se plaignait continuellement du cœur des
autres. Devenu très-difficile à amuser, il ne s'occupait
plus de ses talents que par boutade ou amour-propre.
Vaniteux, orgueilleux, ce qui dominait le plus chez
Roger, c'était l'homme ennuyé et fatigué de tout. Cependant, avec tous ses défauts, Roger était si remarquable-
ment élégant, si parfaitement bien dans le monde, qu'il
exerçait un grand empire sur ceux qui le jugeaient seulement à la surface.

Il passait de la mélancolie la plus touchante à la gaieté
la plus bouffonne; à la fois sérieux et plaisant, ses sensations se montraient tellement rapides, qu'on eût vainement essayé de le suivre dans ses diverses impressions.

Comment un tel homme s'était-il, non attaché, mais
rapproché avec quelque constance de madame de Vatry?
Seulement par dé-œuvrement, par le besoin qu'il éprouvait de distractions. Madame de Vatry lui parut d'abord
de fort mauvais ton; mais elle était Française, toujours
rieuse, d'une gaieté un peu hasardée, il est vrai; mais,
soit ennui, nonchalance ou dépravation d'esprit, il se plut
assez au dévergondage d'esprit de madame de Vatry pour
qu'il s'en fît un besoin qu'il lui aurait été presque pénible
de ne plus satisfaire. Cependant il fut vivement frappé de
la beauté d'Alice. Le sentiment qu'elle lui inspira devint
si promptement exclusif, que, comme de coutume, il se
crut atteint d'une passion sérieuse. Libre, riche, indépen-
dant, si le marquis de Sommerville avait possédé un ca-

ractère moins faible et plus généreux, s'il eût été capable d'aimer profondément, il se fût trouvé heureux de faire le bonheur d'une personne aussi intéressante, aussi remarquable qu'Alice de Lostange. Mais Roger, quoique poursuivi par l'image de cette charmante fille, quoique sentant parfaitement sa supériorité sur madame de Vatry, continuait ses assiduités chez celle-ci, tout en y portant moins de bienveillance et de galanterie, et en laissant percer sa préoccupation et son changement. Se contentant cependant d'espérer que le hasard lui ferait revoir Alice, il n'osait risquer une démarche et s'attirer des reproches, retenu seulement par la crainte d'une querelle qui dérangerait sa vie. Louvoyant toujours, comme font les caractères faibles, attendant tout des circonstances et de l'occasion, ne croyant à aucun sentiment désintéressé, à aucune générosité, froid de cœur, enthousiaste de tête, accoutumé à tout voir céder à ses caprices, avec tous ses défauts, nous le répétons, il était pourtant impossible d'être plus séduisant que ne l'était Roger de Sommerville quand il voulait plaire ou tromper.

Ce charme, cette séduction, Roger l'avait employée contre des femmes innocentes et contre des coquettes : les unes devaient pleurer le reste de leur vie le cruel bonheur d'avoir un instant fixé son attention; les autres lui avaient rendu perfidie pour perfidie. Croyant à chaque amour aimer pour toujours, de serments en tromperies Roger était arrivé jusqu'à l'âge de trente-six ans, désabusé de tout, ennuyé et fatigué de jouissances trop facilement obtenues. Il croyait avoir renoncé à l'amour, car il n'honorait pas de ce nom le sentiment qui l'avait lié à madame de Vatry.

C'étaient les dispositions où il se trouvait quand il vit Alice de Lostange. La beauté distinguée de cette jeune personne, ses talents, il n'était plus dupe de ceux que madame de Vatry se donnait aux dépens de sa nièce, son attitude à la fois fière et timide, sa position qui paraissait si abandonnée, les difficultés qu'il aurait à s'en faire écouter et même à l'approcher, tout portait M. de Sommerville à croire, non qu'il aimait mademoiselle de Lostange, mais qu'il serait heureux de s'en faire aimer. Cette nouvelle sensation l'occupait, il cherchait continuellement le moyen de se rapprocher d'Alice, et il n'en trouvait aucun convenable.

Depuis le bal, il ne l'avait pas revue. Vainement interrogeait-il du regard ce palais où il venait au moins deux fois par jour, rien ne révélait l'existence d'Alice, au point qu'il doutait si elle était encore chez sa tante. Puis, une circonstance qui aurait désillusionné tout autre sur la valeur qu'il donnait à ses sentiments, aurait seule suffi pour exalter l'esprit despote de M. de Sommerville : madame de Vatry ne lui avait-elle pas dit qu'Alice n'était plus libre, qu'elle aimait Édouard de Vatry, son cousin ? Ne serait-ce pas un beau triomphe que de faire oublier son premier amour à une jeune personne qui paraissait si sérieusement modeste, si bien faite pour inspirer et ressentir une passion constante et profonde ?

Toutes ces pensées occupaient trop Roger pour qu'il ne laissât point paraître une préoccupation, un ennui qui offensaient madame de Vatry. Alors elle redoublait de gaieté, de dévergondage d'esprit ; M. de Sommerville résistait d'abord, gardait quelque temps son maintien rêveur et distrait, puis il se laissait entraîner de nouveau.

L'image d'Alice restait cachée au fond de sa pensée, et serait devenue peu à peu un souvenir si confus qu'il l'aurait entièrement perdu, s'il n'eût été dans le caractère de Roger de se rattacher, à quelque prix que ce fût, à tout projet qui pouvait le distraire de la monotonie de son existence.

Florence, cette ville où on se fait pour ainsi dire une

obligation de s'amuser, commençait à le lasser ; c'était à peu près tous les jours les mêmes fêtes, les mêmes plaisirs. Roger avait réellement trop d'esprit pour ne pas aimer une conversation plus nourrie, plus spirituelle que celle qu'on tient dans une société où l'amour se montre sans obstacle et sans mystère ; où les artistes seuls s'occupent d'art : car certes il est plus d'un Florentin et surtout d'une Florentine qui ignorent les richesses artistiques que renferme leur ville. Roger était assez jeune encore, trop beau, trop riche pour ne pas trouver de faciles conquêtes. Il en profitait avec une nonchalance presque impertinente, n'en conservait guère de reconnaissance, et revenait à Madame de Vatry, qui lui paraissait, après tout, moins ennuyeuse que les Italiennes.

Pendant ce temps, que faisait Alice? Chaque jour elle trouvait la vie qui lui était imposée plus triste. Elle avait reçu du ciel un présent noble sans doute, mais bien souvent funeste : une âme élevée, trop fière peut-être une imagination vive qui devait longtemps servir à la tromper ; elle ne croyait ni au vice, ni à la trahison. Belle et jolie tout à la fois ; élégante, gracieuse, portée à la gaieté et peut-être à un peu de moquerie, ni le sombre avenir qui la menaçait, ni son présent si peu agréable ne lui avaient jusque-là ravi toute sa sérénité, parce qu'alors Alice n'avait pas souffert par le cœur : car c'était une fausseté inventée par madame de Vatry, que cet amour d'Alice pour son cousin Édouard.

Alice l'aimait d'une véritable amitié de sœur, et quand elle avait été forcée de renoncer à le voir, elle n'avait point ressenti cette angoisse horrible que l'amour seul fait connaître.

Cependant, depuis ce bal où Alice s'était trouvée, elle se sentait plus malheureuse, plus abattue ; sa fierté était cruellement blessée de la conduite plus que cruelle de madame de Vatry ; cette conduite lui inspirait même un ressentiment et une répulsion qu'elle ne pouvait plus dissimuler.

Tout fait événement dans la vie d'une jeune fille abandonnée : l'attention que lui avait témoignée M. de Sommerville était restée dans son souvenir. Sous je ne sais quel prétexte, madame de Vatry avait fait quitter à sa nièce l'appartement qu'elle occupait, et l'avait reléguée au sommet du palais, dans une immense pièce qui servait jadis de garde-meuble. Mademoiselle Mélanie ne couchait plus auprès d'Alice, et quoiqu'elle ne fût pas d'un caractère peureux, la pauvre enfant éprouvait fréquemment des tressaillements de terreur de se sentir ainsi isolée.

De la haute fenêtre de sa chambre, Alice n'apercevait que les nuages qui couraient dans le ciel, souvent blancs et roses, quelquefois sombres et lourds. Elle avait bien, pour s'occuper, ses pinceaux et son piano, mais elle ne se sentait pas le courage de travailler ; l'air manquait à sa poitrine et la distraction à sa jeune et vive imagination. Alice se réveillait de grand matin et se rendormait de fatigue, d'ennui, la plus insupportable de toutes les maladies ; elle se levait déjà lasse du jour qui allait commencer pour elle. Sa santé, que la jeunesse croit presque inutile au bonheur, et pourtant sans laquelle on ne jouit de rien, sa santé s'altérait sensiblement. Alice se laissait accabler par le chagrin ; chaque matin, en se voyant plus pâle, elle se disait : Peut-être mourrai-je jeune comme ma mère !

La pauvre jeune fille passait de longues heures à se rappeler son heureuse enfance, ses promenades sur le bord de la mer, où elle respirait cet air un peu acide qui ranimait jusqu'à sa mère malade, et puis cette heureuse vie de liberté qui convenait tant à son caractère, et ses larmes coulaient abondamment à ce souvenir. Puis revenaient avec un nouveau regret à sa mémoire ces jours de paix passés au couvent du Sacré-Cœur : ce n'étaient plus, il est vrai, ces joies de famille si douces au cœur, mais c'était encore de l'amitié, de la bienveillance. Quelle différence, bon Dieu! avec la dureté que sa tante lui montrait! Combien elle lui faisait payer cher l'asile et le pain qu'elle lui donnait! Quel appui ne serait pas préférable au sien!

— Ah! pensait alors Alice, je me sens prête à me résigner à tout, afin de me soustraire à une autorité si cruelle. Mais, hélas! mon Dieu! se disait la malheureuse enfant en parcourant du regard la chambre dont on lui avait fait une espèce de prison, qui viendra me chercher ici? qui me tendra une main secourable? Hélas! que ne suis-je née dans une classe obscure, ou que ne puis-je au moins faire usage de mes talents! Et les doigts découragés d'Alice demeuraient immobiles sur les touches de son piano; son pinceau se refusait à tracer même des scènes de tristesse: l'imagination ne parle plus quand le malheur est réel. La riche et belle organisation d'Alice s'affaissait chaque jour, et tous les soirs, en se mettant au lit, elle demandait à Dieu qu'un ange, sous la figure de sa mère, vînt l'emmener à lui.

C'était pitié que cette jeune et belle personne ainsi abandonnée à elle-même, à l'âge où l'on a tant besoin de soins et d'affection. Aussi mademoiselle Mélanie, qui avait toujours témoigné beaucoup de respect et d'amitié à mademoiselle de Lostange, cherchait-elle à la consoler par tous les moyens en sa puissance. Pour la distraire, elle lui racontait ce qui se passait dans la maison; et Alice, en apprenant que chaque jour M. de Sommerville y venait plutôt deux fois qu'une, ne pouvait s'empêcher de s'écrier avec un dépit dont elle ignorait la cause: — Quel plaisir un homme aussi distingué, aussi spirituel, peut-il trouver dans la société d'une femme comme madame de Vatry?

Il y avait déjà bien des jours qu'Alice avait vu sa tante,

quand mademoiselle Mélanie vint la chercher de sa part.

— Quel tourment va-t-elle encore m'imposer ? pensa Alice.

Madame de Vatry était assise près d'une table encore servie.

— Eh bien ! dit-elle en répondant à peine au salut d'Alice, eh bien ! Mademoiselle, j'espère que vous vivez maintenant d'une manière complétement à votre guise. Vous aviez un air si dédaigneux , si maussade quand je vous faisais appeler à l'heure des repas, que j'ai pris le parti de vous faire servir dans votre chambre.

— Vous êtes parfaitement maîtresse de mes actions, Madame, répondit Alice d'un accent grave, puisque je demeure chez vous; mais je ne puis penser que vous me croyiez heureuse de vivre ainsi abandonnée.

— Bah ! dit la comtesse en ricanant, une héroïne de roman, comme vous aspirez à l'être, préférera toujours la solitude à la société d'une parente si au-dessous d'elle par ses talents et son instruction.

Alice garda le silence.

— Au fait, reprit la comtesse, froissée du maintien calme et digne de sa victime, il nous convient à toutes deux de ne pas nous voir; et si vous voulez en profiter, il se présente une occasion de me délivrer, moi, d'une surveillance qui me gêne, et vous, Mademoiselle, d'une contrainte qui ne vous plaît guère.

Alice continua à garder le silence.

— Ainsi donc, reprit madame de Vatry plus durement, vous ferez bien d'accepter une place qui est à prendre. La princesse Sowbanoff est une Russe fort riche et d'une santé délicate ; elle désire avoir près d'elle une personne qui puisse lui faire la lecture, la distraire par ses talents. Je ne sais pas trop ce qu'il y a à faire, mais elle donne de fort bons gages.

Alice tressaillit.

— Pardon de blesser votre susceptibilité : appointements, gages, c'est toujours la même chose; le terme n'y fait rien.

— Et puis-je vous demander, Madame, par qui je serai présentée et recommandée à la princesse Sowbanoff?

— Ma foi, par vous-même. C'est une de mes amies qui m'a parlé de cette place, en ajoutant qu'on avait déjà refusé plusieurs personnes.

— Et pourquoi, Madame, me flatterais-je alors d'être plus heureuse? demanda Alice.

— Vous êtes si séduisante, reprit ironiquement la comtesse; du reste, si je vous donne le conseil de tenter cette démarche, c'est que lorsque je quitterai Florence je n'emmènerai personne avec moi.

Les yeux d'Alice se remplirent de larmes, mais elle ne les laissa point couler.

— Si vous voulez prendre ma calèche ce matin, poursuivit la comtesse, elle sera de retour pour l'heure des cascines, mademoiselle Mélanie vous accompagnera. Allons, ne perdez pas de temps, et bonne chance! A propos, j'ai un conseil à vous donner, c'est de ne pas afficher une toilette trop élégante; il ne faut point cacher qu'on a besoin de gagner sa vie.

Alice jeta un regard sur sa petite robe brune d'une étoffe si simple que si une autre l'eût portée elle eût paru trop négligée; mais rien ne pouvait ravir à mademoiselle de Lostange ni sa charmante tournure, ni la distinction de ses manières. Aussitôt qu'Alice fut montée en voiture, elle fondit en larmes, et il fallut qu'elle se rappelât ce que lui avait dit la comtesse, il fallut qu'elle se rappelât que Dieu a dit : Aide-toi, je t'aiderai, pour qu'elle se décidât à se présenter chez la princesse.

Mademoiselle Mélanie l'avait enveloppée d'une mante noire et d'une capote de la même couleur.

—Consolez-vous, ma chère demoiselle, lui dit-elle dou-

cement, prenez courage ; vous êtes si mal chez madame
la comtesse, que vous ne devez pas hésiter à vous chercher une autre position. D'ailleurs, tous ceux qui vous
connaîtront vous aimeront.

La jeunesse a tant besoin de distraction, d'air, de
mouvement, et surtout tant besoin d'espérance et de
bonheur, que les simples consolations de mademoiselle
Mélanie ranimèrent Alice. Car la Providence donne à la
jeunesse des joies inattendues, comme elle donne une
riche sève aux jeunes arbres.

Mademoiselle Mélanie avait remis au valet de pied
l'adresse de la villa Cerdani, qu'occupait la princesse.
La voiture roula rapidement, tandis qu'Alice aurait
donné beaucoup pour la retenir, parce qu'elle marchait
à un but qui l'embarrassait et l'attristait en même temps,
et que la pauvre jeune fille jouissait de sentir les premières émanations du printemps, quoique leurs cam-
pagnes, dont les Toscans sont si fiers, n'aient ni le charme
ni le calme des nôtres, qu'on n'y rencontre pas ces
grandes allées, soit de peupliers élancés, soit de tilleuls
ou de marronniers à l'ombre épaisse. La main de
l'homme se montre partout ; de tristes murailles encais-
sent presque toutes les routes ; au milieu de pâles oliviers
et de quelques arbres verts formant un étroit berceau,
on découvre leurs tristes villas, qu'ils habitent si rarement qu'elles ont toujours l'air abandonnées, d'autant plus
qu'à leurs fenêtres grillées on n'aperçoit jamais personne.

Alice cherchait à deviner de loin la villa Cerdani ; le
cocher l'indiqua au domestique qui partageait son siége.
Elle était située sur une hauteur et entourée de terrasses.
Tout à coup la voiture s'arrêta.

— C'est vous, chère comtesse ! prononça une voix so-
nore et douce. Quel heureux hasard...

La voix s'arrêta. M. de Sommerville fit un profond
salut et s'éloigna.

Alice était devenue rouge et tremblante : c'était un événement dans sa vie que cette rencontre, et dans quel moment? quand elle allait chercher une vie de dépendance et d'esclavage !

Elle se pencha un peu hors de la voiture quand elle présuma que le marquis était loin.

— Il va rejoindre madame de Vatry, pensa Alice. Lui dira-t-il qu'il m'a rencontrée ? Mais pourquoi le lui dirait-il ? il l'a déjà oublié sans doute. Que lui importe à lui !

Et plus triste ; Alice aperçut avec une plus grande terreur encore une petite rampe qui aboutissait à la villa Cerdani.

— Nous voici arrivées, ma chère demoiselle, dit mademoiselle Mélanie. Pour Dieu ! ne tremblez pas ainsi ; je suis là, et quoique ma protection ne soit pas grand'-chose...

—Oh ! si, vraiment, répondit Alice ; ne me quittez pas ; je tâcherai d'avoir du courage.

Trois ou quatre domestiques en livrée se précipitèrent vers le riche équipage; mais en remarquant les personnes qui en descendaient, un des valets déclara qu'il croyait que madame la princesse ne recevait pas ; que cependant si ces dames voulaient dire leurs noms, il irait avertir la première cámériste.

— Mon nom, la princesse ne le connaît pas, dit Alice avec dignité. Je suis envoyée par...

— Ah ! je comprends, je comprends, reprit le laquais; cependant il s'est déjà présenté beaucoup de demoiselles qui n'ont pas été reçues, vous pourriez bien...

— N'importe, interrompit un autre plus poli, je vais faire entrer Mademoiselle dans la galerie, et je m'informerai si on peut voir madame.

Mademoiselle Mélanie avança un siége pour sa jeune

maîtresse, et se tint debout près d'elle. Elle pensait attirer ainsi plus de respect à mademoiselle de Lostange.
Au bout d'une demi-heure, on vint avertir Alice que la
princesse pouvait la recevoir.

Après avoir traversé plusieurs salons meublés à l'italienne, c'est-à-dire avec autant de magnificence que de
mauvais goût, le valet qui les avait précédées ouvrit une
dernière porte, avança deux siéges auprès d'un immense
canapé sur lequel était étendue une masse de dentelles et
de mousseline qui ne faisait aucun mouvement. Tout
auprès se tenaient debout deux femmes de chambre :
l'une avait à la main une immense tasse de chocolat,
l'autre une corbeille remplie de gâteaux et de sucreries.

Alice et mademoiselle Mélanie étaient restées debout
au milieu de l'appartement, une des deux femmes leur
ayant fait signe de ne faire aucun bruit et de ne pas
avancer.

Plus d'un quart d'heure se passa ainsi. La position
devenait de plus en plus embarrassante; Alice allait
même proposer à mademoiselle Mélanie de se retirer,
quand du milieu de cet amas de mousseline et de dentelles sortit une voix dolente qui demanda si le chocolat
était prêt.

— J'essayerai d'en prendre quelques cuillerées, continua la même voix; je me sens si faible !

La malade, ou du moins celle qui prétendait l'être,
avala sa tasse de chocolat et une douzaine de gâteaux
sans paraître s'apercevoir qu'il y avait là d'autres personnes que ses femmes.

Quand ce repas fut fini, une d'elles lui parla bas.

— Je suis si souffrante, que je ne voulais voir personne, dit-elle d'un accent contrarié, cependant qu'elle
approche.

Alice, déjà dégoûtée et blessée du ton avec lequel on
lui parlait, se dirigea vers la porte.

— Pourquoi donc s'en va-t-elle? s'écria la voix, s'efforçant vainement de rester dolente et faible.

Mademoiselle Mélanie dit quelques mots à Alice, qui revint vers le canapé.

— Qui vous envoie? demanda la princesse.

— La comtesse de Vatry, répondit Alice avec effort.

— Que savez-vous faire? Êtes-vous musicienne, peignez-vous, brodez-vous, pouvez-vous lire haut cinq ou six heures de suite?

— Je suis assez musicienne, répondit Alice; je dessine, et même je peins un peu; quant à lire cinq ou six heures de suite, je ne sais...

— Ah! si vous êtes d'une santé délicate, n'entrez pas chez moi, s'écria la princesse : je suis toujours souffrante, et je déteste entendre les autres se plaindre.

— Recevez mes excuses, Madame, répondit Alice, revenant malgré elle à la fierté de son caractère et se disposant de nouveau à se retirer.

— Mais attendez donc, reprit la princesse.

Et elle parla bas à une de ses femmes qui regardait fixement Alice avec des yeux remplis de jalousie.

— Au fait, dit la princesse, je crois vraiment que vous ne me convenez pas.

Alice, cette fois, allait se retirer, avec l'intention de ne pas revenir, quand un jeune homme entra par une petite porte masquée par une portière. Il était très-fluet, très-mince, d'une figure qui pouvait plaire à quelques personnes, mais qu'Alice trouva parfaitement ridicule. Si même on ne l'avait pas bien examiné, on aurait pu le prendre pour une femme habillée en homme; sa voix traînante et doucereuse ne démentait pas cette apparence. Il s'approcha du canapé, prit dans les siennes une des grosses mains de la princesse, et lui offrit une rose.

— Vous arrivez à propos, Pauliski, dit la princesse ;

voici encore une demoiselle de compagnie que l'on m'envoie, vous allez me donner votre avis.

Pauli-ki tourna son petit individu du côté d'Alice. Sans doute il fut frappé de sa beauté, mais il commanda à ses yeux de se taire, et dit avec une apparente indifférence :

— Vous êtes bien la maîtresse de faire tout ce qui vous plaira ; mais à votre place, cher ange, puisqu'il vous faut une demoiselle de compagnie, je me déciderais aujourd'hui même. Vous savez que je suis forcé de vous quitter pour quelques jours, et je serai bien aise...

— C'est donc une chose décidée, s'écria la princesse en tendant ses gros bras vers Pauliski, tu ne peux remettre ce cruel voyage !

Ce cruel voyage était une partie de chasse dans les Maremmes.

Alice avait pensé jusqu'à ce moment que la princesse était la mère du petit jeune homme ; mais les expressions passionnément exagérées dont se servirent mutuellement les deux époux ne lui laissèrent pas cette erreur. Embarrassée de se trouver témoin d'effusions au moins ridicules, mademoiselle de Lostange s'était retirée avec sa compagne dans l'embrasure d'une fenêtre, il avait même fallu que la prudente Mélanie retînt Alice, pour qu'elle n'eût pas quitté l'appartement.

Après avoir baisé trois ou quatre fois la main de sa femme, Pauliski sortit en lui envoyant des baisers.

Attendrie par cette scène d'amour, la princesse dit à Alice d'une manière assez gracieuse :

— Eh bien, mademoiselle, je consens à vous admettre chez moi, mais j'exige que vous restiez à l'instant : j'ai besoin de distractions pour adoucir ma cruelle séparation !

Et la princesse essuya ses yeux baignés de larmes.

— Madame, fit observer Alice, je ne puis...

— Ma chère demoiselle, dit tout bas mademoiselle Mélanie, ne perdez pas cette occasion ; si vous connaissiez comme moi...

— Je vous comprends, dit Alice... Eh bien, je reste. Dites cependant à madame de Vatry que si elle voulait... Mais à quoi bon ? elle ne m'aime pas... Cependant, mademoiselle Mélanie, si un bon mouvement la retenait, dites-lui qu'elle ne m'envoie rien de ce qui m'appartient ; car vous devez bien penser qu'il est bien triste à mon âge de se trouver seule au milieu d'étrangers...

Et deux ruisseaux de larmes coulèrent sur les joues pâlies d'Alice.

— Eh bien, vous décidez-vous ? s'écria la princesse ; il me semble que vous devez vous trouver fort heureuse d'obtenir si vite ce que j'ai refusé à tant d'autres, et sans la cruelle absence de Pauliski...

— Excusez mon irrésolution, madame, répondit Alice, et permettez-moi d'attendre la réponse que mademoiselle va aller chercher.

Et elle sortit avec mademoiselle Mélanie.

— Je reviendrai le plus vite possible, assura celle-ci ; mais croyez-moi, ma chère demoiselle, attendez-vous à rester ici.

Alice lui serra la main et s'assit sur la terrasse pour guetter son retour. De cette terrasse on dominait tout Florence et l'œil suivait la route large et poudreuse qui serpentait autour des montagnes. Le souvenir de sa cruelle position s'éloigna un instant de la pensée d'Alice ; elle sentit le sang revenir précipitamment à ses joues et son cœur battre avec force.

Le marquis de Sommerville s'approchait près de la voiture qui l'avait amenée et qui descendait rapidement ; il s'arrête, regarde, hésite et n'ose sans doute interroger mademoiselle Mélanie.

— Ah! n'est-ce pas une preuve de bonté que de s'intéresser au sort d'une pauvre jeune fille abandonnée? Il n'est donc pas retourné près de madame de Vatry? Il aura pitié de mon sort quand il saura que moi, Alice de Lostange, je suis forcée d'engager ma liberté, de me soumettre au caprice des autres, exposée à mille dangers, privée de l'appui de celle qui avait juré de me protéger... Hélas! où mon imagination se laisse-t-elle entraîner? Qu'importe à M. de Sommerville que je sois malheureuse! Pourquoi me persuader que mon souvenir l'ait occupé seulement un instant?

Cependant, tout en se parlant ainsi, Alice suivait des yeux le cavalier qui galopait dans les ravins, et vint enfin s'arrêter sur une petite colline d'où l'on découvrait la villa Cerdani. Tout à coup la rêverie d'Alice fut distraite par une voix criarde qui répétait près d'une fenêtre :

— Pauliski, je t'en conjure, pas un jour de plus!

— Non, non, mon ange, non!

— La vieille folle! s'écria Pauliski, qui passa près d'Alice sans la voir.

Mais quand il eut fait quelques pas en descendant la terrasse, il l'aperçut et lui lança un regard ardent et effronté ; elle se retira en rougissant, mais non sans avoir jeté les yeux du côté où elle avait aperçu M. de Sommerville. Il y était toujours.

Elle rentra dans la villa, redoutant encore plus d'en devenir la commensale; aussi voulait-elle espérer que mademoiselle Mélanie allait venir la chercher. Elle resta seule à l'attendre pendant deux heures dans une grande galerie qui donnait sur le vestibule; personne ne vint s'informer d'elle, et dans son anxiété le temps lui parut bien long.

Tout à coup elle entendit du bruit. Elle ouvrit la porte, espérant que c'était mademoiselle Mélanie qui venait la chercher; non, c'était son modeste bagage qu'on lui ap-

4

portait. Madame de Vatry n'avait même rien fait dire à
sa nièce.

— Je n'ai plus d'autre asile que cette maison, pensa
Alice en fondant en larmes; mon Dieu, ayez pitié de
moi!

II

La vie n'est pas seulement pénible à supporter à cause
des grandes infortunes dont elle est si souvent remplie,
mais plus encore peut-être par la foule de petites peines,
d'incessantes taquineries qui, se renouvelant, en font des
malheurs dont personne ne vous plaint souvent et dont
cependant la répétition devient insupportable.

Alice éprouvait dans toute son étendue l'effet de ces
petites misères depuis qu'elle était attachée à la maison
de la princesse Sowbanoff.

Le premier jour, elle était restée bien une demi-heure
à contempler, sans peut-être le voir, le léger bagage que
lui avait renvoyé madame de Vatry, sans que personne
prît la peine de lui indiquer l'appartement qu'on lui des-
tinait ; aucun des gens ne semblait vouloir prendre sur
lui de faire la moindre démarche sans les ordres d'Olga,
la première cameriste de la princesse. Celle-ci arriva
enfin, examina d'un œil dédaigneux le bagage qu'elle ordonna à un valet de porter, en ajoutant insolemment que
le poids ne le fatiguerait pas trop; puis, passant devant
mademoiselle de Lostange, elle monta l'escalier jusqu'au
faîte et s'arrêta dans une chambre plus que médiocre-
ment meublée.

— Voilà, dit Olga, la pièce qu'on destine à la demoiselle de compagnie de la princesse ; ainsi, Mademoiselle,
vous voudrez bien vous en contenter.

Alice la regarda froidement, et tirant de sa bourse fort mal garnie une récompense trop forte sans doute pour ses moyens, elle la remit au valet et lui fit signe de sortir.

— On vous avertira quand l'heure du dîner sera arrivée, dit la cameriste, et je ne sais trop ce que vous ferez près de madame : elle n'a pas plus besoin d'une demoiselle de compagnie que moi d'un coureur.

— C'est à la princesse à décider si je lui serai utile, interrompit Alice avec un signe qui signifiait qu'elle désirait que la cameriste la laissât seule.

Telle insolente que fût cette fille, elle n'osa rester. Alice eut bientôt pris possession de son modeste logement ; il était éloigné de toutes les pièces habitées, mais de son unique fenêtre on découvrait une vue ravissante.

— Ah ! pensa Alice, n'ai-je donc fait que changer de prison ! Cette fille qui vient de sortir me voit d'un œil jaloux ; si elle savait avec quelle répugnance je l'accepte, cette place qu'elle envie peut-être! Hélas ! je ne croyais pas tant regretter la protection de madame de Vatry, et surtout cette bonne Mélanie, qui m'aimait du moins! Et les yeux d'Alice se remplirent de larmes; peut-être aussi coulèrent-elles à un souvenir qu'elle n'osait s'avouer. Mais elle murmura : — Pourquoi est-il encore si jeune et si beau ! pourquoi est-il l'ami d'une femme qui me hait ! on le dit si bon, si généreux, que j'irais à lui avec confiance !... Pauvre folle que je suis, puis-je espérer l'appui de personne? Je ne dois compter que sur moi !

Et pensant qu'on viendrait bientôt l'avertir de descendre, elle défit son écharpe et sa simple capote noire, d'où s'échappaient les nombreuses boucles de ses cheveux noirs et brillants. Elle était bien jolie ainsi : rien, en effet, ne peut ravir à la jeunesse son charme ni l'empire de la distinction.

Quand Alice entra dans le salon, la princesse la présenta comme demoiselle de compagnie à un vieux couple ridicule de parasites qui venait chaque jour dîner chez madame de Sowbanoff et faire sa partie.

Quels que fussent la situation malheureuse d'Alice et l'abattement de son esprit, il était trop enclin à remarquer les ridicules pour que les trois personnages qui l'entouraient n'amenassent pas souvent le sourire sur ses lèvres. L'immensité des charmes de la princesse, sa toilette extravagante, son affectation de mauvaise santé, son amour ridicule pour Pauliski, dont elle parlait à chaque minute, inspiraient l'ennui et la pitié. Les hôtes de la princesse, méchants et envieux, surtout la femme, regardaient Alice comme une personne qui pouvait rivaliser avec eux. Cependant Alice était si belle que le mari se serait volontiers consolé de sa présence, mais les regards inquiets et courroucés de sa femme contrastaient avec son langage doucereux et hypocrite. Le vieux couple ne cessait de vanter la beauté de la princesse ; Alice baissait les yeux devant ce colosse informe qu'elle entendait louer impudemment.

Madame de Sowbanoff comptait au moins cinquante-six ans ; sa taille eût paru petite quand elle n'eût pas eu l'énorme embonpoint qui la rendait difforme. — Qu'importe tout cela si elle est bonne, pensait Alice ; mais je crains trop qu'elle ne se laisse diriger par cette méchante Olga, qui paraît me haïr, et pourquoi ?

Cependant une semaine se passa assez tranquillement : les cinq ou six heures de lecture que devait faire Alice se bornaient à un quart d'heure, au milieu duquel la princesse s'endormait; la musique lui produisait le même effet. Aussi Alice avait-elle le temps de s'occuper pour son compte, elle comptait bien alors se remettre sérieusement à peindre. Le soir, on faisait la partie de la princesse. Alice commettait bien quelques fautes, mais la princesse se montrait indulgente. Chaque jour, vers les neuf heures, madame de Sowbanoff s'écriait : — Je suis certaine que mon Pauliski pense à moi ; voici le moment où nous nous retirons dans notre appartement. A la même heure, la princesse répétait cette phrase au moins inconvenante, et elle se plaignait vivement de ce que son époux passât l'époque qu'il avait fixée pour son retour, quand un soir la partie de whist fut interrompue par l'arrivée de ce trésor tant attendu.

Alice eût été heureuse de retrouver un peu plus tôt que de coutume sa liberté, si un regard ardent que lui jeta Pauliski ne lui eût inspiré autant de colère que de méfiance. Elle venait de passer quelques jours, sinon heureux, du moins tranquilles, et elle s'était mise à espérer, comme on espère facilement à son âge. Peut-être l'espèce de bien-être dont elle jouissait prenait-il sa source dans une pensée qu'elle n'osait s'avouer ; mais il était bien certain que M. de Sommerville ne l'avait pas entièrement oubliée, car de sa haute fenêtre elle le voyait souvent immobile sur un tertre d'où l'on découvrait la villa Cerdani. Il lui semblait que la présence du marquis était une protection pour elle. La pauvre enfant, si malheureuse, se rattachait à tout ce qui lui annonçait qu'elle pouvait compter sur un ami ; cependant, remontée le soir plus tôt que de coutume dans sa grande chambre solitaire, quand elle pensa qu'elle n'avait personne autour d'elle pour la secourir et la défendre, elle eut peur sans savoir précisément de quoi ; mais la peur ou de pressentiment ou d'imagination est souvent plus pénible que si elle avait un motif réel.

Alice ouvrit sa fenêtre : le printemps était dans toute sa splendeur ; la nuit était si calme qu'on entendait jusqu'au vol des lucioles qui s'attachaient aux buissons de roses de Bengale qui commençaient à s'épanouir. Alice, les yeux remplis de larmes, cherchait Dieu dans ce beau ciel d'azur où elle espérait aussi qu'était sa mère.

— De qui ai-je peur? se dit-elle alors, elle veille sur moi. Tout à fait calmée, elle allait chercher un sommeil plus rempli d'espérance, tant elle croyait dans la bonté de Dieu, quand elle crut entendre qu'on cherchait doucement la clef de sa porte. Elle l'avait assez solidement fermée pour ne pas craindre une violence trop déclarée, et voyant qu'on ne continuait pas à chercher la clef, elle crut s'être trompée. Il n'en était point ainsi pourtant ; celui qui venait essayer d'ouvrir la porte d'Alice avait pensé qu'il ne rencontrerait aucun obstacle pour entrer chez elle.

Comme on l'avait dit à mademoiselle de Lostange, plusieurs demoiselles de compagnie n'avaient pas convenu. Le comte Pauliski les avait fait refuser parce qu'il ne les trouvait point assez jolies : ce qu'il voulait d'elles est facile à comprendre. En voyant Alice, il fut frappé de sa beauté, et, incapable d'apprécier la pureté de son regard et la dignité de ses manières, il crut trouver en elle une conquête facile. La seule chose qui l'embarrassât, la présence de sa femme ne le retenait guère, c'était la surveillance et la violence d'Olga ; il en avait fait imprudemment sa maîtresse, et il craignait sa jalousie presque cruelle ou au moins dangereuse.

Cependant Pauliski pensa qu'en se liant avec la nouvelle demoiselle de compagnie, il s'entendrait avec elle pour échapper à tout soupçon. — Si cette jeune fille me plaît longtemps, pensa-t-il, je trouverai bien le moyen de me débarrasser d'Olga ; et, rempli de cette espérance, il était monté avec confiance chez Alice. — Vraiment, s'était-il dit en riant, il semble que cette sotte d'Olga ait voulu servir mes projets en reléguant cette jeune fille si haut et si loin de tout le monde. Peut-être allait-il tenter plus d'efforts pour entrer chez Alice, quand il crut entendre marcher dans l'escalier, et il se retira.

Cependant Alice avait repris toutes les terreurs que la prière avait calmées : à qui s'adresserait-elle si elle était insultée dans cette maison, où des regards malveillants lui apprenaient assez qu'elle avait des ennemis? Les femmes de la princesse enviaient son titre de demoiselle de compagnie, et peut-être encore plus sa beauté et sa distinction. Olga, la jalouse Olga, avait dès le premier moment deviné qu'elle deviendrait l'objet de l'attention de son maître, et son mauvais vouloir se révélait toutes les fois qu'elle en trouvait l'occasion. Tout en dédaignant de paraître y faire attention, Alice s'en effrayait. Madame de Vatry ne lui donnait aucune marque d'intérêt; mademoiselle Mélanie, jusque-là si dévouée, si bonne, ne lui avait pas fait parvenir le plus léger souvenir. Alice était bien convaincue que ce n'était pas la faute de l'excellente fille; elle se disait que madame de Vatry ne voulait plus avoir aucun rapport avec elle; elle se disait... mais que son imagination effrayée ne lui disait-elle pas?... Alice passa toute la nuit dans les larmes.

III

Alice se leva abattue, presque malade; le présent lui semblait pénible et l'avenir l'effrayait encore plus. D'un caractère profondément sensible, d'une fierté malheureuse et d'une confiance extrême, elle devait souvent être la dupe des autres; son extrême délicatesse l'avertissait aussi quand quelque chose de bas et de vil s'agitait autour d'elle, et le retour du comte de Pauliski lui causait un instinctif effroi; la crainte de le rencontrer, l'incertitude de savoir si les heures où elle entrait chez la princesse n'étaient pas changées par l'arrivée du comte, la retinrent longtemps dans sa chambre.

Le déjeuner était fini quand elle descendit; elle n'osa demander qu'on la servît de nouveau, et, affaiblie par la mauvaise nuit qu'elle avait passée, elle se sentit sans force et sans courage. Cependant la princesse la fit demander pour lui faire la lecture; mais il n'y avait pas un quart d'heure qu'elle lisait que madame de Sowbanoff s'endormit. Pourtant c'était une histoire intéressante écrite d'un style simple, et Alice tournait les feuillets avec une si fiévreuse attention, qu'elle n'entendit pas la porte s'ouvrir doucement. Elle ne leva la tête qu'en sentant un baiser s'appuyer sur son col baissé; elle se leva avec terreur et courut vers la porte en reconnaissant le comte; mais il lui barra le passage, et la regardant d'un œil ardent, il se baissa pour prendre un second baiser.

— Insolent! s'écria Alice en se débattant, je vais...

Il lui mit brutalement la main sur la bouche et voulut la prendre dans ses bras; mais la princesse fit un mouvement, Pauliski eut peur et laissa Alice s'échapper. Elle monta sans reprendre haleine les quatre étages qui conduisaient chez elle, et après avoir fermé sa porte, elle tomba presque évanouie sur un siége.

Heureusement que des larmes abondantes la soulagèrent.

— Mon Dieu! s'écria-t-elle avec angoisse, il me semble que je pourrais tout supporter, hors la honte et l'humiliation que cet homme ose m'imposer. Et la malheureuse enfant cacha sa tête sur son lit, dans un état d'angoisse impossible à rendre.

Incapable de se calmer, ses sanglots troublèrent longtemps la triste solitude qui l'entourait.

— Ma mère! ma mère! s'écriait-elle de temps en temps, dites-moi si c'est un crime de désirer la mort pour échapper à tous les dangers qui m'entourent. Ah! quelle que soit ma confiance en Dieu, je ne puis m'empêcher de murmurer.

Et dans cette tête si vive, avec une fierté si délicate, la pensée du suicide se présentait quelquefois comme un acte de vertu. On frappa à la porte. Alice, avant d'ouvrir, demanda qui c'était.

— Moi! moi! répondit Olga d'une voix agitée. Vous auriez préféré sans doute que ce fût M. le comte, ajouta-t-elle insolemment en entrant dans la chambre, mais ce n'est pas lui, et, en attendant qu'il vous procure ce plaisir, vous voudrez bien...

Alice retrouva toute son énergie, et montrant la porte à Olga, elle l'assura qu'aucune puissance ne la forcerait de la souffrir chez elle.

— Peut-être, dit l'insolente en se plaçant devant Alice. Mademoiselle de Lostange recula avec dédain.

— Vous ne savez donc pas, s'écria Olga, que je suis maîtresse ici? que la princesse ne pense, ne voit que par moi, et que le comte est mon amant?

— Puisque vous ne voulez pas sortir, dit Alice, je vous cède la place.

— Vous ne savez pas, reprit la mégère, que s'il vous aimait, je vous tuerais tous deux!

Comme Olga s'exprimait avec cette violence sauvage, une pierre lancée du dehors tomba à ses pieds.

— Vous direz que vous n'êtes pas d'accord, s'écria-t-elle en la ramassant.

Alice continua de la regarder avec le plus froid mépris. Olga lut ce billet attaché à la pierre :

« Ma petite, vous êtes beaucoup trop jolie pour rester demoiselle de compagnie, et ce serait un meurtre de vous laisser dans cette position. Je ne doute pas que nous ne soyons bientôt d'accord. Vous serez ici la maîtresse absolue; il ne faut pas grande adresse pour tromper ma grosse épouse, et je saurai mettre tout le monde à la raison.

Laiss z cette nuit votre porte ouverte, et j'irai mettre à
vos pieds ma fortune et mon amour. »

Olga devint livide de colère.

— Eh bien! eh bien! balbutia-t-elle, eh bien! cet
homme se moque de vous, et ne cède qu'à vos coquetteries; mais je mettrai bon ordre à tout cela. J'ai déjà commencé ma vengeance, continua-t-elle en tremblant de
rage, je me doutais de quelque chose; j'ai surpris vos
regards, et vous ne pouvez faire autrement...

— Taisez-vous, dit mademoiselle de Lostange avec une
dignité qui fit taire un moment Olga; mais elle reprit
bientôt :

— Il faut, oui, il faut que vous quittiez la maison.

— Je n'ai pas l'intention de rester ici, je vous le jure;
je vais tout disposer...

— Oui, pour que vous ayez le temps de combiner avec
le comte où vous vous retrouverez. Non, non, il faut que
vous vous en alliez tout de suite, ou je vous fais passer
pour une voleuse.

— Vous perdez la raison, dit Alice froidement.

— Oh! vous vous croyez bien forte, parce que vous
avez le titre de demoiselle de compagnie, et que Madame
vous a reçue bêtement sans que vous fussiez recommandée par personne, avec vos cinq ou six guenilles...

— Finissons, interrompit Alice. Que me voulez-vous?

— Que vous vous en alliez à l'instant même, ou je vais
renfermer cette broche de diamants dans votre sac, dont
je m'empare; je cours de suite le porter à Madame; vous
jurerez que vous êtes innocente, mais qui vous croira?
Vous tombez des nues, personne n'est venu vous voir,
personne ne s'intéresse à vous; on vous conduira en prison.

— En prison ! s'écria Alice avec horreur.

— Oui, en prison; et ne croyez pas que le comte vous
défende, il aura bien assez de se défendre lui-même;
d'ailleurs, il m'aime...

Alice demeurait anéantie, une inexprimable angoisse mêlée de colère serrait ses lèvres. Oh! que dans ce moment elle eût voulu mourir! mais cette infâme Olga eût flétri sa mémoire.

— Au lieu que si vous voulez partir de suite, reprit Olga, je dirai que votre mère, bien malade, vous a envoyée chercher; car c'est votre mère, cette femme que vous avez fait passer pour une femme de chambre.

Alice la regardait avec terreur et ne répondait pas. La cloche du dîner sonna pour la seconde fois.

— Décidez-vous, reprit Olga avec un redoublement de fureur, ou je vais porter votre sac avec la broche dedans. Si vous partez, au contraire, je la remettrai dans l'écrin de Madame.

— Je ne veux pas rester une minute de plus dans cette horrible maison, s'écria Alice, oubliant qu'elle n'avait point d'autre asile.

— C'est ce qu'il me faut, reprit Olga en la poussant rudement vers la porte. Vous descendrez dans le *podere* par la petite terrasse, de là vous arriverez à la grande route sans être aperçue; et ne vous avisez pas de vous rapprocher du comte, je le surveillerai. Voilà votre sac, je vous promets de remettre l'agrafe tout de suite. Oh! j'ai de l'honneur, moi. Vous pouvez envoyer demain de bonne heure chercher vos pauvres guenilles.

Alice n'entendit point cette dernière grossièreté; elle s'élança sur l'escalier, descendit dans le *podere*, et tomba anéantie au pied d'un arbre. Sa tête était en feu, ses artères battaient avec une extrême violence. Elle n'avait rien pris depuis le dîner de la veille; sa faiblesse était si grande qu'elle crut qu'elle allait mourir. Elle ne s'en effrayait pas. Elle se croyait certaine qu'Olga, n'ayant plus rien à craindre d'elle, ne l'accuserait pas de vol. On trouverait là son cadavre, et le peu d'effets qu'elle avait laissés suffirait pour lui assurer un coin de terre. Ses

idées commençaient à se brouiller, le souvenir de ceux
qui lui faisaient du mal s'éloignait pour faire place à de
plus douces impressions. Elle crut revoir son oncle, son
cousin, et dans un coin de sa pensée elle retrouva une
image qu'elle craignait lui être plus chère qu'elle ne devait l'être.

Cependant la peur ranima Alice : elle crut apercevoir
quelqu'un sur la terrasse, la terreur lui donna des forces,
elle se traîna jusqu'à la porte de l'enclos qui ouvrait sur
la grande route, et se mit à marcher avec une rapidité
qu'elle n'aurait pas crue possible un instant auparavant.

Alice entendit derrière elle le galop d'un cheval, c'é-
tait une chose bien simple sur une route aussi fréquen-
tée. Cependant elle regarda autour d'elle où elle pourrait
se cacher, mais la route était bordée de murailles de
chaque côté ; elle chercha à se rassurer en espérant qu'on
ne la remarquerait pas, et sans oser lever les yeux, elle
avança aussi vite que ses forces le lui permirent.

Le cheval s'arrêta et une nouvelle terreur arriva au
cœur d'Alice. Si le comte était à sa poursuite!... Le dégoût, la colère, lui rendirent quelques forces ; elle se décidait à implorer du secours dans quelque maison voisine, quand une voix douce, une voix qu'elle eût reconnue
entre mille, lui dit :

— Pardon, mademoiselle de Lostange, mais il me paraît impossible que vous refusiez mes services. Seule
ici ! La nuit va venir, et...

— Que puis-je craindre, Monsieur? balbutia Alice ; et
la pauvre enfant, sachant trop ce qu'elle avait à craindre,
fondit en larmes.

— Si vous refusez mon bras, Mademoiselle, permettez
au moins que je marche à côté de vous.

En s'approchant d'Alice, M. de Sommerville, qui était
descendu de cheval, remarqua une si profonde terreur

sur sa charmante figure, qu'il s'écria avec la plus profonde émotion :

— Qu'avez-vous donc, Mademoiselle ? quelqu'un vous a-t-il manqué de respect ? Vous habitez la maison de madame Sowbanoff, je le sais. Pourquoi donc êtes-vous seule, à cette heure, sur cette route ? pourquoi madame de Vatry ne vient-elle pas vous chercher ?

— Je ne retournerai pas chez la princesse, ni chez ma tante, s'écria Alice ; peut-être ne voudraient-elles pas me recevoir, et.....

— Eh bien, permettez-moi de vous accompagner ; il est impossible que je vous laisse ainsi, à cette heure. Fiez-vous à moi.

— Monsieur, j'accepte votre protection pour me conduire jusqu'au palais de madame de Vatry, répondit Alice. Je compte seulement sur l'humanité d'une des femmes de ma tante, mademoiselle Mélanie ; elle me cachera ce soir, et demain je verrai ce que j'aurai à faire.

Il en avait horriblement coûté à Alice d'avouer tout le malheur de sa position ; sa fierté se sentait blessée de son isolement, de son abandon ; aussi son abattement augmentait-il de plus en plus.

— Vous pouvez à peine vous soutenir, observa M. de Sommerville. Nous voici arrivés à la porte de la ville, entrez dans ce parterre où se trouvent quelques bancs ; mon domestique ira chercher une voiture, et je vous suivrai de loin, à cheval, jusqu'à ce que vous soyez en sûreté.

— Vous êtes bon, murmura Alice en tombant épuisée sur un banc.

Le valet de M. de Sommerville était déjà parti au galop. Alice, se sentant à chaque instant plus faible, éprouvait une crainte mortelle de s'évanouir. Le marquis lui demanda à tous moments comment elle se trouvait ; elle fit effort pour lui répondre qu'elle allait bien. Il ne la

5

crut pas sans doute, car il passa un bras autour d'elle pour la soutenir au moment où elle s'évanouissait entièrement.

Quand Alice revint à elle, elle se trouva assise dans une voiture à côté de Roger, qui lui tenait la main ; les cheveux d'Alice étaient détachés, et ce qu'elle ressentait était à la fois cruel et doux. Il lui semblait qu'elle possédait un protecteur, un appui ; mais cette illusion fut de peu de durée : la réflexion l'eut bientôt ramenée à sa véritable situation ; elle se dégagea doucement, rattacha ses cheveux et demanda pardon à Roger de tout l'embarras qu'elle lui causait.

— Ne m'enviez pas cet instant de bonheur, lui répondit-il, et pardonnez-moi si j'ai été forcé de me placer près de vous. Nous voici arrivés au palais de madame de Vatry, je vais me retirer. Franck ira chercher mademoiselle Mélanie, et je ne vous verrai peut-être plus, ajouta-t-il d'un accent pénétré.

— Merci, Monsieur, merci, dit Alice en lui tendant la main. Vous avez été humain, compatissant, comme il est, dit-on, dans votre caractère de l'être.

Roger s'inclina sur cette main, mais n'osa la porter à ses lèvres.

Restée seule, Alice retrouva toute l'horreur de sa position. Elle regardait avec terreur les épaisses murailles de cette maison, où elle venait demander un asile et d'où elle avait été si cruellement renvoyée. C'était à une personne dépendante elle-même dont elle venait réclamer la protection. Elle ne doutait pas de l'obtenir ; mais que deviendrait-elle le lendemain ?

Quels que fussent pourtant les embarras et la préoccupation de sa situation, elle se demandait comment M. de Sommerville s'était trouvé précisément sur son chemin. Était-ce seulement le hasard, ou la cherchait-il ? La chercher ! Cette pensée inspirait malgré elle un sentiment de joie à l'imprudente Alice.

Cependant Franck ne revenait pas, ou plutôt mademoiselle Mélanie n'accourait pas au-devant d'Alice, qui comptait sur l'empressement de cette excellente fille. Mais, grand Dieu! si quelque obstacle l'arrêtait!... Alice pensait alors, en frémissant, à ce qu'elle allait devenir dans une ville étrangère et presque sans argent.

— Mélanie ne vient pas! répétait-elle avec angoisse.

Alice connaissait les malheurs de la dépendance, mais elle sentait qu'elle ne saurait se tirer d'aucun de ces embarras causés par le manque d'argent, et la fierté délicate de son caractère lui rendait sa position plus affreuse qu'à personne. Elle s'était bien répété souvent qu'elle saurait se suffire à elle-même; mais de là à l'exécution, la différence est immense. Les minutes paraissaient des heures à mademoiselle de Lostange. Tout à coup son cœur battit avec violence d'une joie inattendue : M. de Sommerville, qu'elle ne croyait plus revoir, monta rapidement dans la voiture sans en demander la permission à Alice, qui s'écria :

— Mademoiselle Mélanie vient-elle?

— Elle n'est plus chez madame votre tante, elle est retournée en France.

— Sans me voir, sans s'informer de mon sort? Oh! c'est impossible, Monsieur. Je veux aller m'informer par moi-même.....

— Je vous donne ma parole d'honneur que mademoiselle Mélanie n'est plus chez madame de Valry, répéta Roger.

— Que vais-je donc devenir? murmura Alice, à qui vais-je m'adresser? Elle tremblait, et sa pâleur était effrayante.

— Calmez-vous, Mademoiselle, calmez-vous, reprit M. de Sommerville, la première chose est de vous trouver pour ce soir un asile convenable. Depuis longtemps, je suis lié avec une famille française actuellement à Flo-

rence. Madame de Belmance, chez qui je vais vous conduire, est digne de votre confiance et de votre amitié ; je
suis sûr qu'elle vous accueillera parfaitement et qu'elle
vous aimera : qui ne vous aimerait pas?

Alice continuait à trembler d'une manière inquiétante,
cependant elle parvint à dire :

— Je me fie à vous, à votre honneur, Monsieur ; vous
le voyez, je n'ai d'autre appui que vous dans ce moment,
laissez-moi vous regarder comme un frère, vous remercier comme un bienfaiteur.

— Sur mon honneur, dit M. de Sommerville, votre
confiance ne sera point trompée.

Dix minutes après, Alice était reçue chez madame de
Belmance avec la plus aimable cordialité. Mais les émotions qu'elle venait de ressentir avaient épuisé ses forces ;
elle tomba malade et passa plusieurs jours dans le plus
imminent danger.

IV

Depuis que le hasard, ou plutôt le malheur, et l'instinct de l'amour avaient réuni Alice et Roger, il ne se
passait pas un jour sans que celui-ci vînt voir Alice. Il
l'avait présentée à madame de Belmance dans des termes
si respectueux, il y avait tant de dignité et de grâce dans
le maintien de mademoiselle de Lostange, qu'il aurait
fallu avoir plus de méfiance dans le cœur et de rigidité
dans le caractère que n'en avait madame de Belmance
pour éprouver une défiance qu'Alice ne méritait pas. La
vérité est une, et son empire se fait toujours sentir. Alice
ne chercha point d'abord à justifier son étrange position ;
mais au bout de quelques jours, entraînée par son caractère expansif et le respect que lui inspirait celui de ma-

dame de Belmance, elle ne lui cacha rien de sa triste destinée, et de la belle conduite de M. de Sommerville.

Madame de Belmance avait connu Roger très-jeune. Elle ne savait de lui que des actions honorables ; elle ignorait son caractère : car il en cachait la légèreté et l'égoïsme sous une apparence charmante ; d'ailleurs elle vivait retirée au sein de sa famille, et il est des torts que n'apprennent jamais les femmes placées dans une certaine position.

Venue en Italie pour sa santé, qui était fort délicate, madame de Belmance comptait bientôt retourner en France, quand elle connut entièrement la véritable situation d'Alice. Dès lors l'attrait que, du premier jour, elle avait ressenti pour elle, se changea en une amitié véritable. Plus rassurée de ce côté, puisqu'en retournant en France Alice pouvait retrouver, au Sacré-Cœur, l'asile qu'on l'avait forcée de refuser, Alice aurait dû se trouver presque heureuse. Hélas ! elle ne l'était pas : la crainte de ne plus voir M. de Sommerville était devenue un chagrin pour elle. Il était si bon, si beau, si aimable ; il lui montrait tant de dévouement ; il lui avait appris avec tant de douceur et de précaution la mort de la pauvre Mélanie : hélas ! elle était morte, cette bonne créature qui avait montré un véritable attachement à la malheureuse Alice.

Certes, une jeune fille entourée de la protection et de l'amour de ses parents peut ne pas attacher un grand prix à l'amitié d'une obscure femme de chambre ; mais Alice, si abandonnée, si sensible, pleurait mademoiselle Mélanie avec sincérité.

Pendant qu'elle était ainsi malheureuse de la pensée de quitter Roger, quels étaient les projets de celui-ci, quels sentiments l'agitaient ?

Il la trouvait belle, charmante ; il en était passionnément épris ; mais l'aimait-il réellement ? Son caractère

faible et inconstant par nature, l'était surtout avec les
femmes : car, les ayant toujours trompées, il ne croyait
pas en elles. Le souvenir de ce que lui avait dit madame
de Vatry lui revenait sans cesse à l'esprit. Alice aimait
bien certainement son cousin Édouard de Vatry ; et si,
malgré elle, elle laissait deviner la préférence qu'elle
ressentait au fond du cœur, Roger croyait que c'était de
la coquetterie, et Roger se disait : elle est belle comme un
ange, mais elle serait trompeuse comme tous les anges
de la terre.

Et cependant, il voyait s'approcher avec regret l'époque
où madame de Belmance devait partir et emmener Alice.
Incertain, entraîné, presque passionné, cette passion,
excitée par l'amour-propre et les obstacles, devenait
chaque jour plus visible. Pourtant il savait que mademoiselle de Lostange avait beaucoup à se plaindre de sa
tante, dont elle avait été si cruellement abandonnée, et il
continuait à la voir, le tout par entraînement. Il ne pouvait passer sa vie avec Alice, les convenances s'y opposaient ; au lieu que chez la comtesse il était libre, inégal,
capricieux à son aise, distrait, sinon amusé. On y jouait
jusqu'au milieu des nuits, et l'émotion du jeu plaisait à
Roger. Madame de Vatry déployait sa gaieté triviale.
Alice était d'une distinction parfaite de manières : ses talents étaient remarquables, son esprit avait toute la grâce
de la jeunesse ; mais on ne pouvait se permettre près
d'elle ce laisser-aller qui approche souvent d'une licence,
qui ne plaît que trop aux caractères blasés.

Ainsi Roger, entraîné par les désirs que lui inspirait
une jeune fille charmante, distrait par une femme indigne de lui être comparée, remettait chaque jour à prendre
une résolution ; et cependant, chaque jour, ses regards
plus tendres, plus passionnés, ses soins, ses paroles, tout
décelait des sentiments qu'Alice partageait. Et comment
en aurait-il été autrement ? Abandonnée par une femme

sans égard pour le nom qu'elle portait, sans pitié pour une jeune personne dont elle avait juré de rester l'appui, Alice s'était innocemment et facilement attachée à un homme jeune, beau, d'un rang qui flattait ses souvenirs d'enfance : l'écorce était trop séduisante, pour qu'elle eût songé à sonder l'arbre ; et les apparences parlaient si bien pour Roger, qu'elle se fût trouvée ingrate de ne pas l'aimer. D'ailleurs, peut-être, Alice ne croyait-elle pas que sa reconnaissance fût de l'amour ; cependant elle éprouvait tant de douleur à la pensée d'être bientôt privée de la présence de Roger, qu'elle rougissait et pâlissait toutes les fois que madame de Belmance parlait de son départ.

Mais les préparatifs avançaient, bientôt on en fixa le jour.

Un soir, elle attendait Roger, elle l'attendait pour lui dire : Je pars dans trois jours. Que pensera-t-il en apprenant qu'ils n'allaient plus se voir ? Hélas ! se disait Alice en marchant tristement sur la terrasse, d'où elle interrogeait la route de Florence, il pensera que je dois suivre ma destinée, comme il doit suivre la sienne : rien ne peut les confondre ni les rapprocher. Jamais il ne me parle de madame de Vatry, mais je suis certaine qu'elle lui dit du mal de moi ; plusieurs fois il m'a presque plaisantée sur Édouard, que j'aime comme un frère ; sans doute elle l'aura assuré que j'avais de l'amour pour mon cousin, et alors, comment s'occuperait-il sérieusement de mon avenir qu'il croit fixé. Alice était trop pure pour ne pas se reprocher ses pensées et ses regrets ; pourtant, malgré elle, des larmes baignèrent ses joues brûlantes, et, faisant effort sur elle-même, elle s'éloigna de la terrasse.

C'était une des plus ravissantes soirées du mois de juin, de ce mois si beau en Italie, que la joie s'infiltre dans tous les cœurs. Les fleurs, qui sont si merveilleusement belles à Florence, jetaient dans l'air leurs parfums enivrants; des touffes de roses montaient autour des arbres et se mêlaient aux lierres, si magnifiques en Toscane. Le soleil descendait rapidement, et sa brillante clarté faisait place à celle des lucioles qui, glissant dans l'air, s'attachaient aux buissons et formaient une illumination si brillante que les étoiles du ciel en pâlissaient. La nuit arrivait enfin, et Alice restait plongée dans sa rêverie, quand une main respectueusement passionnée saisit la sienne.

— Ah! s'écria Alice en se levant, pardon, monsieur le marquis, je ne vous avais pas entendu venir : rentrons, madame de Belmance pourrait m'attendre.

— Je viens de la voir, répondit Roger; elle m'a appris que je vous trouverais au jardin, et que vous m'annonceriez une nouvelle.

— Oui, dit Alice en tournant la tête, nous partons dans trois jours.

— Trois jours! mais c'est impossible, vous ne pouvez penser à nous séparer! Alice, chère Alice, écoutez-moi.

Elle retomba profondément émue et tremblante sur le banc qu'elle avait quitté. M. de Sommerville, en la voyant si belle, en la trouvant si sensible, ne pensa qu'au désespoir de la perdre; toujours l'esclave du moment, incapable de se commander à lui-même, il tomba à genoux et prononça d'une voix sensible et passionnée :

— Alice, je vous aime, je vous adore! Voulez-vous être ma compagne chérie, l'objet de tous mes soins, le bonheur du reste de ma vie?

Et il attira avec transport les deux mains d'Alice sur son cœur.

Elle voulut les retirer, se lever pour fuir : car elle se rappelait qu'elle n'avait plus de mère, et qu'elle était seule dépositaire d'elle-même.

— Ah! répondez-moi, s'écria Roger en la retenant :

est-ce que vous ne pouvez m'aimer? Est-ce qu'il est vrai que votre cousin Édouard de Vatry?...

— Je l'aime comme un frère, s'écria-t-elle en levan son beau regard vers le ciel.

— Et moi? dit Roger avec passion.

— Vous? dit-elle en cachant ses yeux, vous? ne me le demandez pas : tout nous sépare.

— Je suis libre, s'écria Roger, et cette liberté, je la dépose à vos pieds! Alice, j'ai besoin d'être aimé, j'ai besoin de bonheur. Me refuserez-vous le seul où j'aspire? Voulez-vous me réduire au désespoir?..

Alice laissa sa main dans celle de Roger, et murmura doucement :

— Mon protecteur, mon ami, mon époux... Cependant il me reste encore un parent, mon oncle de Vatry.

— Ah! je ne puis consentir à tant de délais! s'écria Roger; soyez à moi, je veux vous tenir de vous seule.

— Je dois retourner en France, c'est au couvent...

— Non! je ne puis supporter votre éloignement, interrompit Roger avec ardeur; si vous partez, qui sait quand nous nous rejoindrons?

— N'êtes-vous pas libre? s'écria Alice.

— Oui, libre, mais je ne puis consentir à notre séparation; cette seule pensée me brise le cœur. Ah! laissez-moi quelque temps savourer la joie de mon bonheur.

— Et moi, dit Alice, pensez-vous que je ne sois pas heureuse quoi qu'il m'arrive, quel que soit mon avenir?

— Votre avenir m'appartient, s'écria Roger.

— Dieu le permette! soupira Alice; mais rentrons : que penserait madame de Belmance?

— Je vais lui déclarer que je vais devenir votre époux, s'écria Roger en l'entraînant vers la maison.

Il était plus de minuit quand Roger quitta madame de Belmance et celle que, devant témoins, il avait nommée son Alice, à qui il avait juré un amour éternel. Dans l'enivrement qui remplissait son âme, il oubliait qu'il n'avait ni assez de caractère, ni assez de constance pour vaincre comme il le devait les prétendus obstacles qui s'opposaient à son mariage. M. de Sommerville était remonté à cheval sous l'impression charmante qui l'avait subjugué toute la soirée; mais le temps avait changé. Il ne s'aperçut d'abord pas que la pluie avait succédé au plus beau temps du monde, elle tombait par torrents, le ciel était devenu noir et l'atmosphère imprégnée d'humidité; les étoiles devant lesquelles Roger avait juré un éternel amour, les étoiles avaient disparu.

— Quelle heure est-il? demanda le marquis à son groom.

— Une heure vient de sonner, monsieur le marquis; mais nous voilà, Dieu merci, à la porte de Florence. Quel vilain temps, mon Dieu!

Roger entra au galop dans la ville, et il fut arrêté dans une rue obstruée d'équipages et devant un palais dont les fenêtres étaient brillamment éclairées.

— Le bal de la princesse Poniatowski! se dit-il avec dédain; Dieu merci, je n'irai pas; la comtesse attendra, mais que m'importe!

Tout en disant que m'importe, le marquis éprouvait un malaise assez fatigant.

Quoiqu'on sût la comtesse mariée, personne ne s'inquiétait du comte de Vatry. Florence est une ville à la fois tracassière et indifférente. On parle des petites choses sans se préoccuper des importantes: on meurt sans qu'on vous pleure, on se déshonore sans qu'on vous blâme; mais que votre amant vous quitte ou que vous le quittiez, de suite la société se gendarme et prend fait et cause. Ainsi, M. de Sommerville était publiquement attaché à la comtesse; il s'était laissé enchaîner par des liens qu'il portait d'assez mauvaise grâce, mais enfin il les portait.

Le caractère naturellement peu énergique de Roger avait encore perdu de sa valeur, dans un pays où les hommes ne le sont que par les sens, et les femmes par la coquetterie et les sentiments les plus frivoles ; s'il était possible qu'il s'énervât davantage, Roger l'avait fait dans cette ville de Florence, où on ne s'occupe que de plaisirs, de luxe et d'intrigues.

Engagé avec Alice, et arrivé à l'instant d'agir, de prendre un parti, peu à peu la tête de Roger se calma, et il ne se vit pas sans terreur au moment de rompre ouvertement avec une femme violente et mal élevée. Quand il rentra chez lui, quoiqu'il fût très-tard, Baptiste tenait la toilette de son maître prête pour aller au bal ; il trouva aussi plusieurs cartes, une, entre autres, d'un Français très-assidu chez la comtesse, et avec lequel elle paraissait se plaire. Certes, M. de Sommerville n'était point jaloux de la comtesse, qu'il n'aimait pas ; cependant cet homme lui déplaisait. Il était joyeusement moqueur et faisait rire souvent aux dépens des autres ; du reste, c'était un robuste et infatigable danseur : il croquait des caricatures à merveille, faisait danser au piano, et passait dans le monde pour un homme aimable ; insouciant et obligeant par calcul, il s'introduisait partout, recevait toutes les politesses sans embarras et sans en rendre aucune ; il aurait paru importun s'il n'avait pas été si amusant. Les hommes n'osaient pas lui fermer leurs portes, et les femmes étaient bien aises de l'avoir à leur disposition ; il se mettait de tous les pique-niques sans jamais payer, n'avait ni chevaux ni voitures, et n'allait jamais à pied ; du reste, son existence au moins problématique n'excitait plus la curiosité : on n'eût pas fait de cet homme un ami, mais on l'acceptait comme amusement.

Madame de Vatry était trop légère, trop amie de la gaieté, quelle qu'elle fût, pour ne pas avoir accueilli mieux qu'une autre la présence de M. Anténor de Gi-

raud. Il s'était impatronisé chez elle, y eût réussi entièrement par la flatterie et l'audace, si la comtesse n'eût
aimé Roger autant qu'elle pouvait aimer, et n'eût craint
de lui déplaire en accueillant trop bien un homme qui
lui était antipathique; car M. de Sommerville ne cachait
pas sa répugnance pour M. Anténor, qui, de son côté, ne
pouvait souffrir le marquis. Cette mutuelle antipathie se
décelait chez l'un par un froid dédain, et chez l'autre par
un redoublement de plaisanterie dont il parvenait à faire
rire ceux mêmes qui trouvaient au marquis des manières
charmantes et distinguées.

— M. de Giraud a dit qu'il reviendrait demain, annonça Baptiste à son maître; mais il paraissait très-per-
suadé qu'il verrait Monsieur ce soir au bal.

— Au fait, je suis bien sûr que je ne dormirai pas,
pensa Roger.

Et il se prépara à se déshabiller pour refaire sa toilette.

Dans le mouvement qu'il fit, un bouquet de fleurs
tomba de sa poitrine : c'étaient les roses que lui avait
données Alice, et qu'elle avait portées. M. de Sommerville n'osa les ramasser en présence de Baptiste; mais il
lui donna un ordre qui l'éloigna, et profita de son absence pour se saisir du bouquet, le cacher dans son sein,
et murmura :

— Alice, chère Alice, elle m'aime! elle me l'a avoué
avec une candeur si touchante! Aussi je suis bien à elle
pour toujours, et je ne dois pas revoir celle qui l'a si
cruellement traitée.

— La voiture de Monsieur est prête, annonça Baptiste.

— Je ne vous l'ai pas demandée, répondit le marquis
avec humeur; donnez-moi ma robe de chambre.

— J'ai cru bien faire, dit Baptiste, en croyant que
Monsieur allait s'habiller pour le bal; mais, certainement, je suis bien enchanté que Monsieur reste : il paraît
fatigué.

Roger se coucha en pensant qu'on l'importunerait sans
doute de reproches; mais Alice resta victorieuse de cette
imagination plus mobile que tendre.

Cependant le souvenir de mademoiselle de Lostange ne
s'empara pas tellement de son cœur que Roger ne se dît :

— Ils s'amusent et je ne puis dormir! Qu'est-ce que cela
ferait à celle qui ne le sait pas qu'on se distraye loin d'elle?

Puis il pensa, malgré lui, à ce que lui avait dit madame Vatry des amours d'Édouard et d'Alice.

— Je voyais sa nièce pour la première fois, se dit-il ;
la comtesse ne pouvait avoir aucun intérêt à me tromper.

La difficulté de sa position, la méfiance naturelle à son
caractère, tout cela le rendit soucieux.

A son réveil, impressionnable et nerveux, la pluie,
qui tombait par torrents, le rendit encore plus morose.
Pour un homme inoccupé, le beau ou le mauvais temps
est fort important. N'allant point chez madame de Vatry,
Roger ne savait que faire des heures qu'il perdait avec
elle. Il essaya de lire et ne s'en trouva pas le courage; de
peindre : à côté des aquarelles d'Alice, ce n'était rien qui
vaille que son ouvrage. Parfaitement ennuyé, il ressentit
presque un mouvement de plaisir quand on lui annonça
M. Anténor de Giraud.

— Êtes-vous donc malade, cher marquis? s'écria fami-
lièrement M. de Giraud. Baptiste ne voulait pas m'intro-
duire, et vous avez l'air réellement souffrant. Je suis certain que c'est votre course de cette nuit.

Roger rougit légèrement et demanda brusquement :

— Qui vous a dit?...

— Parbleu! Henri de Saillis. Vous savez qu'il est
comme le solitaire : il sait tout, est partout et voit tout !...
Vous me permettrez de prendre un cigare; les vôtres sont
excellents.

Roger ne répondit qu'en poussant devant M. de Giraud
la provision de l'objet demandé.

— Je vous disais donc que le bal, où vous avez bien fait de ne pas venir, car il eût été fort ennuyeux sans une querelle entre deux lionnes..... Mais tout Florence vous contera cela. Pour en finir avec ce qui vous regarde, Henri de Saillis arriva vers une heure; il annonça qu'il venait de rencontrer le marquis de Sommerville à cheval, trempé de pluie et suivi de son groom. Henri, qui aime beaucoup à faire des observations, ajouta que vous paraissiez venir de la campagne; votre comtesse fit la mine, je vous en préviens; elle vous prépare, je crois, une bonne querelle.

— Trêve de vos conjectures, monsieur de Giraud, je vous prie, dit Roger avec hauteur.

— Elle voulut s'en aller de bonne heure, reprit Anténor sans paraître remarquer l'humeur de Roger. Henri et moi l'avons accompagnée, et comme aucun de nous n'avait envie de dormir, nous avons pris du thé et causé jusqu'au jour. Je dois avouer que le prochain n'a pas été épargné. Elle est fort piquante, fort drôle, la comtesse; elle poussait de longs éclats de rire, en montrant ses trente-deux dents que les poëtes appelleraient des perles. C'est une femme fort désirable que madame de Vatry; elle parut assez rêveuse d'abord, mais peu à peu elle est devenue charmante. Mais à qui vais-je apprendre cela? A propos, nous avons improvisé un petit bal intime qui sera charmant. J'étais accouru hier soir pour vous le dire: nous comptions vous voir cette nuit: vous n'êtes pas venu, et me voilà ce matin pour vous engager à ne pas disposer de votre soirée.

— Je ne crois pas aller chez madame de Vatry, dit Roger en se levant.

— En ce cas, je vous laisse, cher marquis, et vais chercher notre belle comtesse, qui m'a retenu pour faire quelque emplette. Adieu donc!

— Le fat! pensa Roger. Je serais bien dupe de craindre

de faire de la peine à cette femme : elle se consolera facilement. Mais quel parti vais-je prendre avec Alice ? La
pensée de son départ me désespère, et cependant comment
puis-je l'empêcher ? L'épouser aux yeux de madame de
Vatry, c'est m'exposer à des scènes que je ne pourrais
peut-être braver qu'en scandalisant toute la société de
Florence.

Et Roger tomba dans une incertitude d'autant plus pénible, qu'il ne se sentait pas cette chaleur du cœur qui
lève résolûment tous les obstacles. Il aimait trop et trop
peu pour se sentir entièrement heureux. L'entraînement
auquel il avait cédé la veille lui inspirait, à présent qu'il
était seul, plus d'embarras que de plaisir. Prendre un
parti, s'arrêter à une résolution irrévocable était toujours
un acte pénible pour Roger : déranger ses habitudes, fus-
sent-elles ennuyeuses, lui déplaisait ; et cependant, avec
toutes ses incertitudes et tous ses défauts, il séduisait facilement. On le croyait sensible, il n'était qu'entraîné ;
bon, il n'était que doux ; franc, il n'était qu'impatient,
et alors il laissait échapper sa pensée. Avec tout cela, son
rang, sa fortune, sa générosité princière, quand sa vanité
était en mouvement, lui faisaient des amis qui se lais-
saient tromper, et il se trompait lui-même sur son
compte.

De ce nombre était madame de Belmance. L'amitié
vive et sincère qu'elle ressentait pour Alice lui fit partager avec joie son bonheur, quand elle apprit de Roger
son amour pour elle et son intention de devenir son
époux. Si elle avait pu deviner les incertitudes du carac-
ère de Roger, la faiblesse de son amour, elle aurait dit à
sa jeune amie : « Gardez-vous de l'aimer, mon enfant,
fermez votre oreille à des promesses que la vanité ou le
caprice inspire. » Mais, au lieu de cela, madame de
Belmance, heureuse du bonheur de sa jeune amie, passa
avec elle une partie de la nuit à parler d'avenir. Soit cette

fatigue, soit qu'elle éprouvât une de ces crises auxquelles elle n'était que trop sujette, madame de Belmance était fort souffrante le lendemain matin. Nous avons vu que Roger était lui-même assez abattu, presque désenchanté.

Le soleil se leva. A moitié du jour, Roger se fit mener aux Cascines, cette belle mais éternelle promenade des Florentins. Toute la belle société y était; madame de Vatry seule n'y parut pas : Roger s'en étonna, et revint chez lui plus mal disposé encore que quand il était sorti. Il dînait souvent avec des amis qu'il rejoignait dans le monde; ne voulant pas y aller, il dîna chez lui, et monta en voiture pour se rendre chez Alice, en se demandant quel parti il allait prendre et s'il la laisserait partir. Il connaissait bien peu la noble fille à qui il avait affaire. D'une sensibilité délicate et fière, Alice avait senti toute son âme voler au-devant de celle de Roger, parce qu'elle le croyait bon, généreux, parce qu'elle le croyait incapable d'une mauvaise action, presque d'une mauvaise pensée. Il y avait aussi dans cet amour de jeune fille, si chaste et si pur, une reconnaissance mêlée d'admiration. Alice était une femme plus rare qu'on ne croit; elle ne pouvait aimer que ce qu'elle estimait. Remplie de modestie, la retenue et la timidité de ses manières n'empêchaient pas qu'elle n'eût un caractère rempli de fermeté. En cela elle était tout le contraire de Roger : elle savait bien ce qu'elle voulait.

M. de Sommerville arriva près d'Alice sans avoir pris un parti, sans savoir comment il sortirait de la fausse position où il s'était placé. Le hasard, dont les gens indécis profitent toujours, et sur lequel les caractères bien trempés ne comptent pas, servit Roger.

Madame de Belmance était malade. Son état ne présentait aucun danger, mais il paraissait impossible qu'elle pût partir de quelques semaines. Son mari, forcé de la laisser derrière lui, en prenait plus facilement son parti, parce qu'il savait qu'Emmanuel de Fargy, le frère de sa femme, devait passer par Livourne d'un instant à l'autre.

Emmanuel venait de Constantinople. Depuis l'âge de vingt ans, il était attaché à l'ambassade de cette résidence en qualité de secrétaire. Beaucoup plus jeune que sa sœur, qui l'avait élevé, à vingt ans c'était déjà un jeune homme rempli de distinction, et donnant les plus belles espérances. Plus tard, ses lettres, les renseignements que l'on avait eus sur son compte, la confiance que lui accordait son ambassadeur, tout annonça en lui un homme remarquable. Madame de Belmance se faisait une grande joie de le revoir ; elle s'empressa de lui écrire à Livourne pour l'engager à venir la prendre à Florence, et retourner ensemble à Paris.

Madame de Belmance tenait d'autant plus à ce que son frère vînt la chercher, qu'elle ne pouvait plus compter sur la société de mademoiselle de Lostange. La veille, M. de Sommerville s'était bien expliqué : il aimait Alice, il ne pouvait consentir à s'en séparer ; madame de Belmance savait qu'il était riche, maître de lui-même, et elle aimait à se dire qu'Alice, à qui elle s'intéressait vivement, allait enfin être heureuse.

Quand Roger apprit que madame de Belmance était souffrante et que son départ était différé, il se sentit soulagé d'un grand poids. Il pensa qu'il aurait le temps de prendre un parti, d'arriver à son but par des moyens adroits, de louvoyer enfin, et d'agir avec assez de précaution pour éviter que madame de Vatry fît aucun éclat. Il se disait bien cependant qu'il devait profiter de l'espèce de froideur qui régnait entre lui et la comtesse pour se conduire avec droiture et loyauté ; il se faisait même là-dessus de très-belles phrases qui, s'il les avait pensées tout haut, auraient parfaitement rassuré sur le bonheur d'Alice, et, sur ce point, Roger se trompait lui-même, comme il eût trompé les autres.

— Ainsi donc, dit-il en retenant dans les siennes les mains d'Alice, ainsi vous vous en rapportez à mon cœur pour tout ce qui pourra contribuer à notre réunion ?

— Mon départ n'est que retardé, dit tristement Alice. Quand je serai au couvent à Paris, je trouverai une protectrice dans l'abbesse, et mon oncle...

— Quoi ! s'écria Roger, vous supposez encore que je puisse vous quitter ! Vous pensez donc que je ne saurai pas vous attacher à moi par les liens les plus sacrés ?

— Je crois à votre honneur, Roger. Je suis sans fortune, sans appui, et j'ai foi en vous comme dans ce qu'il y a de meilleur au monde !

— Vous avez raison, Alice, s'écria Roger entraîné par le moment et par la beauté d'Alice, et je jure...

— Ah ! ne jurez pas, mon ami, interrompit doucement Alice : un homme tel que vous n'a pas besoin de faire de serments.

Ils causèrent ainsi encore quelques moments, Roger faisant des projets d'avenir, des promesses de bonheur qu'Alice écoutait en souriant. Mais elle s'arrêta tout à coup, et dit :

— Je vais vous quitter : madame de Belmance n'est pas bien. Il était fort tard hier quand vous êtes parti.

Et elle fit quelques pas pour rentrer dans la maison.

— Adieu, dit tristement Roger, déjà embarrassé de la manière dont il finirait sa soirée.

Aussi retenait-il Alice par tous les petits moyens qui ont tant d'empire sur le cœur d'une femme qui aime. Il obtint qu'elle viendrait le conduire encore jusqu'au bout du jardin. La pluie commençait à tomber comme la veille quand il monta à cheval.

— Je ne croyais pas que ce fût si loin, pensa-t-il plusieurs fois pendant la route.

Arrivé chez lui, il se demanda ce qu'il allait devenir. S'il allait dans le monde, il rencontrerait madame de

Vatry, ou on lui parlerait d'elle. C'est une des habitudes de Florence de se mêler un peu de tout, surtout des liaisons qui se forment et qui se rompent.

— Cette sotte rupture, se disait-il, va attirer la curiosité sur moi. On découvrira ma liaison avec mademoiselle de Lostange, et je deviendrai le point de mire de toutes les curiosités.

Le marquis se laissa aller sur son fauteuil plus abattu que triste. Il sonna avec violence.

— Pourquoi Baptiste ne vient-il pas? demanda-t-il au valet qui accourut.

— Monsieur le marquis ayant dit qu'il ne sortirait pas ce soir, Baptiste a cru... Il est sorti pour... pour...

— Que m'importe! Faut-il un décret pour que j'entre ou que je sorte? Baptiste doit se trouver à la maison le soir.

Baptiste parut au bout de quelques minutes.

— Vous avez toute la journée à vous, Baptiste ; vous pourriez bien rester à la maison quand j'y suis.

— Pardon, Monsieur, j'étais sorti pour commander la voiture de voyage.

— Vous avez tout le temps... Êtes-vous allé prendre des nouvelles de la comtesse?

— Comme de coutume, Monsieur; mais, comme de coutume, madame la comtesse n'a pas donné l'ordre de me faire entrer.

— Savez-vous s'il y a ce soir bal chez elle?

— Certainement, Monsieur, les ordres sont donnés chez le glacier; l'orchestre est commandé, quoique ce ne doive être qu'un bal intime.

Roger ne répondit rien, cependant il eût donné beaucoup pour que son valet lui eût demandé s'il y allait; mais Baptiste était trop respectueux pour se permettre une pareille question : d'ailleurs, la liaison de son maître avec madame de Vatry lui causait quelque peine. M. de

Sommerville revenait souvent de chez elle de mauvaise humeur et malade; on y jouait assez gros jeu, et quelque peu sensible qu'il fût à la perte, le jeu causait à Roger des émotions trop fortes pour que son humeur et sa santé ne s'en ressentissent pas.

Baptiste savait par le groom la rencontre que son maître avait faite de mademoiselle de Lostange; il la respectait pour le bien qu'il en avait entendu dire à mademoiselle Mélanie; tout en aimant son maître, il le connaissait, et tremblait pour l'avenir de cette jeune personne.

Le marquis sonna.

— Préparez ce qu'il faut pour m'habiller, dit-il à Baptiste.

Il fut promptement obéi; et, peut-être un peu honteux de son manque de caractère, ce fut à son cocher lui-même qu'il donna l'ordre de toucher chez la comtesse.

Elle voulut jouer l'indifférente et agir avec une froide coquetterie. M. de Sommerville l'eut bientôt ramenée par quelques-unes de ces flatteries dont elle était très-fière.

Comme toujours l'homme du moment, Roger se laissa bientôt emporter par l'entraînement et la joie des autres; il se montra le plus fou, le plus gai. La nuit s'écoula entre la danse et le jeu. Il sortit au grand jour de cette maison où il avait juré de ne pas rentrer, mécontent des autres et encore plus de lui-même; cependant, après avoir promis à la comtesse de la retrouver à la promenade le matin suivant, il se mit au lit, où il ne put trouver le sommeil.

ALICE DE LOSTANGE

A LA VICOMTESSE DE LAUMONT.

Rimini, le 10 juin 18...

Oh! ma chère Delphine, par où commencerai-je cette lettre ou plutôt ce long récit? Mais j'espère que ta bonne amitié ne se plaindra pas de sa longueur. N'ai-je pas sous les yeux celle où tu me dis :

« Donne-moi bien des détails sur ton sort, et si tu trouves une occasion pour revenir en France, viens chez moi. »

Je ne l'aurais pas fait, Delphine : je sentais que mon seul asile était le couvent. Mais il n'en est plus question; il n'est plus question de pleurs, de chagrin, d'inquiétude : je suis mariée!...

Oui, je suis mariée au meilleur, au plus aimable des hommes; si je n'étais si fière des qualités charmantes de mon époux, je devrais l'être du titre et de la fortune qu'il m'a donnés. Je pourrai donc, à mon tour, faire des heureux : ce que je chercherai premièrement, ce sera de pauvres jeunes filles abandonnées.

Cependant, au moment de commencer mon récit, je me dis : peut-être va-t-elle me blâmer. C'est qu'elle ne connaît pas, comme moi, l'admirable caractère de Roger; c'est qu'elle ne sait pas qu'il est à la fois aimable, bon, généreux, noble de cœur comme de manières. Tu vas le connaître, Delphine; tu vas savoir comment je suis devenue la plus heureuse des femmes.

J'étais à la fois satisfaite et inquiète, dans la charmante villa que madame de Belmance habitait aux environs de Florence; je voyais tous les jours Roger plus tendre, plus empressé auprès de moi; mais l'instant de notre départ approchait... Que je sentis alors combien je l'aimais! Et ce n'était pas seulement parce que sa figure est charmante; ce n'était pas parce qu'il est le plus élégant et le plus distingué des hommes : c'était tout le bien que j'en avais entendu dire, qui m'avait fait l'aimer autant que l'admirer.

Le surlendemain je devais partir. J'étais dans le jardin quand Roger arriva. Tout était beau autour de nous; les roses jetaient à l'air leur plus doux parfum; le ciel était si pur! Roger me dit qu'il m'aimait, qu'il m'aimerait toujours. Nous échangeâmes des paroles qui fixent tout un avenir, sans savoir encore comment nous arrangerions le nôtre; mais je m'en rapportais à lui : n'était-il pas le maître de ma destinée? Nous rentrâmes près de madame de Belmance. Devant elle, Roger répéta ses promesses, ses serments d'amour, et il nous quitta en m'assurant que, le lendemain, il me ferait connaître sa détermination; car je voulais toujours retourner en France avec madame de Belmance, attendre Roger dans un couvent. Il me jura qu'il ne pouvait consentir à se séparer de moi.

Je m'endormis en pensant à mon bonheur, en m'en étonnant même. A mon réveil, j'appris que madame de Belmance était plus malade, et qu'elle ne pourrait voyager de quelque temps. Il fut décidé que son mari partirait seul, et que nous attendrions, pour nous mettre en route, le retour du frère de madame de Belmance, qui revenait de Constantinople. J'appris cette nouvelle à Roger; il redoubla de tendresse, de soins; ses visites se multiplièrent : il venait tous les jours plutôt deux fois qu'une; il se montrait chaque moment plus aimable, plus passionné. Ah! j'étais heureuse! Mais ne le suis-je pas encore plus aujourd'hui?

Le frère de madame de Belmance arriva.

Delphine, il ne faut pas que l'amour me rende injuste. Sans être aussi régulièrement beau que M. de Sommerville, sans posséder des traits aussi réguliers, Emmanuel de Fargy est pourtant très-bien ; je lui crois près de dix ans de moins qu'à Roger. Il a peu vu le monde et n'a peut-être pas autant d'aisance et d'assurance que lui ; mais ses yeux ont une expression admirable, mais son front, large et élevé, respire la franchise et la loyauté.

M. de Fargy adore sa sœur, qui l'a élevé avec une tendresse maternelle. Quand elle souffre davantage, on le voit dans ses regards inquiets et tellement expressifs, qu'on n'a pas besoin qu'il parle pour savoir ce qu'il pense. Son organe est à la fois si ferme et si doux, qu'on se dit que c'est à lui qu'on se fierait si on avait besoin d'un ami.

Il était arrivé depuis plusieurs jours, que Roger ne l'avait point encore vu, par suite de quelques courses que M. de Fargy avait eu à faire à Florence. La première fois qu'ils se rencontrèrent, je crois qu'ils ne se convinrent pas ; en vérité, je ne pouvais le comprendre, ils sont si bien l'un et l'autre.

Quand Roger quittait la villa, j'allais toujours le reconduire jusqu'au bout du jardin. Eh bien, le jour où M. de Fargy était là, j'hésitai pour sortir : il est toujours si embarrassant devant un jeune homme de montrer de la préférence à un autre. Cependant un regard de Roger me fit le suivre quand il sortit. M. de Fargy lui rendit son salut avec une extrême froideur. Lorsque je rentrai, il me parut plus cérémonieux avec moi qu'il n'était auparavant.

Depuis huit jours, nous nous trouvions sans cesse ensemble, M. de Fargy et moi : l'intimité s'établit si vite auprès du lit d'un malade ! Roger me fit beaucoup de questions relativement à M. de Fargy, m'en parla avec une espèce d'aigreur que je ne pouvais comprendre. Il m'avoua même qu'il se sentait malheureux, malgré lui, de me savoir ainsi dans l'intimité avec un jeune homme, quoique assurément, ajouta-t-il, M. de Fargy ne pût inspirer aucune jalousie. Certainement Roger ne peut pas être jaloux ; cependant, ce n'est qu'à ce sentiment que je dois attribuer le dédain mal placé qu'il montra pour M. de Fargy : celui-ci se retirait toujours aussitôt que Roger arrivait. Il avait pris avec moi des manières si froides que nos entretiens avaient perdu tout leur charme.

Enfin, la santé de madame de Belmance se rétablit assez pour qu'elle pût de nouveau fixer le jour de son départ. Elle en fit part à Roger en présence de son frère, qui, par hasard, était resté dans l'appartement. Je n'osais lever les yeux ; enfin, quand je m'y décidai, je remarquai que M. de Fargy était devenu fort pâle. Roger ne répondit rien ; mais presque aussitôt il me fit signe de sortir, et m'entraînant dans le jardin, il me dit :

— Alice, croyez-vous à mon amour ?

— Comme à ma vie, répondis-je.

— Eh bien ! s'écria-t-il, une voiture vous attendra demain, à sept heures, au bas de cette villa ; vous ne ferez aucune question, vous ne témoignerez aucune crainte : une demi-heure après vous serez ma femme.

— Votre femme ! m'écriai-je, sans le consentement de mon oncle, sans la présence... Laissez-moi partir, je...

— Si nous nous séparons, nous ne nous reverrons jamais, reprit-il avec violence, et vous laisserez dans mon âme l'affreux soupçon que vous ne m'estimez pas assez pour vous confier à moi.

— Je dois consulter madame de Belmance, Roger.

— Non ! s'écria-t-il encore, elle voudrait que vous attendissiez le consentement de votre oncle ; elle s'étonnerait que madame de Vatry... d'ailleurs elle mettrait, j'en suis certain, obstacle à notre union afin de protéger l'amour de son frère pour vous.

— L'amour de son frère ? mais M. de Fargy ne m'a jamais rien dit qui pût me faire soupçonner... Qu'importe, d'ailleurs, Roger, vous savez bien que je n'aime, que je ne puis aimer que vous !

— Eh bien ! prouvez-le-moi donc en m'accordant ce que je vous demande... Demain, nous ne nous quitterons plus, ou nous serons séparés pour jamais.

Je tombai sur un banc ; les larmes m'étouffaient, et tant d'émotions me bouleversaient. Roger se mit à mes pieds, me conjura, me pressa. Je cédai, je promis d'être à lui.

Sa joie fut expansive et passionnée. Il me quitta transporté. Je ne pouvais me repentir de l'avoir fait si heureux.

Je ne rentrai point dans la chambre de madame de Belmance : j'avais besoin de solitude. Je restai longtemps enfermée. J'étais étonnée, étourdie, heureuse et tremblante. Je me répétais : c'est demain ! c'est donc demain !

Madame de Belmance me fit demander si j'étais incommodée. Je descendis, et je me plaignis en rougissant d'un violent mal de tête. Elle pensa sans doute que mes adieux avec Roger m'avaient fait une vive impression. Madame de Belmance m'accabla de soins et d'amitiés ; M. de Fargy lui-même sembla quitter la réserve qu'il s'était imposée : il m'indiqua le moyen qu'on employait en Turquie pour soulager la migraine et me prépara ce remède avec une extrême bonté, m'engagea à peu parler, choisit un livre qui renfermait des anecdotes intéressantes, et se montra tellement aimable que je finis par oublier un instant la démarche importante que j'allais faire le lendemain.

— Nous aurons beau temps pour notre voyage, dit madame de Belmance. Tu nous soigneras bien, n'est-ce pas, Emmanuel ?

— Comme deux sœurs s'écria-t-il, en joignant ma main à celle de madame de Belmance.

Je sentis les larmes me venir aux yeux. Cette bonté, cette

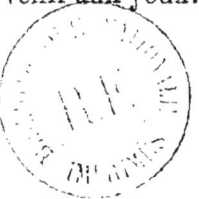

6

amitié qui allaient être remplacées par le mépris, car une
jeune fille qui se sauve ainsi d'une maison aussi hospita-
lière, qui répond par tant d'ingratitude à tant de bons
soins, mérite-t-elle un autre sentiment? Oh! cette pensée
me brisait le cœur et me le brise encore : madame de
Belmance et son frère ne doivent plus penser à moi
qu'avec indignation.

Je ne dormis pas une minute; et comme le jour vient
de bonne heure, j'ouvris ma fenêtre pour prendre l'air.
Tout était solitude autour de moi; mais ce ne fut pas
pour longtemps. Six heures sonnaient à la petite église
de *Bella-Sguardo,* quand je vis paraître dans le jardin
M. de Fargy. Je me cachai derrière le rideau de ma fenêtre. Je le vis s'approcher de la terrasse; de là il pouvait peut-être découvrir la voiture qui m'attendait. Je
frémis à cette crainte. Une triste pensée vint se mêler à
cet effroi : je ne reverrais peut-être jamais Emmanuel et
sa sœur, et je quittais en fugitive une maison où j'avais
reçu une si précieuse hospitalité!

M. de Fargy quitta la terrasse, descendit le sentier qui
conduit à Florence, et je ne le revis plus.

Sept heures sonnèrent, il fallut partir. Roger m'attendait. Je pris des papiers essentiels, le christ de ma mère;
je sortis de l'enclos, et j'aperçus une voiture. Un homme
était sur le siége, un autre m'ouvrit la portière sans
parler. Je me blottis dans un coin. Les stores de la voiture restèrent baissés. Hélas! je ne me croyais pas encore
assez cachée! Je pense que nous traversâmes entièrement
la ville. Que le temps me parut long!

La voiture s'arrêta, on ouvrit; je me trouvai devant
une petite église, et je me sentis à l'instant même rassurée en y entrant. Que peut-on craindre, en effet, dans
le temple de Dieu?

Roger sortit de derrière un pilier et me conduisit sur
un banc, près d'une petite chapelle où l'on disait la

messe; il était aussi pâle, aussi tremblant que moi.

J'inclinai ma tête sur mes mains et priai. Tout à coup Roger m'entraîne; d'un mouvement rapide, impérieux, il me jette à genoux sur les marches de l'autel et s'y place à côté de moi; j'entendis le prêtre donner sa bénédiction, et quand je me relevai j'appris que nous étions mariés. Roger me porta presque dans la voiture qui m'avait amenée; nous la quittâmes à une des portes de la ville, où nous trouvâmes une autre voiture attelée de chevaux de poste. Nous partîmes avec rapidité, nous passâmes devant la villa Sowbanoff. Je reconnus la route où j'avais rencontré Roger; mais j'étais muette, interdite : je pleurais à la fois de joie et de timidité. Quand nous fûmes un peu loin dans la campagne, Roger parut plus tranquille, et me serra dans ses bras en me répétant :

— A moi mon Alice, à moi pour la vie!

A peine m'aperçus-je qu'on changeait de chevaux, tant on y mit de célérité, et nous arrivâmes en moins d'une heure et demie à la seconde poste. Roger, alors, m'offrit la main pour descendre. Nous entrâmes dans une immense pièce, meublée d'une grande table et de quelques chaises, le tout d'un aspect triste et délabré; mais, comme tu le penses, Delphine, je ne faisais aucune attention à ce qui m'environnait, je croyais que nous allions repartir : en effet, on vint annoncer que la voiture était attelée.

— Mon Alice, me dit Roger avec tendresse, j'ai déjà exigé beaucoup de votre amour, et je vais vous en demander une nouvelle preuve : il faut que je retourne à l'instant même à Florence et que vous m'attendiez quelques heures ici.

— Seule! m'écriai-je en pâlissant.

— Il le faut! s'écria-t-il à son tour avec une impatiente tendresse : car il faut qu'on ignore, qu'on ne puisse soupçonner...

— Quoi ! Roger, vous voudriez que je laisse penser que je me suis enfuie avec un autre qu'avec mon époux? Je désire écrire à madame de Belmance.

— Oui, oui; quand nous serons plus loin, vous écrirez; mais il faut que je parte, que je parte à l'instant même.

Et il mordait ses lèvres avec impatience.

— Allez, Roger, allez, et songez avec quelle anxiété et presque quelle terreur je vais vous attendre.

Roger couvrit mes mains d'ardents baisers, me pressa sur son cœur, et partit.

Je m'approchai de la fenêtre pour le voir encore ; mais cette fenêtre donnait sur une étroite ruelle, et de hautes montagnes bornaient cette ruelle. Plusieurs hommes rôdaient dans cette impasse, et je me sentais effrayée, bien mal à propos sans doute ; mais c'étaient de tristes heures à passer pour un pareil jour. Seule, sans un parent, sans un ami, je pensai à ma mère : mais quand n'y pensais-je pas !

Je fus forcée de quitter la fenêtre : je n'apercevais pas une seule femme, et plusieurs hommes me regardaient avec audace.

On monta pour s'informer si je n'avais besoin de rien. Je demandai seulement du thé ; cette demande ne fut pas comprise, sans doute, car on couvrit la table de plusieurs plats de viande auxquels je ne touchai pas. Débarrassée de ce déjeuner, j'essayai de m'enfermer; la serrure ne voulut faire aucun mouvement. Je me promenai de long en large dans cette grande chambre ; la journée me parut bien longue. Mais ce fut quand la nuit fut venue que la terreur me saisit avec plus de force. De temps en temps je m'avançais sur l'escalier, j'entendais des éclats de rire et le choc des verres. Je me forgeais certainement des chimères, puisqu'il était des moments où je me croyais dans le plus grand danger. Je ne pus me décider à me coucher, je croyais que Roger ne pouvait tarder à revenir. Oh ! que de fois je crus l'entendre ! Cette nuit fut cruelle, Delphine ; mais il revint, et tout fut oublié.

Il s'excusa sans m'apprendre ce qui l'avait retenu, et me parut si pressé de se remettre en route qu'il ne se donna pas le temps d'écouter mes joies et mes larmes : car je pleurais et riais en même temps ; j'étais tellement brisée, tellement heureuse de me retrouver sous la protection de Roger, que je m'endormis aussitôt que je fus montée en voiture. Nous n'en descendîmes chaque soir que fort tard pour repartir de très-bonne heure, et Roger m'empêchait d'ouvrir les stores. Nous traversâmes ainsi toutes les villes qui auraient le plus attiré mon attention : Bologne, Rimini, Pesaro.

Une fois seulement, dans cette dernière ville, en déjeunant avant de partir, je fis quelques questions sur Rossini ; j'appris qu'il n'était pas aimé dans sa ville natale, pour qui, cependant, il a écrit un de ses chefs-d'œuvre : la *Gazza ladra*. Cette œuvre si remarquable fut sifflée par les ordres de la reine d'Angleterre, qui habitait les environs avec Bergami.

Roger écrivait pendant que je provoquais ces détails. Quand il eut fait partir sa lettre, il me railla sur ma curiosité. J'avais déjà remarqué qu'il a dans l'esprit beaucoup de penchant à la moquerie, et pour peu qu'on le plaisante lui-même, il se montre assez mécontent ; enfin, quoiqu'il soit le plus aimable des hommes, sa constitution nerveuse est facilement irritée. Je tâcherai de vaincre moi-même le penchant que j'ai à un peu de raillerie, je sens que c'est à la femme à se corriger la première.

Cependant tu connais la franche expression de ma physionomie, Delphine, et depuis quelques jours j'étais devenue plus sérieuse. Nous voyagions comme le vent ; la rapidité de notre course ne m'eût pas permis de hasarder quelques questions sur le but de notre voyage, quand même l'air préoccupé de Roger ne m'eût beaucoup embarrassée. Cependant Roger est si bon, il m'aime tant, il m'a donné une si grande preuve de tendresse, que je me sens disposée à supporter toutes les inégalités de son caractère. Nous arrivâmes un soir à Notre Dame de Lorette, et je dis à Roger :

— Ah ! vous êtes charmant, mon ami. Nous allons à Rome.

— Mais je ne sais, me dit-il, nous verrons.

Assez étonnée de cette réponse, je le priai instamment de me laisser visiter la sainte maison de la Vierge qui fut apportée à Lorette sur les ailes des anges. Ceci est une longue légende que je n'entreprendrai pas de te raconter ; ce que je puis te dire, c'est que rien n'égale la beauté des marbres et des statues faites par les plus grands maîtres ; rien ne peut donner l'idée de sa magnificence. Dans cet admirable sanctuaire, beaucoup de têtes couronnées ont déposé leurs dons, bien des reines leurs offrandes. Je n'avais rien à donner ; mais je priai du fond du cœur pour ceux que j'aime, pour que Dieu m'inspire de toujours faire le bonheur de mon époux ; je priai pour toi, pour mon oncle et pour Édouard, je priai aussi pour l'excellente madame de Belmance : puissent-ils, elle et son frère, s'ils pensent encore à moi, supposer que j'ai été plus entraînée qu'ingrate.

Roger était resté debout devant un tableau pendant que je priais ; quand mes genoux quittèrent la terre, il n'attendit pas que nous fussions hors de l'église pour se laisser aller à l'ironie qui est un peu dans son caractère, et il s'écria :

— Avez-vous donc de grands péchés à expier, chère Alice ? Vous avez versé des larmes, on dirait que le regret ou le repentir...

— J'ai prié pour vous, Roger, d'abord ; et ensuite j'ai prié pour tout ce qui me reste d'amis.

— Pour votre cousin Édouard, n'est-ce pas, et aussi pour ce bel Emmanuel qui était si amoureux de vous ?

— Roger, dis-je en retirant mon bras de dessous le sien, vos plaisanteries sont...

— Allons, achevez, déplacées; n'est-ce pas ce que vous alliez dire?

— J'allais peut-être le penser.

— A merveille, reprit Roger presque avec colère, nous voilà déjà comme de vieux époux, nous nous disons nos vérités.

Les larmes me gagnaient; cependant Roger les eut bientôt essuyées, et ce nuage passa comme ils passent dans la belle Italie. Quoique je fusse bien fatiguée, nous nous remîmes en route par une journée brûlante. Nous avancions toujours vers Rome, nous n'avions plus que deux postes à faire ; eh bien! nous n'y sommes pas entrés. L'inquiétude de Roger était visible et sa préoccupation marquée; car tout à coup nous sommes revenus par une autre route, traversant de petites villes dont je n'aurais pas su même les noms sans le livre de poste.

Nous revînmes à Rimini. Comme les environs sont charmants, je me promettais un grand plaisir à les parcourir; mais Roger m'a priée de ne point sortir de l'appartement que nous occupions à l'hôtel; j'ai obéi, quoique le temps m'ait paru bien long et que Roger fût souvent dehors. Enfin il est rentré m'annoncer qu'il avait loué, à deux milles de cette ville, une petite villa cachée sous des arbres et des fleurs. Nous y sommes établis depuis un mois, et c'est de là que je t'écris un peu chaque jour.

Roger, depuis que nous sommes ici, est rempli de soins, de tendresse et d'amour. Sans doute je suis bien heureuse, sans doute je ne pouvais rêver plus de bonheur; et telle est, pourtant, l'exigence du cœur, qu'il me semble que je pourrais attendre de Roger plus de confiance, plus d'abandon. Nos conversations roulent toujours sur notre

amour actuel, sur nos projets d'un jour, jamais sur notre
avenir. Roger ne me fait aucune question sur le passé :
on dirait même qu'il évite tout ce qui peut m'amener à
prononcer le nom de madame de Vatry, et pourtant je
sais qu'il lui a écrit.

Il lui a écrit! Peut-être cherche-t-il à nous rapprocher,
peut-être me demandera-t-il ce sacrifice : il serait pénible, et pourtant je le ferais. N'ai-je pas abandonné ma
destinée, ma volonté à mon époux? et son amour me
ferait tout supporter. Mais s'il cessait de m'aimer?... Ah!
pourquoi me laissé-je aller à cette odieuse pensée? hélas!
c'est que je crains de remarquer dans le caractère de
Roger une irrésolution, un penchant au changement qui
m'effraye.

Il y a deux mois à peine que nous sommes ici, et déjà
la campagne le fatigue. Il avait repris avec passion le
goût de la peinture, la musique lui paraissait une occupation délicieuse, et hier il s'est retiré de bonne heure parce
qu'il prétendait qu'elle le fatiguait. Enfin tous ces petits
nuages ne peuvent obscurcir mon beau ciel, et Roger est
si souvent aimable et bon, que je puis pardonner à son
caractère quelques fréquentes inégalités.

J'allais enfin plier ma lettre et l'envoyer à la poste,
quand Roger est entré chez moi. Sa figure me parut rêveuse, son regard froid : c'est ainsi qu'il est toujours
quand il souffre des nerfs.

— Vous écrivez, chère Alice?

— A mon amie, à Delphine dont je vous ai tant parlé,
Roger.

— Et elle vous répondra?

— Je l'espère. Et je me hâtais de plier ma lettre.

— Eh bien, Alice, me trouveriez-vous trop exigeant si
je vous priais d'attendre quelque temps pour écrire à vos
amis?

J'ai eu tort, sans doute, mais j'ai regardé Roger avec

un air d'étonnement où il se mêlait un peu d'humeur.
Blessé sans doute de cette expression, Roger reprit assez
sévèrement :

— Il faut qu'il en soit ainsi, Alice, notre intérêt à tous
deux l'exige.

— Mais comment notre intérêt peut-il s'opposer à ce
que j'écrive à...

— A personne : je vous prie, Alice.

— Cependant que pensera-t-on que je suis devenue ?

— De quoi vous inquiétez-vous? de l'opinion de madame de Belmance et encore plus de celle de son phénix
de frère. Je serrai ma lettre dans un tiroir du bureau sur
lequel j'écrivais et je ne répondis plus rien. Roger, honteux de sa vivacité, me prit la main et la baisa.

J'avoue que cette caresse ne me toucha point. Je trouvais que Roger n'aurait point dû me demander un sacrifice qui portait atteinte à mon honneur : car n'est-ce pas
me laisser soupçonner?... Hélas ! ne parlons plus de cela,
Delphine. Ces réflexions sont venues trop tard, et je n'aurais probablement pas eu le courage de les faire quand il
en était temps. Le bonheur ne peut être parfait sur la
terre, et je dois me trouver heureuse, autant qu'une fille
qui s'est mariée sans être protégée par un père ou par une
mère peut l'être. Roger m'a prise sans fortune, sans
doute il est trop généreux pour jamais me le faire sentir ;
mais... mais...

Notre ermitage est placé d'une manière ravissante, et
les environs de Rimini sont enchanteurs : des eaux, des
arbres, des fleurs, une chaleur tempérée par la brise venant de la mer qui est voisine. Notre domestique se com-
pose d'Italiens. Roger m'a dit qu'il avait renvoyé ses gens
en France. Je n'ai autour de moi que des étrangers : heureusement que je connaissais la langue avant de venir en
Italie et que j'ai eu le temps, depuis, de me la rendre fa-
milière.

Nous avons une espèce de majordome que Roger a mis à la tête de la maison. Je n'ai à m'occuper de rien, j'ai tout mon temps à donner à la musique, à la peinture. Mon jardin est délicieux ; mais je suis bien une fille d'Ève, chère Delphine : je puis cueillir les plus rares, les plus belles fleurs, et pourtant j'aimerais mieux rencontrer quelques modestes églantiers dans la campagne.

Roger sort souvent pour faire des promenades à cheval ; mais il ne me propose jamais de l'accompagner, quoique je lui aie dit plusieurs fois que mon oncle m'avait donné des leçons d'équitation.

Je ne puis me le dissimuler, Roger me cache. Et ne va pas t'imaginer que je crois que c'est par jalousie : ah ! s'il était jaloux, il resterait constamment près de moi, et c'est avec peine que je dois t'avouer qu'il... qu'il s'ennuie... Il a beau me vanter les plaisirs de la solitude, le charme du tête-à-tête, ses actions démentent ses paroles ; une sorte de vague inquiétude le tourmente.

Si je l'engage à faire de la musique avec moi, il prétend qu'il faut un auditoire ; si je lui présente mes pinceaux, il assure qu'il barbouille et que je me moquerai de lui ; si je l'engage à lire, il prétend que les livres d'histoire ne sont qu'une fastidieuse répétition de meurtres et de révolutions, que les romans se ressemblent tous et sont remplis de tant d'exagérations qu'on ne trouve pas sur la terre de caractères si parfaits, ni de vertus si sévères. Enfin, te le dirai-je ? il désenchante ma jeunesse, et semble prendre à plaisir de m'ôter les illusions qu'il avoue ne plus avoir.

Comme ma lettre ne peut partir, j'ajoute de temps en temps quelques pages. Je cherche à me persuader que je cause avec toi. Mais hélas ! tu n'es pas là ! C'est égal, je continuerai à te confier mes pensées et tous les petits événements de ma vie, c'est-à-dire toutes les impressions que me causent les paroles et les actions de Roger. Si jamais je puis te faire parvenir ces pages, tu me trouveras bien enfant; mais, j'ai eu dix-huit ans hier.

A propos de cet anniversaire, je veux te raconter ce qui s'est passé entre moi et Roger :

Nous nous promenions au jardin. Il faisait une de ces magnifiques soirées qu'on ne trouve, je crois, que sous le ciel de l'Italie. Je me sentais si heureuse de vivre, de presser le bras de Roger sous le mien, que je m'arrêtai pour le regarder tendrement à la lueur des étoiles qui scintillaient au firmament. Eh bien! Delphine, je le surpris qui bâillait de tout son cœur. Sans doute, il est bien permis de bâiller; je me trouvai pourtant si blessée que je retirai vivement mon bras de dessous le sien.

— Eh bien, Alice! eh bien, mon cher ange, qu'avez-vous donc?

— Rien, répondis-je froidement.

Ne trouves-tu pas qu'il n'y a rien de si absurde que cette réponse? car c'est surtout lorsqu'on la fait que l'on a quelque chose.

— J'ai eu hier dix-huit ans, dis-je tout à coup; et vous, Roger, quel âge avez-vous ?

— Voilà de singulières questions, répondit-il; ne le savez-vous pas, ne vous ai-je pas dit plusieurs fois que j'avais trente-six ans ?

— Juste le double de mon âge, continuai-je très-étourdiment ; je ne m'étonne pas que je vous trouve si raisonnable.

— Vous aimeriez mieux que j'en eusse vingt-six comme M. Emmanuel de Fargy? reprit-il sèchement.

— Je ne me suis jamais occupée de l'âge de M. Emmanuel, repris-je à mon tour ; quant à vous, vous n'annoncez pas plus de vingt-cinq ans.

— Il n'en est pas moins vrai, Alice, que vous êtes très-fière de vos dix-huit ans; allons ! avouez-le franchement, vous aimeriez les plaisirs du monde.

— Je crois, dis-je en riant, que vous traduisez votre pensée en creusant la mienne. Moi, je n'ai jamais été dans le monde ; ne le connaissant pas, je ne puis le regretter ; mais vous, qui y avez passé votre vie ?

— Ah ! le monde, reprit-il, ne vaut pas toutes les peines qu'on se donne pour lui plaire. Qu'est-ce qu'un salon ? Une arène où tous les amours-propres sont en présence. Oh ! je suis bien las de la société, et je préfère notre vie à deux, notre existence sans cérémonies, sans toilette, sans gêne.

Mais quoique Roger prétendît préférer tout cela, en rentrant dans le salon nous prîmes chacun un livre, et il ne tarda pas à s'endormir profondément sur le sien. Je retournai alors doucement dans le jardin, je me mis à rêver en me promenant ; j'avoue que je me dis : si Roger pensait comme moi, je ne serais pas seule ici, et nous ne nous ennuierions pas.

Je le vois trop, Delphine, ce qui manque à notre intérieur, ce qui est peut-être plus nécessaire encore que l'amour, c'est la confiance. Avec Roger, nous ne parlons pas de notre passé, presque point de notre présent, jamais de notre avenir ; il semble que nous soyons comme deux voyageurs qui se sont rencontrés par hasard, et qui craignent de se confier leurs pensées et leurs projets. Comme le nom de madame de Vatry ne doit jamais être prononcé entre nous, nous ne revenons pas sur ma jeunesse, remplie de ses cruautés envers moi ; j'en parle d'autant moins que j'ai la certitude que Roger lui écrit toujours. Voilà comment je l'ai appris :

Je suis entrée hier dans son cabinet pour chercher un livre qu'il avait commencé et que, comme à l'ordinaire, il ne finissait pas ; en prenant ce livre sur son bureau, je découvris une lettre dont la suscription portait : à MADAME LA COMTESSE DE VATRY, à *Florence ;* elle était cachetée et portait cette devise : *Toujours.* J'emportai le livre, Roger rentra, je ne lui dis rien ; quoique ma figure portât l'empreinte d'une vive émotion, il ne s'en aperçut pas, entra dans son cabinet et ressortit avec une lettre à la main ; il la porta sur la table en me priant de l'envoyer à la poste : c'était pour un banquier de Naples, mais je suis sûre que celle de madame de Vatry y était renfermée ; ainsi il lui cache où il est : pourquoi ce mystère ? pourquoi ne me fait-il connaître à personne ?

Peut-être a-t-il raison, peut-être veut-il attendre que nous soyons revenus en France.

Roger me disait ce matin que nous irions passer l'hiver prochain à Paris : j'en serais bien aise. Quelque magnifique que soit ce pays, il me tarde d'être rentrée dans ma patrie ; il me semble qu'ici je suis sans protection, sans appui ; et puis je te verrais, Delphine : n'est-ce pas que tu m'aimes encore ? Si j'interroge mon cœur, il me semble qu'il est impossible qu'il en soit autrement. Mais qu'il est cruel de n'entendre pas parler de ce qu'on aime, d'ignorer son sort. Tu es heureuse, je le sais bien ; mais le malheur ne peut-il t'atteindre comme une autre ? et je l'ignorerais et je ne pleurerais pas avec toi !

Je me souviens que madame de Vatry se vantant d'être un *Roger Bon-temps*, de n'avoir jamais éprouvé ni une douleur physique ni une douleur morale, m'accusait de faire de la sensiblerie. C'est assez commode de tourner en ridicule ce qu'on ne conçoit pas. Roger lui-même se moque un peu de moi quand je parle du bonheur de faire du bien ensemble, de se comprendre et de s'entendre toujours. Quand j'admire les vertus des autres, il met tout en doute, il ne croit ni à l'amour ni à l'amitié. Je frémis de l'écrire, il est des moments où il paraît même douter de la religion. Il traite d'enfantillage ce que je regarde comme ce qu'il y a de plus sacré au monde. L'autre jour, il aperçut le crucifix de ma mère à la tête de mon lit :

— Vous en trouveriez facilement un plus beau chez le

7

premier marchand de bric-à-brac, dit-il ironiquement.

— Je n'y trouverais pas l'empreinte des lèvres de ma mère, répondis-je avec un peu d'amertume.

Dans ce moment, la vue de Roger me faisait mal, je ressentais presque de la colère contre lui ; ma colère passée, il ne m'est plus demeuré au cœur qu'une profonde pitié. Car, Delphine, s'il était vrai, ce qui est impossible, que la religion et ses mystères qu'on nous apprend à respecter ne fussent qu'une illusion inventée par les hommes eux-mêmes, ne serait-ce pas la plus pure, la plus sublime des fictions que celle qui nous suit et nous console, depuis le berceau jusqu'à la tombe ?... Ah ! il faut avoir vu mourir sa mère, patiente et résignée, il faut l'avoir entendue demander à Dieu avec confiance sa protection pour son enfant, pour croire, pour aimer ce Dieu, à qui même les incrédules s'adressent dans le malheur.

Eh bien ! ce matin encore, Roger m'a vivement affligée. A chaque instant, en Italie, des prêtres se présentent à votre porte pour solliciter des aumônes, ou pour demander de remplir un devoir religieux. On est venu me demander de rendre le pain bénit et de quêter. J'allais accepter, quand Roger est passé vivement ou plutôt impatiemment devant moi, et m'a dit :

— A quoi pensez-vous donc, ma chère ?.. Nous sommes protestants, Monsieur, a-t-il ajouté en parlant au prêtre : ainsi...

— Ainsi, Monsieur, vous ne faites rien pour les pauvres, la charité ?

— Si fait.

Et Roger a jeté avec dédain une pièce d'argent dans la bourse qu'on lui tendait.

Sans doute il a craint que je ne lui fisse quelques réflexions sur ce qui venait de se passer, car il est sorti et a été dehors plus longtemps que de coutume. Je suis restée surprise, attristée. Je ne reconnais presque plus l'idole que je m'étais faite, et chacune des vertus qu'il nie me ravit une espérance. Pour justifier Roger à mes propres yeux, je m'accuse de susceptibilité, d'exigence même; je vais jusqu'à me donner des torts. Mais vrai, Delphine, ma conscience ne me reproche rien de sérieux ; je ne puis me dissimuler la vérité : je ne plais plus à Roger. Est-ce parce que je suis sa femme ? est-ce plutôt parce que l'inconstance est le défaut principal de son caractère ? Hélas ! je le crains : notre petite villa si charmante n'est plus à ses yeux qu'un séjour incommode et ennuyeux. Cependant je viens de promettre à Dieu, de me promettre à moi-même de ne rien faire pour mériter mon sort, si, comme je le crains, il doit être moins heureux que je ne le pensais...

Voilà bien des jours que je ne t'ai écrit, Delphine : car quoique ma lettre, ou plutôt mon journal, ne te parviendra peut-être de longtemps, c'est une consolation pour moi de confier au papier tout ce qui me blesse ou me rend heureuse. Roger est quelquefois si tendre, si aimable, il fait tant pour me prouver son amour, que je me rattache à l'espoir d'en être aimée comme je l'aime, ou plutôt comme je voudrais pouvoir l'aimer, toujours avec confiance et abandon. Mais je ne puis plus m'abuser sur cet article : il n'est pas dans le caractère de M. de Sommerville d'ouvrir son âme à personne.

J'avais rêvé que le mariage était un échange de tendresse, de confiance ; qu'un homme, en donnant son nom à une femme, devenait pour toujours son protecteur, son ami ; c'est plutôt un frère, à ce qu'il paraît, qui est tout cela. Si tu avais vu les soins de M. de Fargy pour sa sœur, l'inquiétude de son regard quand elle souffrait, sa joie quand il la voyait mieux, sa gaieté pour la distraire, sa sollicitude pour tout ce qui la concerne ! Ah ! pourquoi n'ai-je pas un frère comme lui ! Je le crois, si Dieu m'avait accordé un tel protecteur, ni l'amour de Roger, ni ses serments, ni sa grâce charmante ne m'auraient entraînée.

Dans ce moment je suis un peu souffrante, et je garde la chambre. Roger, qui a besoin, dit-il, de beaucoup de sommeil, a pris un autre appartement, prétendant que je le réveillais par mes agitations ; puis, je lis, et cela le contrarie. Il vaut mieux qu'il en soit ainsi, puisque cela lui convient ; mais quand je me trouve ainsi seule le soir, après avoir été seule une partie de la journée, mon cœur se serre, le bruissement des arbres du jardin m'effraye ; la mer nous envoie souvent des rafales assez violentes, et j'ai peur.

Tu penses bien que je ne confie pas toutes mes sottes terreurs à Roger, il est déjà assez disposé à se moquer de ma tête impressionnable et romanesque....

Il vient de venir me prévenir qu'il ne dînerait pas avec moi, et qu'il irait au spectacle à Rimini. Une troupe assez bonne, dit-on, va y jouer plusieurs opéras.

— Vous m'y conduirez, n'est-ce pas ? ai-je dit en souriant ; j'ai été si peu au spectacle en France et jamais en Italie !

— Eh bien, ma chère, m'a-t-il répondu, gardez vos belles illusions ; pour moi, les acteurs ne sont que des baladins enluminés, les libretti sont détestables, et...

— Grâce pour la musique, Roger, vous savez combien je l'aime !

— Faites-en.

— Je n'y manque pas ; mais, quand je vous vois vous endormir....

— Il est vrai, a-t-il répondu, que tout m'endort, excepté de monter à cheval ; aussi je m'en vais.

Il est rentré fort avant dans la nuit, et je ne l'ai point encore vu ce matin : c'est la première fois qu'il agit ainsi, mais je ne lui dirai rien. A quoi servent les reproches ? Si on a voulu les mériter, ils ne remédient à rien ; si on est coupable sans le vouloir, ils sont injustes...

Encore une journée pénible, cher Delphine : toutes
l'ont été, il est vrai, depuis le moment où Roger est revenu si avant dans la nuit; mais ce qui vient de se passer m'a bien vivement blessée.

Roger dormait, car il dort toute la journée depuis qu'il
rentre si tard. Je descendis au jardin, fatiguée de la solitude de ma chambre : j'avais besoin, ne fût-ce que du
gazouillement des oiseaux, j'avais besoin de distraction et
de mouvement. J'étais depuis longtemps à me promener
quand j'entendis sonner à la petite porte qui s'ouvre au
bout du jardin ; je crus qu'on allait ouvrir, car la sonnette correspond dans la maison ; mais personne ne venant, et la sonnette se faisant entendre pour la troisième
fois, je courus ouvrir.

Un très-bel homme, mais presque vieux, fit un mouvement de surprise en m'apercevant; moi, je reculai.

— Pardon, Mademoiselle, me dit-il d'un ton légèrement poli, c'est à M. de Toqueville que je voudrais parler.

— Je ne le connais pas, Monsieur, dis-je en rendant
un salut fort sérieux.

— Oh ! reprit-il, je sais que pour l'extérieur le marquis de Sommerville n'est que M. de Toqueville ; mais je
croyais que pour sa maison...

J'allais répondre que j'étais sa femme, quand Roger,
tout essoufflé, se trouva à mes côtés.

— Parbleu ! mon cher, dit le visiteur, je ne m'étonne
pas que vous vouliez rentrer à quelque heure que ce soit ;
à votre place, peut-être, ne sortirais-je pas tant, et....

— Alice, interrompit le marquis avec humeur, ne
pouviez-vous envoyer ouvrir ? Vous savez que je vous ai
priée...

— Ah ! ne la grondez pas, interrompit à son tour l'é-
tranger, mademoiselle est bien...

Je fis un profond salut et je descendis une allée qui
conduit directement à la villa : j'avais hâte de me trou-

ver seule pour pleurer à mon aise. Je me sentais non-seulement affligée, mais profondément irritée ; non-seulement Roger ne m'avait point présenté son ami, ils paraissaient fort intimes, mais il laissait planer sur moi des soupçons que, pour son propre honneur, il aurait dû ne jamais permettre d'élever.

Je me suis promenée plus d'une heure dans ma chambre sans pouvoir retrouver le calme, et bien décidée à m'expliquer avec Roger aussitôt qu'il serait seul. Dans mon impatience, je regardais à chaque instant dans le jardin, espérant voir partir l'étranger ; mais il est resté plus d'une heure sous un bosquet d'orangers qui est près de la maison. Roger et lui fumaient des cigarettes et parlaient sans doute de choses fort gaies, car ils riaient comme des fous.

Enfin, Roger est revenu seul, et je l'ai entendu entrer dans son cabinet de toilette, où son valet de chambre l'a suivi. Ce n'était pas le moment d'avoir une explication, et je tâchai de me calmer en m'occupant d'un livre qui, la veille, m'intéressait; mais je me sentais trop agitée : je dois l'avouer, le ressentiment l'emportait sur le chagrin.

Tout à coup la fille du jardinier entra avec précaution dans ma chambre, et me remit un papier écrit au crayon:

« Vous êtes belle comme un ange ; moi, déjà amoureux comme un fou. Réfléchissez : deux mille francs chaque mois, une voiture et un voyage à Naples ou à Paris, ne serait-ce pas plus utile et plus agréable que la vie que vous menez? Envoyez-moi votre réponse, et ce soir, à minuit, ma voiture vous attendra à deux pas de cette villa. »

— Oh ! horreur ! horreur! ne pus-je m'empêcher de m'écrier ; il n'est donc qu'une destinée de malheur ou d'infamie pour la pauvre fille qui n'a plus de mère ! Quoi ! je suis mariée; un homme a juré devant Dieu d'être toujours mon protecteur et mon guide ; et là, sous son toit,

presque sous ses yeux, on m'insulte ! Mais il ne le soup-
çonne même pas.... Il va me venger, rompre avec le misérable qui m'insulte.

Et déjà je me dirigeais vers l'appartement de Roger,
l'insolent billet à la main, quand je l'entendis marcher
dans le corridor.

— Il va venir sans doute, pensais-je.

Il passa sans entrer, il allait rejoindre son ami; son
valet de chambre le suivait, je dus remettre encore une
explication.

Mais si je gardais ce billet, cet homme penserait peut-
être que je ne répondais pas faute de temps, et que j'ac-
ceptais tacitement ses indignes propositions; sans hésiter,
je remis à celle qui l'avait apporté l'insolent message, et,
cachée derrière un rideau, je vis cet homme le recevoir
et le mettre dans sa poche. Roger approchait, ils sortirent
ensemble. Je suis convaincue que cet homme partit persuadé que j'avais répondu à son indigne proposition.

Restée seule, je pleurai amèrement et longtemps.
J'eus le loisir de me désoler tout à mon aise. La journée
m'a paru cruellement longue, et la soirée encore plus. Je
me suis couchée il était plus d'une heure du matin , et
ie me suis levée sans avoir fermé l'œil ; il est neuf heures,
Roger n'est pas encore rentré.

LE MARQUIS ROGER DE SOMMERVILLE

A M. ARMAND DE MARIGNI.

Rimini, le 15 septembre 18...

Voilà des jours et des mois que je veux t'écrire, Armand; mais j'ai tant de choses à te dire, tant d'événements
et peut-être tant d'extravagances à te raconter, que je ne

sais par où commencer. Je me rappelle le scepticisme vertueux de ton caractère, ta raison absolue, et surtout le sang-froid avec lequel tu déshabilles toutes les illusions. Tu as peut-être raison, Armand, et tous nos caprices dont nous faisons des passions ne sont, à vrai dire, que les jeux d'enfants.

Je ne pensais pas tout à fait ainsi, il y a quatre mois, mon cher Pylade; tu verras, du moins, que je me rappelle parfaitement l'époque où j'ai cessé de t'écrire. Ce fut à ce moment que je devins... l'époux d'Alice de Lostange.

Tu vas jeter ton cigare d'un côté, ma lettre de l'autre en levant les mains au ciel ou au plafond, et t'écrier : « Comment a-t-il fait cette folie ! ce n'est pas possible ! il a donc perdu la raison, cette femme l'a ensorcelé ! »

C'est vrai, Armand, il y a de tout cela, et bien autre chose encore. Tu me blâmeras, car tu es prudent et tu n'agis jamais légèrement; tu penseras : « Il m'a bien écrit qu'il était devenu d'une manière assez bizarre le protecteur d'une fille charmante, qu'il l'avait placée sous le bienfaisant patronage de madame de Belmance, ce qui était honnête et bien de sa part; je devinais pourtant que ce n'était pas sans motifs qu'il allait voir tous les jours cette belle Alice ; mais de là à l'épouser il y avait bien des obstacles à vaincre, quand lui-même y eût été décidé; et puis, qu'aura-t-il fait de la tante ? »

Tout cela est vrai, mon cher Armand, et serait bien difficile à expliquer, si tu ne me connaissais mieux que personne; puis enfin, j'étais amoureux.

— Tu étais, vas-tu me dire, tu étais amoureux; tu ne l'es donc plus ?

— Si, si, je crois l'être encore; mais, tu le sais, le grand malheur de ma vie est de m'ennuyer un peu de tout.

Me voici très-tranquillement établi dans une charmante

villa. En t'écrivant, je vois de ma fenêtre se promener assez mélancoliquement Alice de Lostange. Eh bien, je n'ai aucune envie d'aller la rejoindre, et je préfère causer avec toi. Je reprends donc ma lettre, et attends-toi qu'elle sera longue.

Je t'ai écrit que je voyais tous les jours Alice de Lostange ; je crois que je te disais que j'en étais amoureux, ce qui ne m'empêchait pas d'aller toujours fort assidûment chez la comtesse de Vatry. Je ne pouvais guère rester qu'une ou deux heures par jour avec Alice : qu'aurais-je fait du reste de mon temps? Et puis, il faut convenir, Armand, que la comtesse était fort amusante. Elle n'a pas, il est vrai, le ton distingué, la grâce parfaite d'Alice ; sa conversation est, comme le disaient les roués d'autrefois, un peu salée. Avec Alice, je rêvais le ciel, toutes les perfections qu'on y trouve ; avec sa tante, c'était quelque chose de plus terrestre, et j'avoue que je m'en accommodais quelquefois assez bien. Puis, nous nous trouvions, madame de Vatry et moi, tous les soirs dans les mêmes salons. Florence est une ville tout à fait commode sur cet article. On ne l'invitait pas sans moi ; c'était une chose convenue et acceptée que ma liaison avec elle.

C'est fort bête ce que je vais te dire ; mais il est très-difficile de déranger ce que le monde arrange si bien, et j'étais assez embarrassé de ma contenance et de mon avenir, puisque enfin j'avais déclaré à Alice que je l'aimais.

Ah ! ce fut encore un beau moment que celui de cet aveu. Avec quels transports je lus dans les yeux d'Alice qu'elle répondait à l'amour que je ressentais pour elle ! Tout semblait conspirer pour unir nos deux destinées. Le ciel était aussi pur que les yeux d'Alice. J'étais entraîné, enivré de mon bonheur. Il est impossible de connaître mademoiselle de Lostange sans se sentir atteint d'un profond respect. Je lui jurai qu'elle serait ma femme, et je la conduisis près de madame de Belmance, en lui renouvelant ce serment.

Mais, quand je l'eus quittée, je me demandai ce que j'allais faire : Alice devait partir deux jours après pour la France. Je ne pouvais penser à demander le consentement de madame de Vatry, jamais elle ne me parlait de sa nièce : j'étais persuadé qu'elle croyait que mademoiselle de Lostange avait quitté la Toscane avec la princesse Sowbanoff ; j'espère qu'elle le croit encore.

Je ne savais à quoi me décider ; il fallait cependant prendre une résolution. Tu sais combien je hais tout ce qui m'embarrasse et m'ennuie. J'avais bien essayé de me brouiller avec madame de Vatry ; dusses-tu penser qu'il y a de la fatuité de ma part à le dire, je t'assure que cette femme m'aime réellement.

Enfin je m'acheminai vers la villa de madame de Belmance, aussi contrarié qu'amoureux. Madame de Belmance était malade ; son mari partait seul : j'avais donc encore quelque temps pour me décider et prendre un parti, et je me mis à jouir de la présence d'Alice, en remettant de jour en jour à m'arrêter à une résolution. J'étais chaque heure plus épris de mademoiselle de Lostange ; sa beauté parlait de plus en plus à mon imagination fatiguée de plaisirs faciles. D'ailleurs je dois t'avouer que je conservais à la fois tous les genres de distractions. Tu sais bien que je ne fais pas le bon apôtre, et que j'ai besoin qu'on m'amuse autant qu'un autre a besoin qu'on l'aime.

Madame de Belmance restait jusqu'à son rétablissement ; et puis elle attendait son frère, qui devait la conduire en France. Je jurais cependant tous les jours à Alice que je ne la laisserais pas partir, tout en continuant à me demander comment je pourrais l'empêcher.

M. Emmanuel de Fargy arriva ; c'est le frère de madame de Belmance. Il était toujours à Florence quand j'étais à la villa, et il se passa plus de quinze jours avant que je le visse. Je remarquai seulement que madame de Belmance me recevait plus froidement, quoique son amitié pour Alice parût augmentée.

Un soir, je revenais à Florence. Un jeune homme entrait par la grille de la villa, tandis que j'en sortais ; je ne pus distinguer sa figure, mais il me parut jeune et d'une charmante tournure. Je devinai que c'était M. de Fargy, et, fort injustement sans doute, il me déplut souverainement. J'avais vu dans le salon de madame de Belmance un très-beau tableau peint par son frère ; je savais aussi qu'il avait une voix charmante et était très-bon musicien ; je savais également qu'il avait vingt-six ans. Alice m'avait naïvement dit que c'était un jeune homme fort remarquable. Il faut l'avouer enfin, Armand, j'en étais jaloux.

Je le rencontrai enfin dans le salon de sa sœur ; nous échangeâmes un regard qui nous apprit combien nous nous déplaisons mutuellement. Je devinai qu'il aimait Alice. Peut-être ne s'en doutait-elle pas ; cependant il est rare que la femme, même la plus naïve, ignore le pouvoir de ses charmes.

Je revins à la ville furieux, amoureux, jaloux, ne sachant à quoi m'arrêter, mais décidé d'employer jusqu'à la violence pour me rendre possesseur d'Alice. Je ne pouvais supporter l'idée qu'elle allait partir avec M. de Fargy ; que, peut-être, il se vanterait de m'avoir enlevé ma conquête ; enfin, si Alice partait, je sentais qu'elle était perdue pour moi. Dans ce moment, je l'aimais comme un fou, comme un insensé, et cependant je ne savais toujours quel parti prendre. Je fus plusieurs jours dans ce pénible état, montrant à Alice une passion plus violente que jamais, et ne me décidant à rien.

Le hasard me tira d'embarras. Une personne que je voyais assez habituellement me raconta qu'une famille italienne de sa connaissance était plongée dans le plus vif chagrin, causé par le mariage d'un fils unique, mariage fait sans leur consentement. J'appris comment se contractaient en Toscane ces unions, n'entraînant ni témoins ni publicité, ni consentement des familles. Je connaissais la confiance d'Alice envers moi, je connaissais mon empire sur son cœur, sur son esprit, je comptais un peu sur son ambition, et je la décidai à me suivre, en lui jurant qu'il n'y aurait pas une heure qu'elle aurait quitté la maison de madame de Belmance qu'elle serait ma femme.

Alors je dis à madame de Vatry que j'avais un oncle très-malade qu'il fallait que j'allasse rejoindre à Rome; que de là je le conduirais aux eaux d'Ischia, près de Naples, et que, si mon séjour à Naples se prolongeait, je comptais qu'elle viendrait m'y rejoindre.

Le jour de mon départ fut fixé : la comtesse voulut faire une partie de plaisir de nos adieux, qu'elle ne croyait pas devoir être si longs. Elle était si pleine de confiance, je l'assurais avec tant de tendresse que nous nous rejoindrions bientôt ! Tiens, Armand, je suis certain que tu vas te moquer de moi, mais j'ai réellement des remords d'avoir si facilement trompé cette pauvre comtesse.

J'obtins d'Alice qu'elle me suivrait; je l'obtins au nom de mon amour, de mon désespoir : j'éprouvais réellement une terrible douleur à la pensée de m'en séparer; d'ailleurs, je m'étais retrouvé avec M. de Fargy. L'accueil de sa sœur était devenu si froid, que je ne pouvais plus voir en elle une amie ; sans pouvoir m'en rendre compte, je devinais qu'elle aurait voulu qu'Alice ne m'aimât plus et s'attachât à son frère. Alice, recherchée par un autre, augmentait de prix à mes yeux, il fallait qu'elle fût à moi. Ah ! je fus éloquent pour la décider, et je l'emportai.

Quand elle s'agenouilla au pied de l'autel et devant le prêtre que j'avais prévenu, et qu'elle tourna vers moi ses beaux yeux; quand elle s'appuya tremblante sur mon bras, et que je me dis : Elle est à moi! vrai, Armand, je fus un instant parfaitement heureux.

Je te raconterai un jour comment se fit cette cérémonie de mariage que j'ai contracté ; pour le moment, je dois te dire ce que je suis devenu avec Alice.

Nous remontâmes, à la porte de l'église, dans la voiture qui avait amené Alice ; mais à la sortie de la ville nous trouvâmes une calèche attelée de chevaux de poste. En moins de deux heures, nous franchîmes un espace de huit lieues de montagnes : nous allions comme le vent, et pourtant je trouvais que nous ne marchions pas assez vite. J'étais poussé par la crainte d'être découvert, et la nécessité où je me trouvais de retourner à Florence rejoindre la comtesse. Il était convenu que je prendrais le chemin de Bologne, et qu'avant de nous quitter nous passerions la journée à Pratolino, une maison de plaisance appartenant au grand-duc, où l'on va faire des pique-niques. Vous deviez être vingt personnes ; je devais y accompagner la comtesse dans sa calèche et aller la prendre chez elle à onze heures ; il en était dix quand j'arrivai à la seconde poste, qui n'est guère qu'à une lieue de Pratolino.

La difficulté était de décider Alice à m'attendre ; tu sais combien je hais tout ce qui me contrarie ou m'arrête. Sans doute j'étais heureux de l'amour d'Alice, heureux de la sentir bientôt tout à moi et pour toujours; cependant, tiraillé par les devoirs que m'imposait la nécessité de dissimuler avec la comtesse, tremblant d'être découvert, j'essayai à la hâte de rassurer Alice et je la laissai seule dans une mauvaise auberge, où je conviens qu'elle a dû passer de tristes heures. Je passai chez moi pour essayer, par un peu de toilette, de dissimuler ma fatigue et mon anxiété; mais j'avoue, Armand, que j'étais fort abattu. Cependant, je me remis un peu auprès de la comtesse : elle est si gaie, si bien disposée au plaisir, qu'elle riait et pleurait en parlant de mon départ. Tout le monde était déjà réuni chez madame de Vatry ; j'attribuai mon retard aux affaires que m'occasionnait mon voyage. Nous partîmes.

Tous étaient disposés à s'amuser, excepté moi : je tremblais que la comtesse ne devinât quelque chose. Cependant, je dois avouer que je suis tellement impressionnable, que je finis par faire comme les autres, par me distraire et inventer mille folies. La soirée arriva sans qu'on pensât à se séparer. On découvrit un joueur de violon, où ne se trouve-t-il pas un musicien bon ou mauvais en Italie ? et on se mit à danser. Je pensais à cette pauvre Alice qui m'attendait seule dans une auberge, mais je ne pouvais me dégager, et je m'amusais malgré moi. Quand le jour fut près d'arriver, les femmes, qui craignaient toutes de se laisser voir à son éclat avant d'avoir réparé les fatigues d'une nuit orageuse, se décidèrent à s'en aller ; la comtesse voulait me conduire encore à deux ou trois postes. J'obtins qu'elle ne le ferait pas, mais ce ne fut qu'à la condition que je retournerais à Florence avec elle ; je le fis, et parvins enfin à me rendre libre. Il était assez tard. Je trouvai Alice triste, effrayée, mécontente ; moi-même, je me sentais presque de mauvaise humeur, je ne dus pas être aimable. Le bonheur que je me promettais était troublé par mille petites circonstances qui entravent la vie, et font du plaisir, quel qu'il soit, une sorte de corvée. J'avais ordonné à Baptiste de congédier ma maison, et de partir pour la France avec mes chevaux de selle auxquels je tiens ; il a dû, avant de s'embarquer, faire courir le bruit qu'il me rejoignait à Naples.

Je n'avais point de domestique avec moi, tant je craignais l'indiscrétion ; le service de Baptiste me manquait et me manque encore. J'étais seul avec Alice, qui sans doute est remplie de grâce et d'esprit, mais il ne pouvait exister une grande confiance entre nous : à son passé se rattache toujours le souvenir de madame de Vatry, dont je n'aime point à parler ; au présent, mille choses qui m'embarrassent ; à l'avenir, tant de circonstances indépendantes de ma volonté ! Nous avons été bien près de Rome ; puis nous sommes revenus sur nos pas nous établir dans une charmante villa aux environs de Rimini.

Je me suis posé là d'une manière fort mystérieuse ; d'abord, je ne porte pas mon nom ; je n'ai présenté Alice à personne ; nos domestiques sont Italiens. Les premiers temps de notre installation, le mystère, la nouveauté, la beauté d'Alice, l'étrangeté de ma position, tout cela m'a assez distrait ; mais comme on doit parler avec confiance à son meilleur ami, je dois t'avouer, mon cher Armand, que ma vie m'eût paru un peu fade, un peu pastorale, si je n'avais heureusement rencontré quelques distractions.

Je m'ennuyais fort conjugalement près d'Alice ; elle a certainement beaucoup d'esprit, mais je suis un peu embarrassé devant cette grande vertu un peu collet monté. Alice ne connaît pas du tout le monde ; elle se fait des idées très-exagérées sur tout ce qui s'y passe, je crois qu'elle ne sera jamais susceptible d'une faiblesse, et l'excuserait peu dans une autre. Son oncle qui, d'après ce que m'a dit madame de Vatry, est un honnête homme parfaitement ennuyeux, lui a donné des idées très-fausses sur tout ; il est difficile de causer avec elle d'une manière un peu amusante, et tu sais que nous autres, esprits blasés, nous avons besoin de quelque stimulant qui nous réveille et nous émoustille. Je m'ennuyais donc très-parfaitement, quand je m'avisai de diriger mes promenades du côté de Rimini, me donnant pour prétexte à moi-même de visiter la maison de la belle Françoise.

Je ne sais pas si Françoise, son amant et sa maison ont jamais existé, cependant on me montra un vieux palais où furent, dit-on, surpris les deux amants. Après cette intéressante visite, j'allais m'en retourner près d'Alice, ne sachant que devenir, quand je m'avisai d'aller faire une réclamation fort peu importante au propriétaire de notre villa.

Je trouvai un homme fort bien élevé, hors quelques prétentions de jeunesse qui le rendent assez ridicule. Nous nous liâmes tout d'abord; il me conduisit dans quelques sociétés où l'on joue beaucoup: il ne me connaissait que sous le nom de Toqueville, qui est le nom de ma mère, nom que j'ai pris pour louer sa villa; mais nous fûmes bientôt assez intimes pour que je lui avouasse qui j'étais. Il ne tarda pas à supposer que quelque amourette m'avait engagé à changer de nom, et alors les plaisanteries sont venues m'assaillir. Je pouvais les faire finir en avouant que j'étais marié, mais je craignis que cette nouvelle n'arrivât aux oreilles de madame de Vatry. Je suis persuadé qu'Alice passe simplement pour ma maîtresse; du reste, mon nouvel ami me jura la plus grande discrétion.

Cela serait mal si cela devait durer, mais nous voici à la fin de septembre, les soirées deviennent longues, les distractions que je trouve hors de chez moi ne me conviennent pas toujours. Puis, je t'avoue que je suis embarrassé vis-à-vis d'une personne du caractère d'Alice. Les nuits et les jours que je passe loin de chez moi lui ont d'abord donné beaucoup de chagrin, elle me l'a témoigné avec une grande douceur; mais plus je sentais que j'avais tort, moins je voulais en convenir. Alice est une personne qui a beaucoup de fermeté; comme le disait madame de Vatry, elle est peut-être un peu trop fière d'elle-même, et du moment qu'elle s'est aperçue que ses plaintes m'importunaient plus qu'elles ne me touchaient, elle a cessé de me les adresser.

Je me suis fait pardonner plusieurs fois, mais j'ai abusé de l'indulgence, et, ma foi, je vis comme si j'étais à peu près garçon........

Je te disais bien, quand j'ai interrompu cette lettre, que je vivais à peu près comme si j'étais garçon. Sais-tu d'où je viens?... Je viens de Florence.

Ce que c'est que notre pauvre nature, mon cher Armand : j'ai mis, pour retourner dans cette ville, le même empressement que j'avais mis à la quitter. Croirais-tu que le cœur me battait en approchant du palais qu'occupe madame de Vatry ? Je tremblais qu'elle n'eût quelque soupçon, je tremblais d'être remplacé, quoiqu'elle m'eût écrit plusieurs fois très-tendrement. Mais non. J'ai été reçu à bras ouverts. On m'a comblé de caresses, de soins. La comtesse a voulu improviser une petite fête pour le jour de mon arrivée ; tout cela était ravissant de gaieté, de laisser-aller. J'avais l'air d'une âme méconnue et engourdie qui se réveille d'une longue torpeur ; et quoique la comtesse n'ait ni la jeunesse ni la pure beauté d'Alice, elle m'a paru charmante. Croyant que j'étais venu de Naples exprès pour passer huit jours auprès d'elle, madame de Vatry m'en a témoigné une reconnaissance si vive, qu'en la quittant je lui ai promis que nous nous rejoindrions bientôt.

J'ai trouvé à mon retour ici Alice très-froide, très-digne, elle ne m'a pas même demandé où j'avais été. C'est une personne qui ne se contenterait pas d'une legère explication ; quoique très-jeune, très-inexpérimentée sous certains rapports , Alice impose par la froide simplicité de ses manières ; et, à présent que je suis beaucoup moins amoureux, je dois reconnaître que nos caractères n'ont aucun rapport et ne se conviennent pas du tout. Aussi il est plus que temps que je rompe cet embarrassant tête-à-tête, et je te prie, mon cher Armand, de me chercher un appartement à Paris.

Choisis-moi, si cela est possible, le premier ou le second étage de quelque hôtel du faubourg Saint-Gerrmain. Tu avertiras Broussard de ma prochaine arrivée, pour

qu'il t'aide dans les arrangements qu'il y aura à prendre.
Si le logement était meublé, il ne m'en conviendrait que
mieux. J'établirai là ma sérieuse épouse, et je tâcherai
de me distraire un peu. Tu penses que, tout en désirant
retrouver ma liberté, je ne veux pas qu'elle use de la
sienne. Je n'ai assurément aucune raison d'être jaloux ;
mais elle est très-fière de ses dix-huit ans, de sa beauté ;
elle est mordante, la chère Alice, très-orgueilleuse d'être
une Lostange, un des premiers noms de France, et je suis
très-convaincu maintenant qu'elle a dû être parfois fort
impertinente pour sa tante.

Mais, adieu ! Enfin, je finis cette longue lettre. Réponds-
moi promptement où je pourrai descendre, car je compte
partir vers le milieu d'octobre.

Alice paraît assez souffrante. Elle habite une fort jolie
villa, est entourée d'un nombreux domestique, a une
voiture à ses ordres ; il est vrai que je l'ai priée de ne
pas sortir des murs du jardin : que lui manque-t-il
donc ? A moi, il me manque mon cher Paris, mes habitudes d'indépendance, et la présence de mon plus cher
ami.

En attendant que je retrouve tout cela, je te serre bien
cordialement la main, mon cher Armand.

P.-S. Je te réitère la prière de me chercher un appartement fort retiré ; mon intention est, je te l'avoue, de
me montrer le moins marié possible. Il faut laisser au
temps à faire oublier la manière dont s'est formée mon
union. Il faudra même que je trouve un prétexte plau-
sible pour retenir la comtesse en Italie, dussé-je aller l'y
rejoindre.

Ne crois pas, par ce que je te dis de madame de Vatry,
que ce soit une preuve qu'elle me domine : c'est moi, au
contraire, qui exerce un grand empire sur elle ; j'en
userai pour lui faire approuver un jour mon mariage

avec sa nièce; mais le moment n'est pas encore arrivé.

Adieu de nouveau, mon cher ami, il me tarde bien de te serrer la main.

V

Quelque triste, quelque abandonnée que fût la vie que menait Alice en Italie, elle était loin de s'attendre qu'elle devrait bientôt la regretter, tant il est vrai que nous nous plaignons trop souvent d'un malheur qui peut s'accroître.

Mélancoliquement assise au coin d'une immense cheminée dont le foyer brûlant et rempli ne laissait rien à désirer, Alice se sentait pourtant tellement glacée, tellement abattue, qu'elle ne parcourait de l'œil qu'avec une sorte d'effroi le magnifique et antique salon dans lequel elle était seule ; elle attendait, comme de coutume, le retour de Roger, et ce n'était que quand elle avait perdu tout espoir de le voir rentrer pour dîner qu'elle se décidait à se mettre à table.

Sept heures venaient de sonner à la lourde pendule du salon. Alice passa dans une pièce plus petite dont elle avait fait un cabinet d'étude; la pendule de cette pièce marquait aussi la même heure.

— Il est bien sept heures, se dit Alice, tous les jours je l'attends, et tous les jours il rentre plus tard pour dîner, ou ne rentre que très-avant dans la nuit; je devrais être accoutumée à ses froideurs, à ses manques d'égards ; il est bien cruel et me punit trop de ma confiance, pauvre femme que je suis, sans appui, sans famille. Oh ! Roger, Roger !

Et Alice tomba sur un siége, en cachant dans ses belles mains son visage fatigué par le chagrin ; elle ne pleurait pas. Elle était trop irritée pour que ses larmes pussent couler ; mais elle sentait au cœur une opression qui lui ôtait la respiration. Elle n'avait même pas le courage de se plaindre, et restait immobile et glacée. Elle ne sortit de cette sombre rêverie qu'en entendant ouvrir la porte du salon ; pensant qu'on venait l'avertir que le dîner l'attendait depuis longtemps, elle se leva vivement et sortit du boudoir.

— Pourquoi m'attendez-vous pour dîner, Alice ? prononça d'une voix peu affectueuse Roger de Sommerville ; vous savez que j'aime ma liberté. Je ne dînerai pas, je sors d'un déjeuner de garçon ; mais j'assisterai à votre repas, et puis, j'ai quelque chose à vous aprendre.

— Madame votre tante est-elle arrivée ? demanda Alice en se dirigeant vers la salle à manger, où Roger la suivit.

— Quelle tante, de qui voulez-vous parler ?

— Ne m'avez-vous pas dit que vous me présenteriez...

— C'est vrai ; mais ma tante est toujours à la campagne...

Alice baissa les yeux pour cacher le sentiment douloureux qui l'oppressait ; elle essaya de porter quelques aliments à sa bouche, mais elle ne put manger.

— A propos, dit Roger sans remarquer ni la tristesse ni la pâleur d'Alice, savez-vous que j'ai rencontré ce matin un de vos adorateurs ?

Alice ne leva pas même la tête.

— Vous n'êtes pas curieuse ; demandez-moi donc lequel ?

Alice garda encore le silence.

— Je vois que dans le nombre vous avez peur de vous tromper. Eh bien, ce n'est ni votre cousin Édouard, ni le comte Pauliski, ni le galant propriétaire de la villa que nous occupions, car il m'a avoué qu'il vous avait adressé une déclaration, et que...

— Roger, interrompit Alice avec beaucoup de dignité, vous pouvez me causer de cruelles peines, me livrer au remords d'avoir cru en vous ; mais vous ne devez pas m'insulter : je suis votre femme, et...

— Vous prenez tout au tragique , s'écria Roger ironiquement ; enfin, pour ne pas vous mettre plus longtemps à la devine , je vous annonce que j'ai rencontré le vertueux Emmanuel de Fargy et sa bégueule de sœur. Je me suis trouvé nez à nez avec eux ; j'aurais bien voulu me dispenser de leur parler, mais il n'y a pas eu moyen, et j'ai été forcé de donner votre adresse.

— Quel bonheur ! s'écria Alice, quel bonheur de revoir une personne qui m'a témoigné tant de bienveillance ! Je vais donc retrouver une amie que...

— Je suis fâché de vous contrarier, Alice ; mais vous ne devez pas recevoir madame de Belmance.

— Ne pas recevoir madame de Belmance ! et pourquoi lui avez-vous donné notre adresse ?

— Pourquoi ! pourquoi ! Est-ce qu'on est toujours maître de dire ou de faire ce qu'on veut ? Il faut que vous écriviez à madame de Belmance que vous êtes malade, que vous partez pour la campagne; enfin, que vous ne pouvez la recevoir.

— Et que pensera-t-elle de moi ? Vous lui avez annoncé qu'elle me verrait ; elle croira donc que c'est moi...

— Elle croira tout ce qu'elle voudra, continua Roger avec impatience ; mais je ne me soucie nullement qu'elle vienne s'impatroniser chez moi, que vous lui fassiez des confidences pour le moins inutiles.

— Alors pourquoi lui avoir...

— Vos pourquoi ne signifient rien ; je me suis trouvé pris à l'improviste. Le frère de madame de Belmance affectait un air de hauteur qui m'a déplu excessivement ; je ne savais quelle contenance tenir, si je ne lui déclarais pas combien il m'est insupportable, et devant une femme je ne pouvais... Bref, j'ai donné notre adresse dans l'embarras où j'étais de dire autre chose; mais vous écrirez, il le faut.

— Non, Roger! non, je n'écrirai pas; je ne puis répondre par une impolitesse aux bontés dont madame de Belmance m'a comblée !

— Vous n'écrirez pas? s'écria Roger avec colère. Croyez que j'en devine le motif, et vos coquetteries avec M. de Fargy...

Alice se leva et passa dans le salon. M. de Sommerville la suivit et sonna.

— Que l'on prépare tout pour ma toilette ; une toilette de bal, ajouta-t-il, car toutes ces pleurnicheries ne m'engagent que plus à aller chercher le plaisir alleurs.

Alice dit doucement :

— Où faut-il que j'adresse ma lettre à madame de Belmance ?

Roger se frappa le front.

— Je n'en sais rien ; dans mon impatience de la quitter, j'ai oublié de demander à madame de Belmance où...

— Comment faire alors, Roger? prononça Alice avec dignité ; laissez-moi voir madame de Belmance ; je ne recevrai qu'elle seule, et, je vous le promets, je ne lui confierai rien de votre conduite envers moi. Je vous le jure, Roger.

— Il est inutile aussi de lui parler de la manière dont notre mariage s'est fait, répondit Roger avec embarras, peu de personnes peuvent comprendre..... Ainsi donc, recevez madame de Belmance, puisque je ne sais où lui faire tenir une lettre ; mais ne l'engagez pas à revenir : vous m'entendez?

Alice baissa la tête en signe d'assentiment. Roger se leva, et ajouta avec assez de tendresse :

— Vous m'en voulez, Alice, et vous avez tort ; si vous n'êtes pas heureuse, je ne le suis pas non plus : je sens bien cependant que vous devez regretter...

— Je ne regretterais rien, Roger, si vous m'aimiez ; mais vous êtes changé, cruel'ement changé. J'ai pourtant une confidence à vous faire, et si vous voulez m'écouter...

— Déjà huit heures ! s'écria Roger en marchant vers la porte, et j'ai promis d'aller prendre un ami pour me rendre au bal. Pour vous, Alice, qui ne connaissez pas le monde, vous ne vous faites pas d'idée des déceptions, des ennuis qui s'y trouvent.

— Je ne désire pas le voir, dit Alice tristement, ce monde qui vous plaît, quoi que vous en disiez Roger ; mais j'espérais...

— Allons, ma chère, interrompit Roger avec impatience, gardez, croyez-moi, vos espérances et vos chimères ; le monde est bon pour distraire les hommes : la destinée des femmes...

— Vous ne m'aviez pas annoncé celle que vous comptiez me faire, interrompit Alice avec un peu de hauteur ; mais enfin, je suis votre femme, et peut-être m'accorderez-vous quelques minutes d'entretien un peu sérieux.

— Si vous voulez parler sérieusement et longuement, remettons cette conversation à un autre moment ; il faut que je m'habille, et j'en ai à peine le temps. Adieu, Alice, souvenez-vous de ma recommandation relativement à madame de Belmance.

Roger quitta l'appartement. Alice passa le reste de la soirée comme elle les passait toutes : une tristesse profonde, un découragement plus pénible peut-être que la douleur l'absorbait et la rendait incapable de chercher aucune espèce d'occupation qui pût la distraire. Elle resta toute la soirée affaissée sur elle-même, se demandant quel sentiment dominait dans son âme. Il était plus de trois heures du matin quand la voiture de Roger entra dans la cour.

Alice se sentit tressaillir d'indignation, et de ses lèvres crispées s'échappèrent ces paroles :

— Je me suis trompée, je n'ai pu véritablement aimer cet homme !

VI

Quand Alice sortit de sa chambre, Roger était déjà parti. Elle se trouvait très-souffrante, et l'espérance de revoir madame de Belmance ne lui causait qu'une faible joie ; moins que jamais elle se sentait la force de dissimuler ce qu'elle souffrait, et cependant elle l'avait promis : elle était du reste bien certaine que M. de Fargy n'accompagnerait pas sa sœur.

— Non, se disait Alice, non, il ne viendra pas : il a dû prendre si mauvaise opinion de moi ! Maintenant il me croit heureuse, et j'ai promis de ne pas me plaindre. D'ailleurs, n'en ai-je pas perdu le droit vis-à-vis des autres ? Cependant vis-à-vis de moi-même je ne me sens aucun tort. Je me suis fiée à Roger, il a cessé de m'aimer : n'ai-je pas reconnu en toutes choses l'inconstance de ses goûts, l'ennui qui le prend quand il possède ce qu'il a le plus ardemment désiré ? J'ai fait mon sort, je dois me résigner, et je ne m'attends pas que ce que j'ai à lui apprendre change ses sentiments. Mais moi..... ah ! je bénirai alors mon triste sort, et je ne redouterai plus l'avenir.

On annonça madame de Belmance. Alice se jeta en pleurant sur la main que cette excellente femme lui tendait, et murmura au milieu de ses sanglots :

— Que vous êtes bonne, et combien j'ai dû vous paraître indigne !

— Ma chère Alice, répondit madame de Belmance, es-
suyant en souriant les yeux d'Alice, quoique beaucoup
plus âgée que vous, je comprends encore la puissance des
passions : vous aimiez Roger, vous craigniez de vous séparer de lui, même pour peu de temps. Vous saviez à
quel homme d'honneur vous confiiez votre destinée. Vous
m'avez affligée, mais je ne me suis jamais sentie irritée
contre vous. J'ai quitté la Toscane deux jours après votre
disparition. Je vous retrouve heureuse. M. de Sommerville a été le premier à m'engager à venir vous voir,
quoique j'eusse pu attendre peut-être qu'il me présentât
d'abord sa femme.

— Je sors peu, dit Alice avec embarras, je ne vois personne.

— Personne ! mais M. de Sommerville vous a sans
doute présentée à quelques connaissances : je me rappelle
qu'il en avait beaucoup, même des parents, des tantes....

— Je ne vois personne, ma chère dame, répéta Alice
en baissant les yeux : ma santé, ma jeunesse ont peut-
être empêché M. de Sommerville de me présenter à sa
famille et à ses amis.

— Vous êtes pourtant bien bonne à faire connaître,
chère enfant ; cependant je conçois, Roger veut vous
garder entièrement pour lui. Jouissez de son amour,
Alice, mais gardez-vous d'en abuser ; il est peu de cœurs
qu'un bonheur trop constant ne lasse un peu. Ménagez-le,
croyez-moi. Mais je crains de vous fatiguer avec mes
sermons de femme raisonnable. Vous paraissez souffrante;
vous êtes si jeune et si belle, que je puis vous dire que je
vous trouve changée : vos yeux toujours charmants me
semblent abattus. Peut-être ce changement vient-il d'une
cause qui vous est chère, Alice; soyez bien heureuse de
ce bonheur que je n'ai jamais connu : aussi combien
j'aurais été à plaindre si Emmanuel n'avait pas été pour
moi plus qu'un frère.

Alice baissa les yeux.

— Vous êtes heureuse, Alice, votre destinée est accomplie, et, je puis vous l'avouer, j'ai un instant désiré l'impossible, j'ai désiré que vous n'aimiez pas M. de Sommerville. Emmanuel vous trouvait ce que vous êtes en effet, charmante ; c'est un beau rêve auquel il ne faut plus penser. Dites-moi, Roger doit être bien fier de l'espoir d'être père ?

— Il l'ignore, répondit Alice tristement, je n'avais point de mère à qui je pusse le confier la première. Roger me traite un peu comme un enfant, et je n'ai pas encore osé, ajouta Alice en laissant échapper des larmes longtemps retenues. Je ne puis oublier que Roger m'a épousée sans fortune ; que je n'ai personne pour me protéger.

— Et votre oncle et votre cousin ?

— Il sont en Afrique, répondit Alice toujours en pleurant, et l'espoir que j'avais, en revenant en France, de trouver des amis, cet espoir s'est éteint comme beaucoup d'autres.

— Et la vicomtesse de Launay, cette amie à laquelle vous écriviez avec tant de confiance ?

— Son mari a été nommé secrétaire d'ambassade en Espagne, elle l'a suivi, et aucune des lettres que je lui ai adressées depuis quelques mois ne lui est parvenue.

— Il faut venir me voir, reprit madame de Belmance, Roger vous amènera. Il est possible qu'il n'ait point jugé convenable de vous présenter dans le monde ; mais je ne suis pas du monde, moi ; je l'aimais autrefois. Alice, je vous portais déjà un véritable attachement, aujourd'hui je voudrais trouver en vous une amie. Vous n'êtes point une femme capable d'abuser de vos avantages, Alice ; aussi vais-je vous parler avec franchise. Emmanuel ne vous a point oubliée, il ne vous oubliera peut-être jamais. S'il ne partait pas demain pour l'Afrique, je ne vous en-

gagerais pas à venir chez moi, son repos m'est trop cher.
Mais, puisqu'il part, venez me consoler de son absence.

— Ah ! que je le voudrais ! dit Alice en pleurant toujours ; mais M. de Sommerville paraît désirer que je ne
voie personne, et je dois...

— Vous devez vous soumettre, mon enfant; il ne faut
rien faire pour déplaire à l'homme qui vous a donné son
nom. Croyez que je n'écoute pas des susceptibilités qui
sont indignes de moi et de vous ; mais je ne dois revenir
ici qu'après que M. de Sommerville vous aura conduite
chez moi. Cependant, si jamais je pouvais vous être
utile, si je pouvais sécher seulement une de vos larmes,
vous me trouverez prête à tous les instants.

Alice pleurait toujours et retenait dans ses mains celles
de madame de Belmance qui voulait partir.

— Je ne conçois rien à ce qui se passe, reprit la sœur
d'Emmanuel. Hier, votre mari est le premier à venir au-
devant de moi, à m'engager à vous voir, et...

— Ah ! s'écria Alice, emportée par la franchise de son
caractère, Roger est un mélange de bonté et de faiblesse,
ce qu'il veut un jour lui déplaît le lendemain.

— Est-il vraiment bon ? dit madame de Belmance en
fixant ses yeux sur ceux d'Alice.

— Je veux le croire, reprit celle-ci.

— Eh bien donc, adieu, mon enfant, reprit madame
de Belmance en glissant à Alice son adresse, souvenez-
vous de moi ; souvenez-vous-en avec confiance, ne vous
laissez point abattre ; usez de douceur, mais en même
temps de fermeté, et surtout hâtez-vous d'apprendre à
votre mari les nouveaux droits que vous avez à sa tendresse.

Les deux femmes se séparèrent.

Alice se trouva encore plus isolée, plus abandonnée
après la visite de madame de Belmance. Elle n'avait point
trahi sa promesse, elle n'avait donné aucun détail sur la
manière dont son mariage s'était fait, elle n'avait point avoué

qu'elle était malheureuse, elle ne s'était pas plainte de
Roger ; mais madame de Belmance avait dû deviner ce
que cette réserve renfermait le chagrins et peut-être de
ressentiments. Alice de Lostange était trop fière, elle sentait peut-être trop sa valeur, pour qu'elle ne se trouvât
pas profondément blessée de la conduite de Roger. Malgré
elle, et peut-être même sans qu'elle s'en aperçût, son
cœur s'était refroidi, et plus d'une fois elle s'était demandé : « Qu'ai-je fait ? » Pour la première fois aussi elle
réfléchissait à l'étrange langage de Roger, quand, malgré
Alice, il ramenait maintenant la conversation sur le
compte de madame de Vatry. Soit taquinerie ou véritable
conviction, il parlait de sa gaieté, de sa grâce, de son esprit, il paraissait même ajouter peu de foi aux plaintes
qu'Alice avait exprimées contre sa tante.

— Bah ! disait-il légèrement, est-ce que deux jolies
femmes peuvent se convenir et vivre ensemble ?

Cette manière de traiter si lestement les procédés d'une
femme qui avait été si cruelle pour Alice, augmentait
peu à peu les germes d'un ressentiment qui ne devait
plus s'éteindre ; et si, de jour en jour, Alice différait de
faire à son mari l'aveu de la situation où elle se trouvait, c'est qu'elle éprouvait un mélange de répugnance
et de dignité blessée à parler d'un événement qui lui
rappelait un amour qu'elle ne sentait plus elle-même.

Jamais la solitude et l'abandon où elle se trouvait n'a-
vaient paru si pénibles à la triste Alice. Elle avait vu s'é-
loigner la seule personne sur l'amitié de laquelle elle se
plaisait à compter, dont l'entretien était à la fois conso-
lant et aimable ; elle l'avait vue la quitter sans conserver
l'espoir de la revoir, et n'ayant pu soulager ses chagrins
par une confiance entière. Il résultait de cet entretien,
pour Alice, des regrets sur le passé, sans consolations
pour le présent ; et quand madame de Belmance se fut
éloignée, elle considéra la solitude où elle se trouvait

avec une terreur qu'elle voulut vainement combattre. Sans comprendre les dangers qui la menaçaient, elle devinait cependant l'approche d'un malheur sérieux : la conduite de Roger était si remplie de négligence, même de dureté, qu'elle se sentit frémir de se voir en sa puissance, sans un ami ou un parent pour la défendre.

Alice se leva du divan sur lequel elle était assise, le jour baissait; ce divan était placé au fond d'un immense salon que l'obscurité rendait plus triste encore; mille fantômes s'emparaient d'Alice, et quand elle vit un homme inconnu devant elle, elle jeta un cri d'effroi.

— Pardon, Mademoiselle ou Madame, dit-il d'un ton assez goguenard, je ne veux pas faire peur aux personnes du beau sexe ; je suis la personne qui loue à M. de Sommerville, et je venais savoir s'il garde l'appartement pour le reste de l'hiver : on m'a dit dans la maison qu'il repartait pour l'Italie ; cependant si vous voulez conserver le logement, nous nous arrangerons bien ensemble.

— Je ne puis vous répondre, Monsieur, répondit Alice avec une extrême froideur; sitôt que M. de Sommerville sera rentré, je lui ferai part de votre demande ; mais il est probable que si mon mari retourne en Italie je n'aurai pas besoin de votre appartement.

— Je ne savais pas que M. le marquis fût marié, observa le propriétaire, qui se nommait Durand. Quand son ami a loué cet appartement... mais enfin cela ne me regarde pas ; seulement, Madame, si votre mari vous laissait seule, vous pouvez disposer de moi.

— Je vous remercie, Monsieur, vous aurez la réponse de M. de Sommerville demain.

Et elle salua pour avertir M. Durand que sa visite devait se terminer.

Pourtant M. Durand restait toujours; l'extrême beauté d'Alice l'avait frappé, un sentiment d'admiration et de plaisir le fixait à sa place. Alice s'approcha de la fenêtre,

la pluie tombait par torrents, l'obscurité devenait à
chaque instant plus profonde, elle eut peur; elle sonna,
mais on ne vint pas. Depuis plusieurs jours elle remarquait qu'on la servait avec plus de négligence; le matin
même, sa femme de chambre lui avait insolemment répondu. Elle voulait s'en plaindre à Roger; mais elle le
voyait si peu, elle éprouvait tant de contrainte devant
lui!...

M. Durand ne sortait pas; il s'était même rapproché
d'Alice; elle était effrayée comme peut l'être une jeune
personne qui n'a vu le monde que pour en être méconnue
et offensée; elle sonna de nouveau, et, de cette fois, si
fort, qu'un laquais accourut et ouvrit brusquement la porte.

— J'ai cru que le feu était à la maison, dit-il assez insolemment; que faut-il donc de si pressé?

— Quand je vous sonne, c'est qu'apparemment je désire que vous répondiez de suite, prononça Alice avec un
ton qui ne permettait pas de réplique : Monsieur désire
une voiture.

— Moi! s'écria M. Durand, je n'en désire pas du tout,
je n'en veux pas, et...

— J'ai cru que le mauvais temps vous retenait, dit
Alice; et, saluant M. Durand, elle entra dans le petit
salon dont elle poussa la porte.

— Bien fait, fit le valet en ricanant. Ah! vous avez
cru peut-être que vous alliez faire vos frais du premier
coup? Oh! que non, que non, c'est un morceau aristocra-
tique, comme disent messieurs les lions. Peut-être que
bientôt elle ne sera pas si fière; mais, en attendant, il
n'y a rien à faire, mon pauvre M. Durand, quoiqu'on
prétende que vous êtes riche.

— Je suis riche et garçon, reprit M. Durand, et saper-
lotte! je pourrais faire bien des choses pour cette femme-
là, car je la trouve diablement belle; mais si elle est
mariée...

— Bah! mariée, mariée au treizième, dit le laquais
en faisant un geste de doute; si elle était mariée, M. le
marquis l'aurait présentée et recevrait quelqu'un; si elle
était mariée, il n'oserait manger dehors presque tous les
jours et découcher presque toutes les nuits.

— S'il en est ainsi, et qu'il la laisse, je la prendrai si
elle veut, répondit M. Durand; je serai aux aguets : mais
est-ce qu'elle n'a point de parents?

— Çà, je n'en sais rien. M. le marquis a pris tous domestiques nouveaux en revenant d'Italie, et nous ne sa-
vons rien, ce qui est fort déplaisant : servir où il n'y a
rien à gagner que ses gages, ce n'est guère. La femme de
chambre se confectionne un trousseau parce qu'elle espère que je l'épouserai; elle pourrait bien faire celui de
sa maîtresse qui n'a presque rien, qu'un mauvais cachemire, pas un bijou; du reste, elle peint comme Ramel.

—Vous voulez dire comme Raphaël? observa M. Durand.

— C'est possible, continua le valet; qu'est-ce que cela
fait, un nom ou un autre? Elle touche du piano comme
un maître, et chante comme Grisier.

— Grisi ! reprit M. Durand.

— Comme vous voudrez, monsieur Durand; mais si
M. le marquis part pour l'Italie et ne m'emmène pas,
vous me trouverez une place?

— Certainement, pourvu que vous me teniez au courant au sujet de la jeune femme.

Cette conversation se tenait dans l'antichambre, et
Alice fut obligée de sonner une autre fois pour demander
de la lumière. Le valet entra, ouvrit la fenêtre pour fermer les persiennes, et dit :

— Il pleut toujours; cependant M. Durand est parti à
pied : ce n'est pas qu'il n'ait le moyen de prendre une
voiture; il est riche à millions, assure-t-on, et...

Alice prit une bougie et rentra dans le boudoir.

Durant les longues heures qui venaient de s'écouler,

elle s'était enfin résolue à demander à Roger une explication de sa conduite. Alice était une jeune personne sans expérience de bien des choses, mais en même temps d'un esprit supérieur et d'une âme fière et grande. Si elle ne soupçonnait pas une mauvaise action, ce n'était point manque de finesse, mais par une pureté de cœur, une élévation d'âme qui l'empêchait de comprendre une bassesse, un manque d'honneur, et même la plus légère déviation de la vérité. Trop chaste, trop pure pour ne pas avoir été une proie facile pour celui qu'elle regardait comme le plus noble des hommes, Alice était cependant trop spirituelle pour ne pas comprendre, si ce n'est toute, du moins une partie de la conduite de Roger; elle soupçonnait qu'il n'avait plus d'amour pour elle; tout à coup elle comprit qu'il n'en avait jamais eu.

S'il m'avait aimée il m'aimerait toujours, pensa-t-elle, je n'ai rien fait pour détruire cet amour. Le caprice, mon abandon qui devait être ma sauvegarde, l'ont entraîné; aujourd'hui, il regrette de s'être lié à moi, je le conçois. Si je ne sentais pas s'agiter dans mon sein mon enfant, le sien, je consentirais à ne pas le revoir, car je ne l'aime plus moi-même; mais je me dois à ce pauvre être que j'aime déjà, et je souffrirai tout pour lui : si je gêne Roger, je vais lui demander de me retirer où j'ai été élevée. Peut-être, plus tard, sera-t-il bien aise de me retrouver avec son enfant. Ce n'est pas la destinée que j'avais rêvée, et la vie d'amour qui m'était promise; mais je dois payer mon imprudence, l'erreur de mon imagination plutôt que de mon cœur; oui, je suis certaine maintenant que je ne l'ai pas aimé.

Et une autre image se présenta au souvenir d'Alice comme un rayon de soleil perçant un sombre nuage ; elle la conserva longtemps, et quand elle entendit sonner minuit, ce n'était ni à Roger ni à son absence qu'elle avait si longtemps rêvé sans dormir.

VII

Alice allait cependant prendre le parti de se retirer, quand elle entendit rentrer Roger.

Animée qu'elle était par des réflexions cette fois inquiétantes et blessantes, irritée par la continuation des étranges procédés de son mari, elle ouvrit vivement la porte du salon qui donnait dans l'antichambre, et, au moment où Roger la traversait pour rentrer chez lui, elle s'avança et le pria d'entrer.

— Ce que vous avez à me dire est-il donc si pressé que vous ne puissiez le remettre à demain ? répondit Roger en s'arrêtant près de la porte du salon sans y entrer.

— Je désirerais que vous voulussiez bien m'accorder quelques minutes.

— Les minutes des femmes qui parlent sont des heures, et je suis pressé de me reposer.

Cependant il entra.

— Si notre entretien ne doit pas nous échauffer, peut-être ferez-vous bien de faire mettre du bois au feu, car il fait un froid de loup ici ; mon Dieu, que ce salon est grand !

Alice jeta elle-même quelques bûches dans l'âtre, Roger bâillait.

— Roger, dit Alice d'une voix grave, hier je vous avais prié de me donner quelques minutes d'attention ; mais vous étiez pressé de me quitter.

— Bah ! tous les hommes sont toujours pressés de sortir de chez eux.

— Et ont-ils tous l'habitude de n'y pas manger et d'y coucher rarement ?

— D'abord, j'y couche toujours, j'y rentre tard, il est vrai ; cependant...

— Laissons cela, Roger, je ne prétends nullement vous gêner, mais vous demander, non pas raison de votre froideur, c'est un sentiment involontaire, mais de votre manque d'égards.

— Vous avez reçu la visite de madame de Belmance, fit Roger ironiquement, et sans doute elle vous aura donné d'utiles conseils ; elle vous aura dit...

— Elle m'aurait dit, j'en suis certaine, que je devais me conformer en tout à vos désirs, autant que la justice et les convenances me le permettraient ; mais madame de Belmance ne m'a donné aucun conseil, car je ne lui ai point parlé de...

— De mes torts, allons, tranchons le mot : vous vous croyez ma victime.

— Non, Roger, j'aime à croire que vous êtes trop généreux pour vouloir faire de moi une victime ; cependant je ne puis vous cacher... et les larmes qu'Alice retenait depuis longtemps coulèrent de ses yeux abattus.

Roger était un homme faible, égoïste, comme un constant bonheur rend trop souvent ceux qui n'ont jamais souffert ; mais il ne se montrait dur et cruel que quand une passion ou un désir violent l'emportait. Alice pleurait doucement : elle était si belle dans ses larmes, sa voix était si touchante ! elle avait inspiré à Roger le sentiment le plus vif qu'il eût peut-être ressenti dans le cours de sa vie ; aussi se sentit-il ému. Cette émotion devait être de courte durée ; mais, dans le moment présent, elle lui inspira des paroles presque passionnées. Cependant Alice pleurait toujours, les paroles de Roger ne la rassuraient pas. Sans être trop vaine d'elle-même, Alice possédait cette fierté bien placée qui fait qu'on sait sa valeur. L'isolement dans lequel la tenait Roger, la négligence qu'il lui montrait, ce qui s'était passé un instant auparavant avec le propriétaire de la maison, le ton peu convenable des domestiques avec elle, irritaient la fierté de mademoiselle de Lostange. Le sentiment qu'elle avait éprouvé pour Roger et qu'elle avait pris pour de l'amour n'était que de l'admiration, de la reconnaissance, et cet attrait que ressent une jeune fille pour le premier homme qui s'occupe d'elle. Cependant Alice ne reconnaissant plus en M. de Sommerville un caractère noble et généreux, mais un homme qui abusait de la position isolée d'une jeune personne qui le valait sous tous les rapports, excepté sous ceux de la fortune, se sentait désillusionnée et bien à plaindre de l'être. Élevée d'abord par des parents aussi distingués par l'esprit que par l'élévation de l'âme, ensuite par l'abbesse du Sacré-Cœur, qui ne faisait cas de la richesse que comme moyen de faire le bien, jusqu'à ce moment, Alice n'avait pas songé qu'elle dût de la reconnaissance à celui qui lui avait donné une grande fortune ; elle pleurait donc toujours autant des dures paroles dites par Roger que de sentir sa voix devenue impuissante à le persuader. Il est un moment bien affreux pour une âme jeune et ardente, c'est celui où on se sent le cœur refroidi, où l'on ne pardonne que par lassitude ou générosité.

En écoutant les tendres expressions de Roger, Alice essayait d'en être consolée, mais elle ne pouvait plus y répondre. Aussi le raccommodement fut tellement froid de la part d'Alice, et embarrassé de celle de Roger, qu'Alice ne savait de quels termes se servir pour lui annoncer son bonheur, son bonheur à elle ; quant à celui de Roger, elle n'osait s'en flatter : la vérité d'un sentiment a seule le droit de convaincre, et quand on aime plus soi-même on doute qu'on soit aimé.

— Eh bien, chère Alice, s'écria M. de Sommerville en cédant à l'impression qui le dominait dans ce moment, eh bien, nous allons commencer une existence nouvelle. Je sens que j'ai eu tort de vous dérober au monde, de lui cacher mon trésor, mais j'aurais voulu que vous parussiez dans la société chaperonnée par quelqu'un de votre famille : pourquoi, mon Dieu, vous êtes-vous brouillée avec votre tante ?

— Roger, répondit Alice, parlez-vous sérieusement : me demander compte d'un événement qui n'a pas dépendu de moi ?... Vous savez combien madame de Vatry a été dure, même cruelle à mon égard.

— Fort bien ! dit Roger en bâillant, je sais que vous avez une longue liste des prétendus torts de votre tante.

— Prétendus ? Roger !

— Ah ! je sais parfaitement que deux jolies femmes ne peuvent être d'accord ; cependant madame de Vatry paraît excellente ; elle est vive, trop vive peut-être, mais le cœur est bon.

— Vous en avez fait sans doute une épreuve plus heureuse que moi, balbutia Alice en dégageant sa main, que Roger tenait dans la sienne ; mais si vous attendez, pour me présenter dans le monde, que madame de Vatry me serve de chaperon, vous pouvez vous dispenser de vous en occuper.

— Vous êtes une mauvaise tête, dit Roger avec humeur, et vous vous faites plus de mal que vous ne pensez par vos exagérations. Si je vous demandais de revoir votre tante, est-ce que ?...

— Jamais ! jamais, Monsieur ! s'écria Alice avec indignation : puis-je oublier la manière odieuse dont elle m'a traitée, dont surtout elle a traité mon oncle, le meilleur des hommes ; puis-je oublier qu'elle m'a chassée et jetée, moi, jeune et sans expérience, dans une maison où j'ai reçu un cruel outrage ?

— Est-ce donc vous offenser que d'être devenu amoureux de vous, Alice ?

— Roger, n'honorez pas du nom d'amour le lâche attentat dont j'ai failli devenir la victime : ce seul souvenir me fait rougir.

— N'en parlons plus, ma belle Lucrèce, dit Roger en riant ; vous ne connaissez pas du tout le monde, Alice, sans cela vous n'attacheriez pas tant d'importance...

— Roger, n'essayez pas de me prouver que l'honneur ne consiste pas à ne point offenser une jeune fille sans défense, et qui n'avait rien fait pour s'attirer un si humiliant hommage.

Alice enfin allait se décider à déclarer à Roger qu'elle était enceinte, quand le valet de chambre entra et remit à Roger une lettre avec une carte ; Roger lut la carte et s'écria :

— Je ne connais ni le nom qui est sur cette carte, ni ne sais qui peut m'écrire.

— Monsieur, reprit le valet qui était resté, c'est un officier, venu déjà ce matin, et qui m'a dit arriver d'Afrique et en apporter cette lettre.

— D'Afrique ! s'écria Alice. Cette lettre vient peut-être de mon oncle ou de mon cousin : ah ! décachetez bien vite, mon ami.

— Vous leur avez donc écrit ? dit sèchement Roger en faisant signe au valet de sortir, et sans doute vous leur avez raconté tout ce qui s'était passé entre nous ?

— Oui, Roger : je ne pouvais ni ne voulais les laisser dans l'inquiétude sur mon sort ; mais, je vous en supplie...

Roger décacheta l'enveloppe, d'où il tomba une lettre cachetée de noir.

— Grand Dieu ! s'écria Alice en saisissant la lettre qui lui était adressée, ce n'est ni l'écriture de mon oncle ni celle de mon cousin.

Et la pauvre Alice, prévoyant un malheur, tenait la lettre sans oser la lire.

Roger la regardait avec plus d'impatience que de sympathie ; il était rentré extrêmement fatigué ; l'explication qu'il avait eue avec Alice l'avait touché un moment, un moment il avait senti son imagination se rallumer pour elle ; mais en la voyant affectée d'un chagrin qui ne le regardait pas personnellement, il éprouva une sorte d'irritation qui s'emparait tout naturellement de lui quand il fallait s'occuper longtemps d'un autre. Et qu'on ne se récrie pas contre le bizarre égoïsme du caractère de Roger : il est pris dans la nature, il a existé, il existe encore.

Alice lut enfin, et tomba sans connaissance aux pieds de Roger ; la lettre lui apprenait que son oncle et son cousin n'étaient plus : l'un avait succombé à une maladie contagieuse, l'autre, plus heureux, était resté sans vie sur le champ de bataille.

VIII

— Eh bien, docteur, demanda le marquis de Sommerville, vous m'assurez donc que votre malade est tout à fait remise de son petit accident ?

— Petit accident ! monsieur le marquis : il pouvait être très-grave.

— Bah ! elle est tombée fort mollement sur un tapis, et après une violente attaque de nerfs elle s'est endormie beaucoup plus vite que moi, j'en suis certain : car je me sens très-agité, très-abattu ; la vue d'une personne souffrante me fait mal, quoique, à vrai dire, je pense qu'il ne faut pas beaucoup s'affecter des douleurs des femmes, elles sont passagères comme leurs sentiments.

— Détrompez-vous, Monsieur, l'accident de madame

la marquise pouvait être inquiétant, je vous le répète ; il pouvait même, dans sa situation, avoir des suites fâcheuses et que vous auriez sans doute regrettées...

— Que voulez-vous dire, docteur ? je ne vous comprends pas.

— Madame n'aura sans doute pas attendu que son état soit aussi avancé pour...

— Pour quoi, docteur ? En vérité vous parlez aujourd'hui comme une énigme.

— Il me semble qu'il ne peut y avoir d'énigmes à propos d'une femme grosse au moins de cinq mois.

— Je vous jure qu'elle ne m'en avait pas dit un mot, et que...

— Il faut, Monsieur, que vous ayez fait bien peu d'attention à votre femme pour ne pas vous être aperçu de sa grossesse. Mais, pardon, je vous quitte, la situation de Madame est fort bonne pour le moment. Si on avait besoin de moi, on m'enverrait chercher ; du reste, vous devez être content, mon cher Monsieur, la grossesse est fort belle, et si l'enfant est aussi joli que la mère, vous n'aurez rien à désirer.

Roger, demeuré seul, ne pensa nullement à retourner dans la chambre d'Alice. La nouvelle qu'il venait d'apprendre lui causait des sensations qu'il ne savait comment définir, sans s'avouer que depuis qu'Alice avait dû acquérir la certitude de son état il l'avait traitée avec une froideur et une indifférence remarquables, sans vouloir se rappeler qu'elle avait un caractère fier et timide à la fois et qu'elle avait dû s'offenser de la conduite qu'il tenait. Il en voulait à Alice de son silence et se sentait blessé et ennuyé à la fois des embarras et des soucis qui l'attendaient.

Roger était un homme si parfaitement égoïste, si complétement occupé de lui-même, que la pensée d'avoir à

plaindre ou à soigner une femme, à partager l'embarras
d'un enfant, ensuite à souffrir des fautes de sa jeunesse,
lui semblait une chose insupportable et même chagri-
nante. Accoutumé à tout voir céder à sa volonté, il s'é-
tonnait de ce qu'un événement qu'il n'avait point désiré
arrivât si mal à propos, et, pour ainsi dire, seulement
pour le contrarier. La vie d'intérieur ne lui allait d'aucune manière. Doué d'une imagination plus mobile que
brillante, M. de Sommerville préférait ceux qui l'amu-
saient à ceux qu'il croyait quelquefois aimer. Il n'avait
pas tardé à s'apercevoir que l'âme d'Alice était bien supérieure à la sienne, et il avait trop d'orgueil pour ne
pas finir par lui en vouloir de cette supériorité.

Enivré par les désirs que lui inspirait la beauté de mademoiselle de Lostange, par la crainte qu'un autre ne
l'emportât sur lui ; entraîné surtout par l'occasion,
comme il était dans son caractère de se laisser dominer
par elle, il s'était engagé avec Alice, l'avait épousée et
traînée à sa suite. Cependant, retenu par un mauvais
sentiment qu'il ne s'avouait pas encore, M. de Sommerville ne donnait point de publicité à son mariage; il craignait madame de Vatry, avec laquelle il entretenait une
correspondance suivie, en lui promettant toujours d'aller
la rejoindre. Enfin il avait quitté l'Italie n'ayant plus
d'amour pour Alice, si jamais il en avait eu. Reprenant
avec ardeur sa vie de garçon, et se faisant le moins marié
possible, Roger éprouvait bien, de loin en loin, quelque
retour pour Alice ; mais c'était une femme qu'il ne com-
prenait pas, il ne devait que plus tard apprendre à la connaître et à la regretter.

Roger se promenait de long en large dans son appartement en rêvant à la nouvelle qu'il venait d'apprendre et
aux embarras qu'elle lui suscitait. Il avait passé la nuit
sur un fauteuil, fort ennuyé d'entendre parler des souf-

frances d'un autre que des siennes; il se sentait donc fort
abattu, fort mal disposé, quand son valet de chambre entra pour lui annoncer que M. Durand, propriétaire de
l'appartement qu'il occupait, désirait lui parler.

— Je ne puis recevoir, je me sens malade, j'ai besoin
de repos. Que ce monsieur revienne.

— M. Durand prétend n'avoir qu'un mot à dire à Monsieur, et qu'il serait essentiel qu'il le vît aujourd'hui.

— Allons, faites entrer.

Et Roger s'établit sur un fauteuil, mit les pieds sur
les chenets, et ne se dérangea de cette position que pour
faire un léger salut. M. Durand était un homme fort riche, que le hasard avait rendu propriétaire de l'appartement garni qu'il louait au marquis. Il ne jetait pas son
argent par la fenêtre, mais il savait, autant que le marquis peut-être, sacrifier beaucoup à une fantaisie et à ce
qui lui plaisait. Il avait trouvé Alice fort belle, avait pris
beaucoup de renseignements sur son compte, se croyait
certain qu'elle n'était point la femme du marquis de
Sommerville, et espérait en obtenir la certitude.

Après avoir salué le marquis, il s'assit en face de lui
quoiqu'il n'y fût pas invité, et lui demanda quelles étaient
ses intentions pour l'appartement qu'il occupait.

— Pourquoi cette question, Monsieur? demanda Roger
avec hauteur.

— Parce que votre ami, en le retenant, ne s'est engagé que pour trois mois, Monsieur, et que j'ai besoin de
savoir si vous comptez le garder au delà de ce terme.

— Eh bien, pour trois autres mois, dit le marquis avec
fatigue.

— Ne vous y croyez point obligé, reprit M. Durand, je
ne suis pas un maître d'hôtel garni. Mais comme votre
ami m'avait assuré que vous deviez retourner en Italie,
que vous y aviez laissé vos équipages et vos gens...

— Je ne puis partir en ce moment, je...

— Je conçois, interrompit M. Durand en souriant, vous voilà bientôt au moment d'être père ; recevez tous mes compliments.

— Vos compliments ? vous êtes bien bon, Monsieur, je ne m'en fais guère à moi-même ; je ne me sens pas du tout de disposition à remplir le rôle de *papa*. Est-ce que vous êtes marié, monsieur Durand ?

— Heureusement, non. J'ai toujours pensé, je vous en demande bien pardon, monsieur le marquis, que c'était une sottise qu'il faut faire le plus tard possible; et, quoique j'approche de la quarantaine, je ne crois pas que le moment soit encore venu, ni qu'il vienne même jamais. C'est si bon la vie de garçon ; j'adore les femmes gaies, rieuses, je n'aimerais pas l'embarras des enfants : ce sont des ingrats qui vous crient aux oreilles quand ils sont petits, qui vous ruinent quand ils sont grands; et puis une épouse qu'on est obligé d'avoir là toute la journée... Je préfère une maîtresse : quand elle vous reçoit, elle est toujours de bonne humeur.... Ainsi, monsieur le marquis, vous gardez l'appartement encore pour un autre trimestre ?

— Oui : et pourtant j'irai peut-être en Italie.

— A votre aise, monsieur le marquis : je suis tout à vos ordres, et si parfois je peux vous être utile...

— Ce ne sera peut-être pas de refus, monsieur Durand. Enchanté en tous cas d'avoir fait votre connaissance ; il y a beaucoup de rapports dans notre manière de penser, et... Allons, adieu, Monsieur, au revoir !

Tout conspirait contre la destinée d'Alice. M. Durand venait de quiter le marquis, quand on lui apporta une lettre de madame de Vatry.

Elle l'avertissait que s'il n'était pas à Florence quinze jours après avoir reçu sa lettre, elle partirait pour Paris.

— Les femmes sont d'une exigence impitoyable, s'écria Roger; du moins, celle-ci m'amuse, tandis qu'Alice, avec ses grands sentiments, ses grandes manières, son sérieux... Mais, au fait, quand j'y pense, pourquoi n'irai-je pas passer deux ou trois mois à Florence? Il fait ici un temps qui vous glace, jamais de soleil. Mes préparatifs seront bientôt faits ; mes équipages, mes gens sont en Italie, puisque Baptiste est tombé malade et n'a pu revenir. Quel bien puis-je faire à Alice? Je l'ai accoutumée à rester seule, cela m'épargnera d'ailleurs toute explication, tout embarras. Ainsi, je veux partir à l'instant, à l'instant même.

Roger sonna, et donna ses ordres.

— Je n'entends pas qu'ils soient répétés, ajouta-t-il d'un ton ferme. Trois mois de gages en gratification, si vous ne dites pas une parole ; rien, s'il vous échappe un mot, et si vous êtes discrets, je vous reprendrai à mon retour.

Roger ne pensa ni à sa fatigue ni à son ennui : une nouvelle fantaisie venait de le distraire. Il écrivit quelques lignes à Alice, et, deux heures après sa résolution arrêtée, il montait dans sa chaise de poste qui l'attendait au bout de la rue.

IX

Alice dormit presque toute la journée : dans la jeunesse, le sommeil est le puissant réparateur des maux physiques ; mais quand elle sortit de ce lourd sommeil, elle ressaisit à l'instant même le souvenir des pertes douloureuses qu'elle venait de faire, et se dit en pleurant :

— Mon oncle si bon, mon cousin si jeune, si gai, si aimable ! je ne vous reverrai plus, vous avez fini sur une terre étrangère une existence si nécessaire à mon bonheur; car, qui me protégera maintenant ? Roger ?.. Ah ! Roger n'est pas seulement changé pour moi, mais il me force à ne pas conserver pour lui cette admiration que j'aurais voulu garder comme ma plus sûre égide et mon plus doux trésor.

Alice se leva paisiblement, ses larmes coulaient doucement, sa poitrine, remplie de sanglots, lui faisait mal, et son âme brisée la livrait à un découragement qu'un violent mouvement de son enfant vint heureusement ranimer.

— Oh ! lui m'aimera, pensa-t-elle, il m'aimera. Dieu ne veut pas que je m'abandonne au désespoir, il a pitié de moi, il m'ordonne de prendre bien soin de ma vie et de pleurer mes pauvres morts avec la résignation d'une chrétienne et bientôt d'une mère.

Le docteur qui avait soigné Alice lui avait parlé de son état avec la conviction que M. de Sommerville le connaissait.

— Peut-être, pensa Alice, il se sera exprimé dans ce sens en causant avec Roger, et sans doute Roger va venir. Il sera heureux, je l'espère, de savoir que bientôt il sera père. Je pense qu'il devinera le motif qui m'a fait ne pas lui annoncer plus tôt cette nouvelle : je n'osais pas; non, je n'osais pas, Roger est si changé pour moi !... Cependant hier il est revenu à des sentiments plus tendres; j'aurais dû me trouver heureuse, et pourtant je ne l'ai pas été : c'est que la conviction ne peut entrer dans mon âme, c'est qu'il m'a trop vivement blessée. Cependant je reviendrai à l'aimer. N'est-il pas le père de l'enfant qui doit m'être une si grande consolation ? Une consolation ! Ah! ce n'est pas ainsi que je comprenais la vie du mariage.

Ce n'est pas là ce que Roger m'avait promis : mais aujourd'hui, que faire autre chose que me résigner?

Et Alice, résolue à ne pas se laisser abattre, sonna pour faire avertir Roger qu'elle était réveillée. Le jour finissait, personne ne venait. Alice, très-faible, se traîna dans le grand salon, où elle ne trouva pas de feu d'allumé ni aucune trace de la présence de Roger. Elle sonna de nouveau, personne ne vint encore, aucun des gens n'était dans l'antichambre; elle s'avança sur l'escalier, le descendit et arriva près de la porte entr'ouverte de l'office : une table était servie et plusieurs personnes étaient assises autour.

— Décidément, mademoiselle Lise, disait le cocher en versant galamment à boire à la femme de chambre, décidément nous voici presque tous sans condition, et je voudrais bien que le hasard nous fît rencontrer dans la même maison.

— Vous êtes bien honnête, monsieur Hector, répondit la femme de chambre en minaudant gracieusement ; mais il faudrait une de ces circonstances comme il n'en arrive pas souvent.

— Plus souvent que vous ne croyez, Mademoiselle : on voit tant de mariages du treizième qui finissent comme celui-ci, qu'on peut trouver des places ensemble, car dans ce cas on fait toujours maison nette.

— C'est tout de même pas bien, dit la cuisinière, de mal se conduire avec une jeune personne. Quant à moi, j'ai mes trois mois payés d'avance, et je n'en ferai pas perdre un jour, que ce soit Madame ou Mademoiselle, cela ne me regarde pas; et si ce que le docteur a dit est vrai, c'est un vilain trait de la part de M. le marquis d'abandonner...

— Bah ! on sait bien pourquoi vous êtes si indulgente, madame Marie.

—Et pourquoi donc? reprit Marie, dont les yeux s'allumèrent de courroux.

— Pourquoi? c'est que votre fille a eu un malheur et que vous plaignez toutes les jeunes filles qui font comme elle.

— Vous êtes une mauvaise langue, répondit la cuisinière, dont les yeux se remplirent de larmes, et je m'en vais aller voir là-haut si cette pauvre petite femme est réveillée; je lui ai fait son dîner avec autant de soin que...

Alice n'en entendit pas davantage et se hâta de remonter l'escalier; elle rentra dans sa chambre, sachant que Marie allait venir; elle voulait lui demander pourquoi il n'y avait aucun préparatif de fait dans la salle à manger. Alice avait eu peu de rapports avec cette cuisinière qui lui avait paru bonne et honnête. Quant à la conversation qu'elle venait d'entendre, elle n'avait compris qu'une chose, c'est que Marie avait une fille qui avait été ou qui était malheureuse.

Alice ne s'était crue du reste nullement intéressée à ce qu'on venait de dire. Quoique avec beaucoup d'esprit de pénétration et de finesse, il était des sujets sur lesquels Alice n'avait aucune expérience. Elle était sortie du couvent pour entrer dans une maison qui n'était pas la sienne; traitée d'abord en enfant gâtée, ensuite en victime, elle ne connaissait rien de la vie, rien de ce qui s'y passe habituellement. Enlevée par Roger qui avait abusé de son inexpérience et de la confiance qu'elle avait en lui, Alice était plus ingénue et plus novice sur certains points que bien des jeunes filles de quinze ans élevées dans le monde.

Quand Marie entra chez elle, elle lui demanda où était M. de Sommerville.

— Je ne sais pas, répondit Marie, en allumant des bougies et en ranimant le feu; mais comme Monsieur n'a

donné aucun ordre pour son dîner, Madame, en attendant, ferait bien de prendre quelque chose.

— Ce que vous voudrez, Marie; mais ne pourrait-on
m'apprendre?.. Lise ne sait-elle pas... enfin quelqu'un?..

— Il faut que Madame commence par prendre un
bouillon, ensuite elle interrogera : dans son état il faut
se soigner.

— Oh! oui, je me soignerai, répondit Alice avec joie :
vous savez donc que bientôt j'aurai un enfant?

— Oui, je le sais, dit la bonne Marie, je le sais; aussi
laissez-moi vous aller chercher quelque chose à manger.

Restée seule, Alice prit une bougie, puis rentra dans
le salon, de là elle passa dans la salle à manger et se
trouva près de la porte de la chambre de Roger; cette
porte était fermée. Il y avait bien longtemps qu'elle n'é-
tait entrée dans cette chambre : Alice était trop timide
et trop fière pour passer le seuil d'un appartement où on
ne paraissait pas la désirer ; mais sûre que le marquis
n'y était pas, elle ouvrit la porte et entra.

Le lit n'était pas fait, un froid désordre régnait dans
l'appartement, l'âtre était plein de papiers brûlés, le secrétaire était vide et ouvert. Cependant Alice ne devinait
rien encore : il est de ces soupçons qui ne peuvent arriver
facilement à une belle âme.

Elle ressortit lentement de l'appartement, se décida à
attendre patiemment, le plus patiemment qu'elle pourrait, persuadée que Roger rentrerait au moins le soir. En
passant devant le petit salon d'étude qu'elle s'était arrangé, elle y entra pour prendre un livre, et vit sur le
bureau une lettre portant pour seule suscription : POUR
ALICE.

Sa main tremblante ne pouvait soutenir le flambeau,
elle le posa près d'elle, s'assit et prit la lettre sans la dé-
cacheter.

Qu'est-ce que Roger pouvait avoir à lui dire? Il ne lui écrivait jamais pour l'avertir qu'il rentrerait tard, ou même qu'il ne rentrerait pas du tout. Sans pouvoir se rendre compte du pressentiment qui l'oppressait, elle était sûre que c'en était un de malheur.

Alice s'ordonna enfin le courage et ouvrit la lettre; elle ne contenait que ce peu de lignes :

« Ma chère Alice, une lettre que je viens de recevoir me force à partir à l'instant même pour une de mes terres. J'y resterai peut-être deux mois, peut-être moins, et il est inutile que vous vous fatiguiez à m'écrire. Le docteur m'a averti que vous aviez besoin des plus grands ménagements, et qu'il se chargeait de me donner de vos nouvelles. Mon absence sera si courte que vous aurez à peine le temps de vous en apercevoir.

« Ne vous inquiétez de rien, la maison est arrangée de manière à ce que vous n'ayez à vous occuper que de vous-même. Faites-le donc exclusivement et soyez toujours aussi belle que bonne. »

Le billet tomba des mains d'Alice. Était-ce bien Roger qui l'avait écrit? Elle ne pouvait s'y méprendre, elle re-connaissait cette main qui lui avait tracé tant de paroles passionnées, tant de serments où l'honneur était aussi souvent invoqué que l'amour.

Alice, étonnée, indignée peut-être plus qu'affligée de la conduite de Roger, ne versa pas une larme, ne sentit pas une profonde douleur, mais une sorte d'indignation plus douloureuse que le chagrin, une de ces indignations qui éprouvent l'esprit autant que le cœur. Elle quitta son petit salon et rentra dans sa chambre où l'attendait Marie sans qu'on pût remarquer le moindre changement dans elle, et pourtant il s'en était opéré un bien grand.

C'est ici peut-être le moment de revenir sur la beauté d'Alice qui était parfaitement en rapport avec son ca-

ractère. Nous avons dit, au commencement de ce récit,
qu'Alice était belle. Elle l'était alors comme une jeune
personne qui entre dans la vie, et qui, quoique ayant
ressenti déjà des peines, conserve, avec les premières illusions de la jeunesse, cette expression virginale et pure
qu'elle doit autant à son âge qu'à la foi qu'elle a dans
l'avenir. La taille svelte et élevée d'Alice donnait à son
maintien une dignité légèrement fière qui était en parfaite harmonie avec ses yeux d'un noir de velours dont
l'expression, un peu hautaine, était tempérée par tant
d'esprit et de bonté, qu'on sentait que le sourire presque
malicieux qui relevait les coins de ses lèvres s'effacerait
aussitôt qu'elle pourrait croire qu'elle offensait ou affli-
geait. Alice était fière de sa naissance, comme l'est
presque toujours une jeune fille à qui le sort a refusé la
fortune et qui a vu qu'autour d'elle on n'en savait pas
faire un noble usage. Un peu indépendante par caractère,
précisément parce qu'elle avait été longtemps opprimée,
Alice n'avait pu jusque-là repousser l'oppression qu'avec
la parole ; mais elle sentait qu'elle trouverait du courage
dans les occasions importantes : la taquinerie, l'injustice,
le manque de procédés la révoltaient plus qu'ils ne l'ac-
cablaient, et peut-être y avait-il trop de véritable dignité dans son cœur pour qu'elle aimât longtemps qui la
faisait souffrir.

Elle s'était fiée à la foi de Roger, parce qu'elle ressentait pour lui une admiration profonde, parce qu'elle le
croyait le premier des hommes, parce qu'elle croyait
qu'en l'épousant elle l'honorait autant qu'il le faisait lui-
même, et aucun calcul de fortune n'entrait dans le parti
qu'elle avait pris. La distinction de Roger, son aimable
figure l'avaient séduite sans doute ; mais eût-il été sans
aucun avantage physique, du moins elle le croyait, Alice
l'eût aimé. Ainsi le plus égoïste, le plus blasé des hommes

avait rencontré ce qui est si rare à trouver, l'innocence
du cœur et de l'esprit réunie à l'intelligence la plus dé-
veloppée ; les talents les plus achevés avec la plus aimable simplicité ; une beauté remarquable unie à la modestie ; le cœur le plus tendre et l'âme la plus noble.
Comment avait-il usé ou plutôt mésusé de ce trésor que
Dieu lui envoyait !

Il avait commencé par blesser ce caractère d'élite, cette
âme si belle ; puis, encore plus maladroit peut-être, il
s'était perdu lui-même dans l'opinion de cet ange dont il
n'était pas digne ; et, non content de se suicider ainsi, il
avait trop souvent cherché à ravir à Alice la plus belle
richesse de la jeunesse, la confiance dans la vertu et la
bonté de ses semblables. Hélas ! si l'on ne perd pas sans
regret la confiance dans les autres, c'est qu'il est rare
aussi qu'on ne perde pas de ce qu'on avait de bien soi-
même, en sondant trop le mal. La défiance ne fait de bien
ni à ceux qui l'éprouvent, ni à ceux qui l'inspirent ; et
Roger, à force de répéter devant Alice que les hommes
étaient peu dignes d'estime, jeta lui-même dans l'esprit
d'Alice une sorte de soupçon qui lui fit peu à peu juger
Roger comme il devait l'être. M. de Sommerville perdit
ainsi, sans qu'il s'en doutât, l'amour d'Alice et son estime ; et à la lecture du billet qu'elle venait de recevoir,
elle ne crut pas une minute qu'une affaire pressée l'eût
forcé de s'éloigner.

Elle le connaissait assez maintenant pour être certaine qu'il était parti, chassé par la crainte d'être obligé
de s'occuper d'elle et de se contraindre. Alice avait trop
de finesse pour ne pas juger Roger, du moment qu'elle
ne l'aimait plus, et à mesure que l'admiration qu'elle
avait ressentie pour lui s'était dissipée, elle le voyait tel
qu'il était, c'est-à-dire un homme égoïste et frivole.

Telle fut d'abord la première impression qu'elle reçut

du billet; puis, en y réfléchissant davantage, elle remarqua que Roger ne lui parlait point de sa position.

— Est-ce que le docteur ne lui aurait rien appris? pensa-t-elle. Il faut que je le sache à l'instant même.

Elle sonna mademoiselle Lise.

— Envoyez chez le docteur qui m'a soignée, ordonna Alice.

— Je le voudrais bien, répondit mademoiselle Lise assez légèrement, et Marie ira sans doute si madame se trouve plus malade.

— Je ne suis pas plus malade, mais je voudrais voir le docteur, j'ai besoin de lui parler.

— En ce cas la chose peut se remettre, répondit mademoiselle Lise en déchiffonnant avec beaucoup de soin les plis de son tablier; et comme nous n'avons pas d'hommes ici, il me semble que des femmes ne peuvent courir le soir et....

— Pas d'hommes ici! interrompit Alice, et le valet de chambre et le cocher?

— Est-ce que M. le marquis n'a pas averti Madame qu'il congédiait son valet de chambre et le cocher? Le valet de chambre a de suite quitté la maison, et le cocher est parti après le dîner. A propos de cela, je voulais demander à Madame si elle aurait quelque ouvrage à me donner; car le soin de sa toilette ne m'occupera pas beaucoup : Madame ne sortira sans doute pas pendant l'absence de Monsieur, puisque Madame ne sortait pas quand il était ici et que......

— Je n'ai aucun besoin de vous ce soir, dit Alice en congédiant Lise ; mais ayez soin demain , de bonne heure, d'envoyer chercher le docteur.

— Le docteur, Madame, il a dit qu'il n'y avait rien à faire, que vous vous portiez très-bien, et je pense...

— Faites-moi grâce de vos réflexions et exécutez mes

ordres sans les commenter, interrompit Alice avec beaucoup de dignité.

La femme de chambre sortit en murmurant.

Alice, restée seule, chercha à se calmer et à prendre
quelque repos, mais elle ne put y parvenir. Elle se voyait
isolée, sans personne à qui avoir recours : elle n'osait
écrire à madame de Belmance ; elle craignait que si Roger
apprenait cette démarche elle ne lui déplût ; et puis dans
le fond de l'âme elle avait une grande répugnance à
avouer à son amie la conduite de son mari.

— Résignons-nous, s'était-elle dit, j'ai fait mon sort,
sachons le supporter.

X

Alice avait vu le docteur, elle avait su de lui qu'il avait
appris à Roger sa position.

—Ainsi donc, pensait-elle, il m'abandonne au moment
où j'aurais le plus besoin d'être entourée de tendresse et
de soins ; il m'abandonne quand il sait que je n'ai plus
que des pleurs à donner aux seuls parents qui m'aimaient.

Et la plus sombre tristesse s'empara d'elle. Seule, toujours seule, elle avait le temps de pleurer ce qu'elle avait
aimé ; elle avait le temps de regretter la confiance si noble
et si crédule qu'elle avait eue dans Roger. Mais une consolation lui restait, une consolation bien puissante sur le
cœur d'une femme : elle allait devenir mère. Rien, pas
même Roger, ne pourrait lui enlever ce bonheur : ce bonheur, qui devait la dédommager de l'abandon de son
mari... Alors ses journées, qui jusque-là lui avaient paru

si longues, furent employées aux préparatifs qu'elle avait
à faire pour recevoir son enfant.

Tout l'argent que lui avait remis Roger et qu'elle n'a-
vait pas pensé à employer pour elle-même, Alice le
sacrifia entièrement pour confectionner la plus charmante
layette : rien ne devait être trop beau pour ce cher petit
être qu'elle avait tant d'impatience de presser dans ses
bras.

Mademoiselle Lise l'aidait dans ce travail. Alice n'é-
tait contente ni de son ton, ni de ses manières. Elle s'en
étonnait souvent, en se promettant de s'en plaindre à
Roger à son retour, Roger qu'elle attendait de jour en
jour, qui ne pouvait manquer d'arriver; à Roger qui ne
lui avait pas écrit une seule fois, et à qui elle ne pouvait
écrire elle-même ne sachant où lui adresser ses lettres.

L'hiver était passé. Le grand appartement qu'Alice occupait seule lui semblait bien désert, tout en l'arpentant
de long en large, car le docteur lui avait recommandé de
faire autant d'exercice que possible, et elle n'osait sortir.

— Où irais-je, d'ailleurs? pensait-elle ; à qui puis-je
confier les torts de Roger et mon abandon si cruel et si
peu mérité ? Et cependant tel était le caractère confiant et
naïvement noble d'Alice, que loin de soupçonner Roger
d'une conduite indigne et méprisable, chaque matin elle
se disait, avec une confiance sans cesse trompée et sans
cesse renaissante : Il va arriver.

Ce ne fut point Roger qui arriva, mais l'instant de la
délivrance d'Alice. Le docteur, qui avait été prévenu, envoya une garde, attendu que mademoiselle Lise avait déclaré qu'une demoiselle ne pouvait soigner une femme
dans cet état. Ainsi, ce fut sans qu'une main amie essuyât
la sueur qui coulait de son front et l'encourageât par
quelque bonne parole d'amitié ; ce fut au milieu d'étrangers qu'Alice mit au monde un fils, et ce ne fut ni un

époux, ni une mère, qui remit à Alice son enfant dans
ses bras; elle ne l'en serra pas moins avec ivresse contre
son cœur, et un pressentiment lui dit, dès ce moment :
je serai son unique appui et j'aurai du courage.

Cependant elle souffrait beaucoup, et le docteur lui
conseilla de ne pas nourrir.

— Non, Monsieur, non, répondit-elle ; j'aurai besoin de
lui comme il aura besoin de moi, je ne m'en séparerai
pas ; personne ne pourra m'y forcer.

Et Alice serrait son enfant avec tant d'amour sur son
cœur, que le docteur, qui n'était cependant pas d'un naturel fort sensible, en fut touché, et s'écria :

— Allons, allons, je crois que si vous n'éprouvez aucune émotion fâcheuse, votre santé vous permettra de
garder votre enfant. Cependant il faut que vous vous en
sépariez pendant quelques moments; il est nécessaire que
les formalités soient remplies. Vous êtes sans doute convenue avec M. le marquis du nom que vous feriez porter
à votre enfant? Sans doute il y a ici quelque homme
d'affaires, quelque témoin qui représentera le père?

Alice le regardait avec un profond étonnement. Elle
était si peu instruite de toutes les choses de la vie, qu'elle
ignorait absolument qu'on eût besoin de lui enlever son
enfant pour déclarer sa naissance.

— Diable ! dit le docteur, que le silence d'Alice commençait à impatienter, je n'ai pas trop le temps de me
mêler de tout ceci ; vous devez certainement vous rappeler ce que monsieur votre mari a décidé ?

— Rien, dit Alice ; mais, ayez la bonté d'ordonner ce
qu'il faut faire, monsieur le docteur. Ce que je désire seulement, et avant tout, c'est que mon fils porte le nom d'Albert, qui était celui de mon père.

— Le nom de votre père, le nom de votre père, c'est
très-bien pour un nom de baptême, ma jeune dame ;

mais il faut des témoins qui affirment que vous êtes madame la marquise de Sommerville, et qui représentent le père absent. Remettez-moi du moins votre contrat de mariage.

— Je ne sais où il est, répondit Alice simplement.

— Que diable ! ma chère jeune dame, vous avez donc été élevée dans un bois ?

— A peu près, dit Alice en souriant.

— Au moins, apprenez-moi vos noms, votre âge.

Alice donna ces renseignements et le docteur sortit. Il trouva mademoiselle Lise qui l'attendait dans le salon qu'il devait traverser.

— Monsieur le docteur, dit-elle avec un air d'importance, vous devez être fort embarrassé et je crois devoir vous prévenir d'une chose, c'est que vous ne trouverez pas de témoins qui affirmeront à la mairie que...

— Que, quoi ? demanda vivement le docteur.

— Mon Dieu, je ne sais trop comment vous dire cela, reprit pudiquement mademoiselle Lise ; et si je ne sortais pas aujourd'hui de la maison, je crois que je ne pourrais me décider à vous apprendre que...

— A m'apprendre quoi ? Savez-vous que vous êtes très-impatientante, Mademoiselle ! Venons au fait, s'il vous plaît ; mon temps est fort précieux et vous me le faites perdre.

— Eh bien, monsieur le docteur, c'est qu'on assure que le petit bonhomme qui vient de naître est tout simplement un enfant de contrebande.

— Ah ! diable, répondit le docteur, voici des aventures dans lesquelles je n'aime pas à me trouver. Mais d'où savez-vous cela, Mademoiselle ? Cette jeune femme est belle comme un ange, ses manières et tout en elle annonce quelqu'un de distingué.

— Oh ! tout cela, Monsieur, ne signifie rien, et certes

il y a beaucoup de femmes qui la valent bien, qui, que...

— Je sais ce que vous voulez dire, mais ce sont des paroles en l'air. Où est M. le marquis? A qui a-t-il écrit?

— M. le marquis est je ne sais où, il n'a point écrit depuis son départ; nos gages ont été payés d'avance pour trois mois, l'appartement aussi. J'y pense, il y a un certain M. Durand qui pourrait peut-être vous en dire davantage. Mais certainement, si M. le marquis était le mari de cette jeune femme, il serait revenu pour l'instant de son accouchement. Du reste, c'est une personne très-fière, très-haute, qui sait sans doute toute la vérité, mais qui n'a ni familiarité ni confiance pour ce qui l'entoure.

— Eh bien, moi, dit le docteur, je suis sûr qu'elle est, ou tout au moins qu'elle se croit sincèrement la marquise de Sommerville. Ce n'est pas mon habitude de faire des phrases; cependant je ne veux pas prendre sur moi d'ôter l'état à un enfant, ou de risquer de tuer la mère. Où demeure ce M. Durand?

Mademoiselle Lise donna l'adresse, et au bout de cinq minutes le docteur se trouva en face de M. Durand.

— Une fort belle personne, répétait celui-ci pour la seconde fois, mais quand je n'ai pas vu le contrat de mariage d'une femme je n'affirme rien.

— Vous n'affirmez rien, Monsieur, mais cependant vous savez?

— Je sais que le logement doit être libre depuis longtemps, Monsieur. Si la jeune dame le garde, ce sera son affaire. Comme je ne suis ni un méchant homme ni un homme mal élevé, je lui accorderai bien une semaine de plus si elle est malade; mais...

— Mais, Monsieur, tout cela ne me dit pas quel nom je dois faire donner à l'enfant qui vient de naître. Je ne puis rester ainsi toute une journée

— Désolé, Monsieur, reprit M. Durand avec beaucoup de sang-froid; cependant je ne vous conseille pas de prendre sur vous... Vous trouverez facilement des témoins; pourtant...

— Monsieur, je ne puis manquer à tous mes devoirs, reprit le docteur.

Et il sortit.

Il revint prendre la garde et l'enfant.

— Je fais peut-être une sottise, pensa-t-il, mais, après tout, si le père arrive, il pourra toujours rectifier mon erreur, que la jeune femme ignorera.

Et le docteur prit deux témoins qui affirmèrent que l'enfant, qu'on nomma Albert, était le fils de mademoiselle de Lostange, âgée de dix-neuf ans, et d'un père absent.

— Écoutez, ma bonne, dit le docteur à la garde avant de la quitter, je vous ai placée où vous êtes, vous savez que vous avez besoin de moi; eh bien, souvenez-vous que je vous défends de dire un mot à votre malade de ce qui vient de se passer.

La garde promit et tint parole. Le docteur garda l'acte de naissance de l'enfant, il était presque sûr qu'Alice ne le lui demanderait pas.

En effet, elle ne pensa qu'au bonheur de revoir son enfant. Tout lui était devenu indifférent, depuis qu'elle était mère; elle s'aperçut à peine que mademoiselle Lise ne reparaissait plus; le docteur la visitait assidûment, lui répétait chaque jour qu'elle devait soigner sa santé, ne se tourmenter de rien, et elle se faisait un devoir de suivre passivement ses conseils. Sa jeunesse venant en aide à tous ces soins, Alice se releva de son lit de douleur plus fraîche et plus belle que jamais. Elle fut bien fière et bien heureuse, quand elle put se promener dans son appartement avec son enfant dans ses bras.

Mais alors le docteur ne vint plus, sa garde la quitta, et elle se trouva n'ayant plus auprès d'elle que la pauvre Marie qui se disait, en servant Alice avec autant de fidélité que de douceur :

— Voilà huit jours que l'on ne me paye plus, mais c'est égal ; je ne puis me décider à quitter cette pauvre jeune femme, car je pense à ma fille qui a été abandonnée comme elle.

———

ALICE DE LOSTANGE

A LA VICOMTESSE DELPHINE DE LAUNAY.

Paris, 3 mai 18..

Je me rappelle que, quand nous étions très-jeunes toutes deux, ma Delphine, tu me disais en riant que j'étais trop crédule, car je croyais fermement qu'on m'aimait quand on me le disait. Tu avais raison, chère amie ; mais jusqu'à ce que tu m'aies déclaré que mon amitié t'importune, je te croirai toujours mon amie et je m'adresserai à ton souvenir.

Et puis ma vie est si solitaire, si abandonnée, que j'ai besoin de confier mes peines à ce froid papier, quand même il ne te parviendrait pas.

Cependant je ne suis pas malheureuse, Delphine, car je tiens mon enfant dans mes bras. Oui, Delphine, je suis mère, j'ai un fils !...

J'ai tant de choses à t'apprendre qu'il me semble que malgré les longues heures que j'ai à passer seule, je n'aurai jamais le temps de tout te dire, et puis j'attends Roger de minute en minute.

Tu sauras d'abord, qu'en arrivant à Paris je priai M. de Sommerville d'envoyer chez toi porter un billet que je t'écrivais ; on revint dire que tu avais quitté Paris avec ton mari pour aller en Espagne. Ah ! je fus bien triste : je me faisais une si grande joie de te revoir !... Cependant je n'étais pas alors aussi malheureuse que je le suis devenue.

Quelques jours après, je lus dans un journal que ton mari était parti pour la Toscane, comme attaché à l'ambassade. Pourquoi a-t-on essayé de me tromper ?

Je t'écrivis à Florence : as-tu reçu cette lettre ? Je l'espère. Cependant tout devient doute pour moi : si cette lettre n'avait pas été mise à la poste, si on avait négligé... car il ne pourrait y avoir que de la négligence. Quel motif, en effet, aurait Roger ?...

Enfin, je te disais dans cette lettre que nous avions quitté la villa que nous habitions près de Rimini. Roger n'était plus le même ; j'étais forcée de m'avouer que la vie du mariage n'était pas ce que j'avais rêvé. J'ai peut-être trop demandé au ciel, il me punit de mon exigence ; peut-être me punit-il aussi de l'imprudence de ma conduite : j'ai été presque coupable de quitter madame de Belmance.

Comme je te l'écrivais, Delphine, Roger n'était plus le même. Je passais ma vie seule ; il revenait souvent au bout de plusieurs jours d'absence ; je ne me plaignais pas, mais je sentais peu à peu la froideur succéder au sentiment si dévoué et si confiant que j'avais éprouvé pour lui. Il me semblait que je n'avais fait que de changer de prison, et qu'il y avait peu de différence pour moi à être sous la domination de madame de Vatry, ou en butte à la négligence de Roger.

Je reconnais que j'ai tort, Delphine, mais je ne pouvais plus montrer de la tendresse à celui qui se jouait ainsi de mon cœur et de ma fierté. Et cependant quand nous quittâmes l'Italie, il me sembla que je voyais s'enfuir mes derniers jours de bonheur, mes dernières illusions, mes seules espérances de jeunesse.

Si Roger l'avait voulu, j'aurais été parfaitement heureuse dans la retraite qu'il m'avait choisie ; je n'enviais point les plaisirs dont j'étais sevrée ; je n'en ai jamais connu, je ne puis les regretter. Mais Roger est un homme accoutumé aux distractions du monde ; il est à la fois mélancolique jusqu'à la tristesse, ou gai jusqu'à l'extravagance. Rien n'est stable chez lui ; accoutumé à voir tout céder à sa fantaisie, il comprend peu la peine des autres : faut-il le dire, elle l'ennuie.

Je te l'ai avoué dans la lettre que je t'ai écrite, Delphine, je n'ai jamais été parfaitement à mon aise avec M. de Sommerville ; ma naissance est au moins égale à la sienne, cependant une réflexion me vient trop souvent à la pensée maintenant : je ne puis m'empêcher de croire que, si Roger avait trouvé mademoiselle de Lostange au milieu de sa famille, il n'aurait pas osé se permettre... Hélas ! ce qu'il a fait, il y a quelques mois, n'approche pas de ce qu'il fait aujourd'hui ; mais nous n'y sommes point encore...

Roger s'ennuyait quand la campagne était dans tout son éclat, quand la verdure, quand les fleurs jettaient dans l'air tous leurs parfums. Que fut-ce donc quand le ciel devint gris, et le soleil sans chaleur ? Aussi décida-t-il que nous partirions promptement pour Paris.

Notre voyage fut triste ; j'étais souffrante et nous voyagions rapidement. Roger ne pouvait me fuir pendant que nous étions en voiture : il gardait le silence ; on abrégeait le temps en revenant sur des sujets qui m'étaient pénibles. Il essayait enfin de justifier les procédés de madame de Vatry envers moi ; ni mon oncle, ni mon cousin

ne furent exempts de ses plaisanteries. Peut-être les ai-
je repoussées avec trop de hauteur. Hélas! tu connais la
franchise de mon caractère; j'eusse aimé autant Roger
que je croyais l'aimer, que je n'aurais pas permis qu'il
m'offensât même d'un soupçon, et il osait me plaisanter
ironiquement au sujet de l'amour de mon cousin.

Quand nous avons été établis à Paris dans un appartement sombre et grand, où je restais presque toujours
seule; quand je sus que tu n'étais pas ici, je me sentis
plus triste que dans ma jolie villa de Rimini : au moins
là je pouvais me promener dans un grand jardin, admirer l'éclat d'un beau jour, la sérénité d'une admirable
nuit; ici, constamment enfermée, constamment seule;
Roger tous les jours plus froid, plus indifférent pour
moi!... Cette indifférence m'a gagnée, je l'avoue. J'ai la
certitude d'être mère, et je ne le lui ai pas annoncé.

Quand j'étais prête à lui apprendre mon état, je me
sentais repoussée par son regard froid et son sourire souvent moqueur. Je le voyais à peine, il sortait presque
tout le jour; et quand il rentrait au milieu de la nuit, si
je l'avais attendu pour lui confier ma position, une colère
peut-être déraisonnable, une fierté condamnable sans
doute retenaient cet aveu sur mes lèvres.

Ah! tu ne peux deviner, Delphine, ce que c'est que la
position d'une pauvre jeune femme n'ayant ni mère ni
appui, auprès d'un homme qui l'a prise sans fortune :
elle doit être plus fière et plus susceptible qu'une autre,
et peut regarder le moindre manque d'égards comme une
offense qu'elle ne peut pardonner.

J'avais espéré trouver mon oncle et mon cousin à Paris; ils étaient en Afrique, et maintenant ils ne sont plus.
Ce dernier lien de famille, cette dernière protection restée à une pauvre orpheline, je l'ai perdue! Madame de
Belmance est venue me voir une fois; elle m'a dit qu'elle

10

reviendrait si Roger me conduisait chez elle ; elle m'a dit
que son frère... Ne parlons pas de lui, Delphine, je n'en
étais pas digne.

Roger se refusa à me conduire chez madame de Belmance, et je n'ai plus revu cette femme si bonne et si indulgente. Je n'ai point cependant à me reprocher de
m'être laissé aller à un abattement coupable : je me suis
fait un devoir de cultiver mes talents; je n'attendais
même plus Roger le soir, dans la crainte de lui déplaire,
de l'irriter.

Cependant une fois je lui parlai, déterminée à lui confier la position où je me trouvais ; je tombai mourante à
ses pieds, car j'appris dans le même moment la mort de
mon oncle et celle d'Édouard.

Le lendemain je me levai abattue, anéantie, brisée.
Roger était parti, parti pour une de ses terres; un froid
billet m'apprenait seul qu'il reviendrait dans peu. Il savait ma grossesse par le médecin, et pourtant il ne m'en
disait pas un mot.

Eh bien, Delphine, quatre mois se sont écoulés; j'ai mis
au monde un fils, et Roger n'est point revenu...

Comme je te l'ai dit, je l'attends d'heure en heure, et
mon parti est pris. Je n'essayerai point de ranimer dans
le cœur de M. de Sommerville un amour qui s'est éteint
si vite; je ne tenterai point de le retenir près de moi:
ma vie de jeunesse et d'amour est à jamais finie : je ne
suis plus que mère. Maintenant je demanderai à Roger
d'assurer l'existence de son fils, et je me retirerai dans
quelque retraite où je ne vivrai plus que pour mon enfant.

Quand j'en aurai fait un honnête homme, quand je lui
aurai appris à respecter et à aimer son père, peut-être
sera-t-il un lien qui nous rapprochera, à défaut d'amour.
Peut-être aussi M. de Sommerville pensera-t-il qu'il devait mieux traiter celle qui s'était fixée à son amour.

Mais je ne m'abaisserai point à d'inutiles reproches.

Tu penseras, je le sais, Delphine, que j'aurais pu recourir aux conseils de madame de Belmance. J'aurais dû le faire, c'est vrai ; mais je sens une insurmontable répugnance à lui confesser entièrement les torts de Roger : elle pourrait les confier à son frère, et je ne le veux pas. Ah ! qu'on ne prononce jamais mon nom devant Emmanuel ; qu'il ignore que cette Alice qu'il a aimée un instant, car il m'a aimée, Delphine, qu'il ignore combien elle est malheureuse, et punie de son aveugle confiance !

Comme je te l'ai dit, j'attends Roger de jour en jour ; je ne fermerai cette lettre que quand il sera arrivé ; je te marquerai certainement alors où tu pourras me répondre.

Roger n'est pas arrivé, Delphine ; mais j'ai reçu une visite, dont il faut que je t'instruise. Je ne puis essayer de me calmer qu'en te racontant ce qui vient de m'arriver.

Tu sauras d'abord que je suis restée seule dans le vaste appartement que j'occupais avec M. de Sommerville. Lui, ou du moins quelqu'un, d'après ses ordres, avait congédié tous les domestiques : une seule femme est restée près de moi. Que ces journées d'abandon et de solitude complète m'eussent semblé pénibles sans l'occupation que me donne mon fils !

Je m'apercevais que cette bonne Marie restée près de moi faisait aller mon petit ménage avec plus que de l'économie. Enfin, un jour elle me demanda timidement si j'avais de l'argent. Je suis si peu au courant des choses de la vie que je ne comprenais pas pourquoi elle me faisait cette question.

Enfin j'appris que, depuis plus d'un mois, Marie n'était plus payée de ses gages, et qu'il ne lui restait rien sur l'argent qu'on lui avait remis pour tenir la maison. Je lui donnai ce qui me restait. C'était bien peu de chose, car j'avais beaucoup dépensé, follement peut-être, pour mon cher et bien-aimé enfant.

Je résolus cependant de faire une démarche auprès d'un ami de M. de Sommerville, un ami que je lui avais entendu nommer, et dont par hasard je connaissais l'adresse. Après avoir embrassé vingt fois mon fils et l'avoir recommandé à Marie, je sortis.

La demeure de M. Armand de Marigni était assez éloignée, et je me sentis étourdie, autant qu'embarrassée en me trouvant ainsi seule dans la rue : c'était la première fois de ma vie. Le jour m'éblouissait, les hommes qui passaient près de moi m'effrayaient de leurs regards hardis ; cependant je sentais la nécessité d'avancer, et je m'en donnai le courage au nom de mon fils. Ah! tu ne saurais croire, Delphine, toi qui n'es pas mère, tu ne saurais croire la puissance magique que le nom de mon enfant exerce sur moi. Il commande à mon âme, comme à mes forces, aussi je me remis à marcher avec plus de fermeté et d'ardeur.

Il était à peine onze heures du matin, j'avais choisi cette heure comme la croyant la plus propice pour rencontrer M. Armand de Marigni; je n'en sentais pas moins un grand embarras à me rendre chez un jeune homme, chez un homme qui n'est point marié. Je l'avais à peine aperçu une fois qu'il sortait de chez Roger, car, je te le répète avec amertume, jamais Roger ne m'a présenté personne de sa famille ni de ses amis. J'éprouvais donc une grande répugnance à m'annoncer moi-même; ma position est tout exceptionnelle, et je n'ai personne pour me servir d'appui.

M. de Marigni était chez lui ; on m'avait fait entrer dans une pièce près du cabinet où il se tenait, et j'entendis cette exclamation, quoiqu'elle fût prononcée presque à voix basse :

— La marquise de Sommerville ! Vous êtes sûr que cette dame se fait annoncer ainsi ?

Il y avait tant d'étonnement dans la manière dont cette exclamation fut prononcée qu'elle augmenta mon embarras, et quand j'entrai dans le cabinet, j'étais encore toute tremblante.

M. de Marigni est plus jeune que Roger, moins beau, moins distingué, et l'expression de sa physionomie aurait intimidé une personne moins embarrassée que moi.

Il fit signe à son domestique de m'avancer un fauteuil, il s'assit lui-même sur celui qui était placé devant son bureau, et il garda le silence, paraissant attendre que je déclinasse le motif qui m'amenait chez lui. Cependant, s'il se croyait dispensé de me rien dire pour m'encourager à parler, il n'affectait pas de me regarder ; mais moi, émue, intimidée et tremblante, je sentais mes yeux se remplir de larmes, et je m'intimidais encore plus de la prolongation de notre silence.

Cependant, la pensée du cher objet qui m'avait déterminée, celle de la conduite plus qu'étrange de Roger, m'inspirèrent un mouvement d'indignation assez vif pour que je me décidasse à prendre la parole.

— Monsieur, dis-je à M. de Marigni, je vous dois d'abord des excuses de vous déranger pour une chose qui vous est parfaitement étrangère, mais un sentiment bien naturel me conduit chez vous. Votre nom a été prononcé souvent devant moi par M. de Sommerville comme celui d'un ami. Mon mari vous a sans doute écrit, et je ne doute pas que vous ne puissiez m'en donner des nouvelles.

Je me sentis rougir en achevant cette phrase, en prononçant ces mots, que M. de Marigni devait trouver fort étranges.

— Mon Dieu, Madame, je ne puis cependant, à mon

grand regret, vous répondre bien positivement sur ce que vous me demandez. Quand Roger partit, il y a je crois environ quatre mois, il me l'annonça par un billet fort court et fort obscur; il me promettait de m'écrire, il ne l'a pas fait.

— Ah! Monsieur, m'écriai-je, vous savez du moins où vous pouvez lui adresser une lettre. Quand il s'éloigna, j'étais...

Je balbutiai, des larmes s'échappèrent malgré moi; car n'est-ce pas quelque chose d'horrible d'avouer que Roger était parti au moment où je venais d'être frappée par un violent chagrin, au moment où il venait d'apprendre que j'avais un nouveau droit à sa tendresse et à sa protection?

La douleur, l'humiliation de ma position m'ôtèrent pour un instant tout courage, et inspirèrent sans doute quelque considération à M. de Marigni; alors il me dit avec beaucoup de douceur et d'intérêt :

— Calmez-vous, Madame, il me semble impossible que Roger oublie ce qu'il vous doit, ce qu'il se doit à lui-même. Il arrive ce que je craignais; mais, je vous le répète, il est impossible qu'il se conduise de manière... Allons, Madame, je vous en supplie, calmez-vous. Je puis faire parvenir une lettre à Roger, et dans quinze jours vous en aurez la réponse.

— Dans quinze jours! m'écriai-je; il est donc bien loin! Il n'est donc pas dans une de ses terres?

— Ne m'interrogez pas, Madame, je ne puis vous répondre. Écrivez-lui, dites-lui tout ce que votre position a de pénible. Envoyez-moi cette lettre aujourd'hui même, je puis vous promettre que vous en aurez sûrement la réponse.

Je sentis une profonde répugnance à paraître implorer Roger : toute l'horreur de ma situation disparut devant un juste orgueil ; le rouge de l'indignation couvrit mon front, et je m'écriai :

— Veuillez ajouter à toutes vos bontés, Monsieur, celle d'écrire vous-même à votre ami ; veuillez-lui dire que, comme il n'a pas paru désirer recevoir directement de mes nouvelles, j'ai pris la liberté de vous prier de lui apprendre que je ne savais comment qualifier son étrange conduite envers sa femme et son fils.

— Sa femme et son fils ! Vous avez un fils, Madame ?

— Je ne puis, d'après la conduite de M. de Sommerville, m'étonner que vous l'gnoriez, Monsieur.

M. de Marigni fit un geste de surprise.

— Monsieur, repris-je avec un mouvement de fierté blessée, en épousant mademoiselle de Lostange, je pensais que M. de Sommerville avait l'intention de la présenter à ses parents, à ses amis. Il ne l'a point fait ; sans doute, il a eu des raisons que je ne puis comprendre et qu'il m'expliquera un jour.

Les larmes me gagnèrent encore, j'en étais honteuse ; mais je ne pus les retenir.

— Madame, dit en hésitant M. de Marigni, je crains que Roger n'ait eu avec vous des torts bien graves, mais il les réparera, j'en suis certain. Je vais lui écrire aujourd'hui même, et lui enjoindre de me répondre dans le plus bref délai.

Je me levai pour me retirer ; M. de Marigni me reconduisit jusqu'à l'escalier avec les formes les plus respectueuses ; ses manières étaient entièrement changées. Que lui avait donc dit Roger ?.....

Je revins chez moi un peu rassurée et bien impatiente de me retrouver près de mon fils ; je le serrai sur mon cœur avec une tendresse et une inquiétude passionnées. En me voyant ainsi l'embrasser, on aurait pu penser que j'avais craint de ne pas le revoir.

Marie me prévint que quelqu'un m'attendait dans le petit salon d'étude. C'était M. Durand, propriétaire de l'appartement. Le ton commun, les manières familières de cet homme m'avaient profondément déplu la première fois ; mais j'étais loin à m'attendre à ce qu'il allait se permettre de me dire.

Ah ! Delphine , quand une jeune femme n'est défendue ni par la protection de sa mère, ni par l'amour de son époux, elle doit se préparer à recevoir de cruelles insultes.

M. Durand avait près de lui un superbe bouquet ; je crus qu'il allait souhaiter quelque fête, et, désirant ne pas le retenir, je restai debout en lui demandant ce qui me procurait l'honneur de sa visite.

J'avais marché très-vite, j'avais été fort émue et j'étais haletante et toute essoufflée. M. Durand s'en aperçut et se crut autorisé à m'avancer un fauteuil en en prenant un pour lui-même. Cependant, ne voulant point que notre entretien prît l'apparence d'une visite, je restai debout, en priant pour la seconde fois M. Durand de m'apprendre ce qu'il avait à me dire.

— Eh bien, puisque vous êtes si pressée, ma belle dame, prononça-t-il assez cavalièrement, il me semble que vous pourriez vous dispenser de me faire cette question, car vous devez savoir parfaitement que, depuis plus d'un mois, votre logement n'est plus payé. Quant au docteur..... mais ceci ne me regarde pas. Pour ce qui me concerne, il s'agit de savoir si vous gardez, oui ou non, l'appartement que vous occupez dans ce moment.

— Vous avez sans doute vu M. de Sommerville avant son départ, Monsieur ?

— Ma foi, c'est bien par hasard si je l'ai vu. Je suis arrivé comme un inconvénient, au moment où il allait monter en voiture ; il avait l'air fort inquiet, fort pressé.

Nous avons un peu causé, et entre hommes on se dit bien
des choses. Voyez-vous, ma belle dame, votre beau marquis est un de ces freluquets qui ne savent pas trop ce
qu'ils veulent; il m'a payé trois mois de loyer d'avance
en m'assurant qu'il serait de retour avant qu'ils ne fussent écoulés, et il n'est pas revenu, et il n'a écrit ni à moi
ni à vous, car le concierge m'a assuré que vous n'aviez
pas reçu une seule lettre.

— Je ne savais pas, Monsieur, observais-je avec hauteur, que le concierge fût chargé de vous rendre compte
de mes actions.

— Sachez de moi, ma belle dame, qu'on a toujours le
droit de connaître les actions des gens qui vous doivent.
Mais, tenez, je n'ai pas envie de vous tourmenter, et les
jolies femmes ont de grands droits sur moi. Nous pou-
vons nous arranger très-facilement : gardez l'appartement tant qu'il vous plaira, je ne vous en parlerai point,
quoique je le trouve un peu grand pour vous toute seule ;
et pour égayer ce petit salon, que je trouve vraiment bien
arrangé, laissez-moi mettre ce bouquet dans un de ces
vases, et demain, s'il est fané, je vous en apporterai un
autre.

Je reculai avec un geste de dégoût et de colère en repoussant le bouquet que M. Durand me présentait.

— La, la ! s'écria-t-il, il n'y a pas de quoi se fâcher ;
donnez-moi donc la réponse que je viens vous demander.

— Monsieur, dis-je sèchement, j'ai écrit aujourd'hui
même à mon mari, je suis sûre de recevoir sa réponse
dans quinze jours d'ici ; sans doute il m'apprendra ses
intentions pour ce qui concerne votre appartement.

— Je souhaite que les nouvelles que vous attendez de
votre mari vous satisfassent, répondit M. Durand un
peu ironiquement. Mais vous conviendrez qu'il est bien
original, ce beau marquis. Du reste, je patienterai encore

une quinzaine, comme vous me le demandez, j'espère que vous me saurez quelque gré de ma complaisance.

Les cris de mon petit Albert me donnèrent le prétexte de quitter M. Durand sans en entendre davantage. Ses paroles me blessaient d'autant plus qu'elles renfermaient de tristes vérités. Je me sauvai dans le fond de ma chambre avec mon pauvre enfant dans mes bras, et je répandis sur son front toutes les larmes de mon cœur brisé. Le pauvre petit être ne me connaît peut-être pas bien encore ; mais il sent une si douce chaleur sur le sein qui le nourrit, un instinct naturel semble si bien lui dire que je suis son seul appui, qu'il se rapproche de moi de toutes ses petites forces comme pour me consoler.

Mes larmes ont coulé alors avec moins d'amertume. J'aime tant mon enfant, il est si beau, si fort ! Ah ! Delphine, c'est un présent que m'a fait le ciel pour m'aider à supporter la vie de tristesse et d'abandon à laquelle un homme cruel m'a condamnée. Oui, depuis que j'ai un fils je suis certaine de ne pas perdre courage.

Quand Marie entra dans ma chambre, je devinai qu'elle avait quelque chose à me dire, et, comme elle m'a donné de véritables marques de dévouement, je l'encourageai du regard à parler.

—M. Durand n'est point un méchant homme, me dit-elle doucement ; il paraît prendre un grand intérêt à Madame, et m'a demandé s'il pouvait lui être utile. Nous sommes si gênés que...

— Marie, je vous en prie, n'acceptez rien de personne, j'attends incessamment des nouvelles de mon mari, il me dira sans doute d'aller le rejoindre, et m'enverra les moyens de récompenser vos soins pour moi et pour mon fils.

— Tant mieux si Monsieur revient bientôt, dit Marie en secouant la tête ; mais c'est une chose bien triste de

voir une pauvre jeune personne ainsi abandonnée à elle-
même. Quand je vous examine, ma pauvre chère dame,
ainsi que ce cher petit, je ne puis m'empêcher de penser
à ma pauvre fille! Et Marie pleurait.

Eh bien, cette pitié ne m'a point blessée, seulement
elle m'a fait mal. Roger est donc bien coupable aux yeux
de tous! Ah! le sentiment que j'éprouve en pensant à
lui n'est pas du regret, il faut l'avouer; je sentirai même
une certaine répugnance à le revoir, et je ne lui demanderai que de me conduire dans une retraite où je puisse
convenablement élever mon fils.

Oui, Delphine, Dieu est bon, il mesure nos forces aux
peines qu'il veut nous envoyer.

Je viens de supporter une nouvelle insulte, car la visite
de M. Durand en était une, d'après le ton qu'il s'est permis de prendre vis-à-vis de moi. Cependant, je ne m'attendais pas, non, je ne devais pas m'attendre à la lettre
que je viens de recevoir.

Je vais la copier fidèlement; je t'assure, Delphine, que
j'ai tout mon sang-froid. Mon premier mouvement a été
entièrement à la colère, au mépris que m'inspirait cet
homme. Mais bientôt je me suis calmée à son égard, et
toute mon indignation s'est tournée vers M. de Sommerville. Qu'il ne m'aime plus, que la passion qui l'a entraîné à m'épouser soit éteinte, il faut malheureusement
que je commence à connaître assez le cœur humain pour
le comprendre; mais qu'il me laisse, sans égard pour
mon âge, pour le nom qu'il m'a donné, pour mon titre
de mère, qu'il me laisse exposée à l'insulte, à la misère :
car, sans l'économie et la bonté d'une pauvre servante,
je n'aurais pas de pain!..

Mais revenons à la lettre de M. Durand; elle m'inspire
si peu de colère, que je puis la transcrire avec beaucoup
d'exactitude.

« Madame, m'écrit M. Durand, je ne suis point un marquis, ni un dandy, ni un lion. Je ne sais pas présenter un bouquet à une dame, et vous l'avez prouvé, puisque vous avez refusé le mien avec un certain dédain qui m'a piqué dans le premier moment ; mais j'ai pensé que je devais vous excuser, parce que vous étiez très-jeune et accoutumée aux grands airs de votre marquis, grands airs qui ne prouvent rien, car il me paraît qu'il se conduit très-mal avec vous. Mais venons au fait.

« Les quinze jours que vous m'aviez demandés sont passés de trois, et vous ne me faites rien dire. Je sais que vous n'avez pas reçu de lettres ; par conséquent, vous ne devez pas avoir d'argent. J'ai fait jaser la vieille Marie, tout cela dans votre intérêt.

« Or donc, vous me devez un mois de loyer. Votre marquis ne s'occupe guère de vous. Eh bien, moi, en bon enfant, en homme tout rond, voici ce que je viens vous proposer :

« Vous ne vous inquiéterez pas plus de payer votre logement que si la maison était à vous, et même je vous en proposerai bientôt un autre un peu plus soigné que celui-là, je vous remettrai tous les mois cinq à six cents francs. Et, soit dit sans vous offenser, je vous offrirai des toilettes un peu plus étoffées que celles que vous a données votre marquis, et tout cela pour me permettre seulement de vous aller voir tous les jours.

« On dit que vous touchez du piano et que vous chantez comme une sirène ; j'aime beaucoup la musique, et je serai charmé de vous entendre.

« J'espère que vous répondrez à ma lettre en acceptant mes propositions. Vous êtes bien belle, Madame, mais je suis riche, bon enfant, et j'aimerai votre petit mioche comme si c'était le mien. D'ailleurs, qui sait si dans l'avenir... Mais nous parlerons de cela plus tard.

« Je suis, en attendant, votre dévoué serviteur. »

Eh bien, Delphine, quand tu auras lu cette merveilleuse épître, tu penseras, comme moi, que ce n'est pas cet homme qui est le plus coupable. Ah! Roger! Roger! que vous ai-je fait?

Voilà aujourd'hui vingt jours depuis ma visite chez M. de Marigni, et il m'avait dit qu'il n'en fallait que quinze pour recevoir une réponse de Roger. Je l'attends d'heure en heure, de minute en minute. Peut-être M. de Marigni viendra-t-il lui-même. La journée n'est pas avancée. Cependant si demain il n'était pas venu, je serai forcée de lui écrire : hélas! le malheur n'attend pas. Marie vient de m'apprendre qu'elle n'avait plus rien pour me faire vivre, et pourtant il faut que je ne perde pas mes forces. Mon fils a besoin de mon lait.

On m'apporte une lettre volumineuse de la part de M. Armand de Marigni. Je vais savoir ce que Roger a décidé de mon sort. . . . .
. . . .
. . . .

Ce n'est point à toi que j'écris, Delphine; non, ce n'est point à toi. Mon nom ne doit plus être prononcé : je dois me cacher à tous les regards, car je serais un objet de mépris pour ceux qui jugent sévèrement la folle confiance d'une femme. Je sais que ce que je t'écris ne te parviendra jamais, et tu ne dois plus entendre parler de moi: je suis morte pour tout ce qui m'a aimée. Mais qui donc m'a aimée, qui donc s'est occupé de mon sort?

Oh! ma mère, quand tes bras me serrèrent pour la dernière fois, pourquoi ne m'emportèrent-ils pas au ciel où tu dois être!

Quoique je sois bien décidée à ce que tu ne lises jamais ce que je t'écris, il me semble que c'est une espèce de consolation pour moi que d'écrire ton nom; il me semble d'ailleurs que je succomberais à ma peine si je ne la confiais pas au papier : quelque insensible qu'il soit, je crois parfois, quand je l'ai animé de ton nom, qu'il m'entend, qu'il me répond.

Oui, oui, je veux parler de l'événement horrible, inouï, qui fait de ma vie une vie brisée. Depuis deux mois, mon existence a été tellement bouleversée que si je ne tenais pas mon fils dans mes bras, que si je ne sentais pas son cœur battre contre le mien, je douterais que je suis Alice de Lostange, je douterais que j'existe.

Oui, j'en douterais : puisque Alice de Lostange est à jamais déshonorée, que son nom sera sans doute prononcé avec mépris. Et pourtant, je me sens l'âme aussi élevée, aussi remplie de sentiments honnêtes ; je ne me trouve aucune pensée dont je puisse rougir, et l'image de ma mère se présente à moi comme une consolation et non comme un remords.

Je suis seule ici depuis deux mois ; mais qu'est-ce qu'ici ? pourquoi y suis-je venue ? que viens-je y chercher ?.. Un asile pour me cacher, moi et mon fils.

On m'a remis, il y a deux mois, une assez volumineuse lettre ; l'écriture de l'adresse m'était inconnue ; mais je pensai que c'était celle de M. de Marigni. Ce paquet en renfermait une de lui, en effet.

En ouvrant le paquet, je trouvai plusieurs lettres séparées et un papier timbré rempli d'un griffonnage que je ne pensai même pas à déchiffrer ; au bas était la signature de M. de Sommerville. Pensant que c'était un papier d'affaires qui ne me regardait pas, je le mis de côté pour prendre une des lettres. Celle-là contenait ce qui suit :

« Madame, le sentiment de respect que vous avez su m'inspirer, et le sentiment d'indignation que me fait éprouver une autre personne, ne me permettent pas de vous entretenir de vive voix de l'objet de la lettre que je joins ici. Quoiqu'elle doivent vous offenser, je crois devoir vous l'envoyer, pour que vous connaissiez bien toute la hideur de l'âme qui l'a dictée.

« Je vous demande humblement pardon d'en souiller vos regards, et j'espère que vous ne me confondrez pas avec le misérable qui l'a écrite ; misérable que, dès ce moment, je cesse de regarder non-seulement comme un ami, mais comme une simple connaissance.

« Je n'ose, Madame, me présenter devant vous ; mais, si je puis vous être utile, ou seulement agréable, si je puis affaiblir, mais non consoler... Pardon, je m'arrête, Madame : il est de ces questions que l'on n'ose aborder, de ces indignations que l'on conçoit si bien et que l'on voudrait venger.

« Permettez-moi de vous revoir d'ici à peu de jours, puisque à mes yeux, comme à ceux de toute âme honnête, vous resterez toujours la plus noble et la plus digne de respect.

« Armand de Marigni. »

Un tremblement universel me saisit ; je tenais la lettre de M. de Marigni, et je regardais, sans la voir, l'écriture de Roger qui remplissait d'autres feuillets. Je ne pouvais concevoir le moindre soupçon de ce qu'ils contenaient ; cependant, à l'avance, je ressentais plus de répulsion que de douleur, plus de colère que de crainte. Je pressentais que cet homme allait se montrer indigne de moi : ce que m'écrivait M. de Marigni m'y préparait ; mais je n'allais pas au delà de la pensée qu'il pouvait me faire la proposition de vivre obscure, pauvre et loin de lui. Je l'avoue, j'en prenais facilement mon parti et je pensais que je serais presque heureuse de ne plus le revoir.

Cependant, je restai émue et incertaine, je craignais tant de trouver trop coupable le père de mon fils! Enfin, j'en appelai à mon courage, et je lus.

Si je dois vivre bien des années, si Dieu me réserve d'éprouver de grandes douleurs, j'en suis sûre du moins, je ne ressentirai jamais une sensation plus poignante, plus révoltante que celle que j'éprouvai. La honte, l'humiliation attachée au nom que m'a laissé un père que je respectais autant que je l'aimais; la nécessité de se dire qu'on a soi-même causé son malheur; la pensée désolante de se sentir perdue par un être si indigne; ah! le cri qui partit de mon âme était si déchirant, que j'oubliai mon fils quand je me dis: il faut mourir après un tel affront! Mais cet enfant, cet enfant qui fait partie de ma vie, qui a autant besoin de moi que de l'air qu'il respire, je l'abandonnerais, j'imiterais l'indigne qui oublie qu'avant l'amour, il y a l'honneur? Non, je vivrai, je vivrai pour mon fils! Ma vie de jeunesse et d'amour est finie, et je me montrerai digne du titre que Dieu m'a donné.

Une consolation me reste, c'est que Roger ne m'a point affligée dans mon amour. Non, je ne l'aimais pas, je ne l'ai jamais aimé. Je me suis laissé entraîner par ces paroles passionnées qui sont si douces à l'oreille d'une jeune fille. J'ai adoré l'idole que je m'étais créée, mais lui, jamais, jamais!

Un instant je pensai avec découragement que je n'avais plus de père pour me venger; que je venais de perdre les seuls parents qui auraient pu le remplacer. Ah! l'indigne y a bien pensé, lui. Et, crois-le, Delphine, sa conduite depuis quatre mois en est la preuve.

Je l'avoue cependant, je n'aurais pu croire qu'il aurait tout bravé; comment aurais-je soupçonné qu'il me traînerait au pied des autels pour se jouer de la présence de Dieu et de la bénédiction d'un prêtre. Non, je ne le pou-

vais. Quel que soit mon malheur, je suis fière de lui
avoir offert une dupe si facile. Si j'avais eu seulement la
prescience de la possibilité d'une telle infamie, je ne re-
trouverais pas dans mon cœur la pureté que j'y conserve
et que j'y conserverai toujours.

Je me décidai enfin à lire la lettre de M. de Sommerville. Elle était adressée à M. de Marigni. Je la copie ici;
car, Delphine, quoique je n'aie pas l'intention de t'envoyer à présent ce que je t'écris, peut-être ces feuilles te
parviendront-elles un jour. Si je me sentais mourir, et
bien certainement je mourrais si je perdais mon fils, si
je me sentais mourir, je voudrais que tu susses tout ce
qui s'est passé : j'en suis certaine, alors, tu me justifie-
rais, si tu entendais dire que j'ai cédé à un séducteur que
je ne croyais pas mon époux.

« Mon cher Armand, ta lettre est venue fort mal à
propos, car je t'avoue que je commençais à oublier un
peu la grande sottise que j'ai faite de ma vie ; mais enfin,
comme la morale veut que nous expiions toutes nos fautes,
je viens m'occuper avec toi de cette désagréable affaire.

« Mon cher ami, je commence par te demander mille
pardons de tout l'embarras qu'elle va te causer ; cependant, il n'y a que toi qui puisse s'en mêler, puisque je
désire par-dessus tout la tenir secrète, et je connais ta discrétion.

« Je t'écrivis un court billet en partant pour l'Italie; je
t'y promettais de te donner de mes nouvelles, mais tu
sais que si mon cœur n'est pas oublieux, mon esprit l'est
beaucoup, et, ma foi, à force de remettre de jour en
jour, j'en suis arrivé à celui où ta lettre est venue non
me surprendre. car je m'attendais bien à quelques ré-
clamations qui viendraient me réveiller assez désagréa-
blement.

« J'ai trouvé ici la comtesse plus tendre et pourtant plus gaie que jamais. Elle m'a fait peu de questions : c'est une femme qui ne creuse rien et ne s'amuse pas à scruter les sentiments de ceux qui lui plaisent. Elle ne se doute de rien. Nous sommes retournés ensemble dans le monde comme si nous y avions été la veille ; personne ne m'a parlé de mon absence et des motifs qui l'avaient occasionnée.

« Il ne faut pas que cela t'étonne. Florence est une ville toute de plaisirs ; les habitants, habitués au passage continuel des étrangers, les reçoivent comme de gais compagnons de fête, qu'ils peuvent perdre d'un moment à l'autre et auxquels il ne faut pas s'attacher ; aussi ils vous voient partir et arriver avec la même indifférence. Et comme la personne dont je vais t'entretenir n'a jamais paru dans le monde, si ce n'est une seule fois, et que madame de Belmance, chez qui je l'avais conduite, habitait une villa aux environs de Florence, on s'est peu occupé de cette jeune personne, que sa tante dit et croit partie pour la Russie. Je suis ainsi dans les meilleures conditions pour mener cette affaire à bien, sans difficultés et sans bruit.

« Voici donc, mon cher Armand, ce que j'attends de ton amitié. Il faut l'avouer, je suis inconstant par nature : soit que j'aie trouvé mademoiselle de Lostange trop grave pour moi, malgré sa beauté, je n'étais pas depuis deux mois l'heureux possesseur de sa personne, que je m'aperçus que je m'étais trompé sur le moyen d'être heureux. Je n'ai jamais été à mon aise avec cette sévère beauté : je n'aime pas les femmes qui ont tant d'esprit et de caractère. Si Alice avait eu plus d'indulgence, je me serais peut-être accoutumé peu à peu à mon état de mari, puisque, de bonne foi, je croyais l'être.

« Ne pouvant plus tenir au tête-à-tête et à la solitude,

je vins à Paris. Je n'y fus pas plus tôt arrivé, que je me sentis une extrême répugnance à présenter ma femme à mes amis. L'amour et son ivresse ne m'aveuglaient plus. J'ai peu de caractère, tu le sais, et je me sentais vraiment embarrassé d'annoncer que j'avais épousé une femme sans fortune, sans appui et presque sans parents : car il n'était presque pas possible de parler de la comtesse ; M. de Vatry était je ne sais où. Il avait couru d'ailleurs de mauvais bruits sur son compte et celui de sa nièce : Édouard de Vatry avait été aussi amoureux d'elle ; d'ailleurs, seulement lieutenant dans un régiment, il ne pouvait présenter une grande importance. Enfin, ma femme aurait paru tomber des nues, et il y avait bien quelque chose de vrai, puisque je l'ai rencontrée sur la grande route.

« Enfin, que te dirai-je, Armand ? D'hésitations en répugnances, de répugnances en hésitations, ma compagne est restée inconnue. Toi-même, tu ne m'as pas demandé à lui être présenté, et je pense que... Mais, je te demande pardon de t'entretenir de tous ces détails inutiles. Venons au service que j'attends de toi.

«Je n'étais réellement pas décidé à retourner en Italie, malgré les menaces de la comtesse, quand je connus l'état où se trouvait Alice. Elle venait, en même temps, d'apprendre la mort de son oncle et de son cousin. Je t'avoue que je n'aime pas les deuils, la tristesse, les lamentations ; je fus effrayé aussi de tout cet attirail de médecins, de nourrices. Le temps était détestable à Paris ; je songeai au beau soleil d'Italie, et, ma foi ! je me mis à fuir comme un poltron et sans rien dire. Je pris quelques arrangements pour assurer la tranquillité d'Alice pendant plusieurs mois, et je partis.

« Il faut bien que je t'avoue que je me suis peu à peu raccoutumé à la vie de garçon et aux plaisirs de la ville.

de Florence, qui ne brille pas, il est vrai, par une moralité bien austère, et je finis par penser qu'Alice et moi nous serions beaucoup plus heureux séparés.

« Tous les jours je me promettais d'écrire, et tous les jours je remettais à le faire. Une circonstance est venue mettre fin à mes indécisions.

« Un Français, homme fort distingué, fort bien posé, m'a ri au nez quand je lui ai confié les embarras que me causait mon mariage.

« — Apprenez pour votre gouverne, m'a-t-il assuré, que plusieurs étrangers ont déjà employé ce moyen pour ménager l'amour-propre des jeunes filles. Pas une n'a été la dupe d'une cérémonie qui ne peut avoir de valeur que pour les indigènes. Votre belle sait parfaitement qu'elle n'est pas votre femme ; elle doit bien comprendre que si vous aviez eu envie de rendre définitif ce simulacre de mariage, vous l'auriez fait reconnaître à votre arrivée en France par les autorités de votre pays. »

« Je crois que mon nouvel ami a raison, Armand. Mademoiselle de Lostange a infiniment d'esprit, et quoiqu'elle connaisse peu le monde, qu'elle n'y ait pas vécu, il est impossible qu'elle croie à la validité de notre mariage ; elle ne sera donc pas fort étonnée, sois-en certain, quand tu lui remettras l'acte que je joins ici. Car, si je crois qu'on est libre d'abandonner une maîtresse qui ne vous plaît plus, je crois aussi qu'il est du devoir d'un galant homme d'assurer l'existence de celle qui lui a appartenu. Voici donc un contrat de six mille livres de rentes parfaitement assurées. Cette modeste fortune suffira à mademoiselle de Lostange, dont les goûts sont fort simples. Tu m'apprends qu'elle m'a donné un fils. Je n'accepte point le cadeau, et souhaite bonne chance à la mère et à l'enfant. Du reste, mademoiselle de Lostange est fort belle, et...

« Mais ceci ne me regarde pas.

« Rends-moi donc le service, mon cher Armand, d'acquitter tout ce qui peut être dû jusqu'à ce moment. Tu me feras le plaisir de me répondre en quelque mots quand toute cette affaire sera finie, et tu ne m'en parleras plus.

« Je ne reviendrai en France que dans un an ou deux. La comtesse porte son deuil avec beaucoup d'ostentation, mais de gaieté ; elle prétend m'aimer plus que jamais. Je ne crois qu'à demi à cette belle passion, mais ce qu'il y a de certain, c'est que cette femme m'amuse et me convient plus qu'une autre.

« Je te demande encore mille fois pardon de toute la peine que je vais te donner, et je te promets de te rapporter une charmante statuette du Silence que je viens de commander à ton intention à Bartollini. Je sais bien que tu n'as pas besoin de ce souvenir pour être discret, et je suis persuadé aussi que mademoiselle de Lostange imitera ma circonspection.

« Je te serre cordialement la main. »

Il me fallut lire deux fois cette lettre pour la comprendre, j'étais anéantie ; ce que j'éprouvais, je ne pourrais le décrire ; c'était une amertume si profonde, un dégoût si réel de la vie, que j'osai demander à Dieu de me la reprendre.

Marie emporta et me rapporta mon fils sans que j'y fisse la moindre attention ; elle me parla plusieurs fois sans que je parusse l'entendre ; elle déposa plusieurs fois mon enfant dans mes bras sans que je cherchasse à l'y retenir, et sans que je l'embrassasse. Enfin, je passai le reste du jour et toute la nuit si immobile et si glacée, que Marie, effrayée, crut devoir envoyer chercher le docteur ; mais le docteur ne vint pas.

Enfin, je revins à moi à ce cri que poussa l'excellente
fille :

— Que deviendra ce pauvre enfant, si Madame veut
mourir !...

En effet, Albert pleurait continuellement, et demandait
le lait de sa mère. Si le coup qui m'a frappée l'avait tari,
je serais morte et mon fils avec moi ; mais Dieu ne l'a
pas voulu, et il m'envoya des larmes qui me soulagèrent.

J'ai relu la lettre de M. de Sommerville ; j'ai eu le courage de me répéter plusieurs fois ses paroles cruelles et
méprisables ; et, bien décidée à ne rien accepter ni pour
mon fils ni pour moi, j'enfermai soigneusement l'acte
qu'il m'avait envoyé, en y joignant ce peu de lignes que
j'adressai à M. de Marigni :

« J'en suis certaine, Monsieur, vous n'avez pas pensé
que j'accepterais rien de M. de Sommerville. Indigne-
ment trompée par lui, puisqu'il a osé prendre Dieu pour
témoin de son infamie, j'aurais peut-être le droit d'en
appeler aux lois pour me venger. Mais, dans l'affreuse
position où il m'a placée, ainsi que mon fils, je me trouve
encore si au-dessus de lui, et, j'ose le dire, si digne de
respect par mon aveugle confiance, que je rougirais de
rien recevoir d'une main que je méprise. Une consolation
me reste, c'est de devenir le seul appui d'un enfant que
je regarde, dès ce moment, comme n'ayant point de père.
Quoique je connaisse peu les lois, il me semble impossible qu'on puisse se conduire comme l'a fait M. de Sommerville, sans être forcé à une réparation honorable.
Mais, quand il y serait forcé ou qu'il me l'offrirait de sa
propre volonté, je la refuserais.

« Rassurez cet homme, Monsieur, dites-lui qu'il n'en-
tendra plus parler de moi ; dites-lui que tout ce qu'Alice

de Lostange désire, exige même, c'est de ne jamais entendre prononcer son nom.

« Et vous, Monsieur, dites-vous aussi qu'Alice vous
remercie et est reconnaissante des soins que vous avez
pris. Elle vous plaint d'avoir jamais donné le nom d'ami
au marquis Roger de Sommerville. »

Après avoir écrit cette lettre et renfermé sous la même
adresse l'acte que je n'avais même pas lu, je pensai que
je ne devais pas l'envoyer avant d'avoir pris un parti.
Mais lequel?... Mon Dieu! j'étais sans aucune ressource,
je tenais peu de choses de M. de Sommerville, et ce peu
j'étais décidée à ne pas l'emporter de chez lui. Je restai
immobile avec toute l'anxiété du désespoir, et je n'arrêtai pas un instant ma pensée à l'idée de m'adresser à
madame de Belmance.

De quel droit l'aurais-je fait? Je l'avais quittée avec ingratitude; elle s'était depuis, il est vrai, montrée bonne
et indulgente pour moi; mais cependant elle n'avait fait
aucune tentative pour me revoir. Je ne me sentais pas
d'ailleurs le courage d'aller à elle et de lui avouer combien j'avais été trompée: elle aurait pu à bon droit me
répondre : « Jeune insensée, voilà le fruit de votre inexpérience! la Providence vous avait envoyé une amie dévouée, vous ne l'avez pas consultée, et maintenant que
vous êtes abandonnée, déshonorée, vous venez inutile-
ment m'attrister de vos malheurs! »

Peut-être encore, si madame de Belmance eût été seule,
eussé-je consenti à recevoir cette humiliation bien méri-
tée; mais M. de Fargy... je ne pouvais supporter la pensée qu'il se dise : « Elle s'est déshonorée, j'ai bien fait
de ne plus l'aimer. »

Non, il faut que tout le monde m'oublie; mon front
humilié ne peut se relever que dans la solitude : parce

que, seule avec moi-même, je sens que, telle déchue que je sois en apparence, Dieu, en lisant dans mon cœur, n'y peut trouver une pensée coupable.

Cependant j'avais préparé mon fils, je me préparais moi-même pour sortir de cette fatale maison sans savoir où j'allais porter mes pas. Ce que je voulais avant tout, c'était ne pas rester là, ne pas être exposée à ce qu'on prononçât le nom de cet homme devant moi, ne pas être en butte de nouveau aux ridicules insolences de M. Durand. Mes artères battaient avec violence ; je ne voyais rien qu'au travers d'un nuage de pleurs. Où devais-je aller, mon Dieu ? que devais-je devenir ? Ma tête était à demi perdue, Delphine, puisque je voulais partir sans argent, sans m'être assurée d'un asile, et cela avec un enfant de trois mois.

Dieu ne voulut pas me punir trop sévèrement : j'avais encore confiance en lui et je l'avais bien prié ! En levant les yeux autour de moi, j'aperçus plusieurs aquarelles que j'avais faites durant ma longue retraite. Les sujets en étaient gracieux, j'y avais apporté tous mes soins ; je ne pensais pas pourtant qu'elles me seraient une ressource. Puis je me souvins tout à coup que j'avais à mes oreilles d'assez jolis boutons de diamant qui me venaient de ma mère. C'était son seul héritage que j'avais toujours conservé, ou plutôt qu'on n'avait pas pensé à me ravir.

Alors, avec le moyen de me tirer d'embarras pour le premier moment, le sang-froid me revint. Je me déterminai à vendre mes boucles d'oreilles ; c'était un grand sacrifice, mais il pouvait m'assurer un asile avant d'emporter mon fils, et, quoi qu'il m'en coûtât, je me déterminai à le laisser quelques heures à Marie.

J'eus le bonheur de réussir à me défaire avantageusement de plusieurs aquarelles. Le marchand qui me les a achetées m'a même assuré qu'il m'en prendrait d'autres, et j'ai encore les boutons de ma mère aux oreilles ; je suis sûre maintenant qu'en travaillant je ne manquerai de rien pour mon fils ni pour moi. Mes besoins sont si restreints, mes goûts si modestes, il faut si peu à un enfant qui prend le lait de sa mère, et il me sera si doux de travailler pour lui ! Oui, je serai fière qu'il ne doive rien à personne. Il me semblait aussi qu'il m'appartiendrait davantage, et c'était presque du bonheur que de me sentir hors de l'affreuse inquiétude de manquer de pain.

Je songeai alors à m'assurer d'un logement ; je ne savais trop où poser mon nid avec quelque sûreté ; mais les souvenirs d'enfance font du bien à l'âme, c'est pour cela qu'ils ne s'effacent jamais.

Je me rappelai, peut-être t'en souviendras-tu aussi, d'une maison que nous apercevions du jardin du couvent. Cette maison, très-haute, était surmontée d'une terrasse couverte de plantes grimpantes, et sous la corniche était écrit en grandes lettres blanches : PETIT HÔTEL BELLEVUE. L'aspect frais et gai de cette maison attirait toujours mes regards de ce côté, et je me disais autrefois : Si je ne demeurais pas dans notre cher couvent, je voudrais habiter là.

Au moment où j'avais besoin d'un asile, je pensai que je serais heureuse d'en trouver un dans ce quartier solitaire et dans une maison qui paraissait si tranquille.

Je m'y fis conduire ; il était décidé que, dans mon malheur, j'aurais quelques circonstances qui ne me seraient pas défavorables.

La maison était encore une maison garnie, et la dame qui la tenait me parut bonne et honnête. Par bonheur un des deux logements donnant sur la terrasse était libre. Sans doute il est fâcheux que cette terrasse ne m'appartienne pas tout entière ; mais le seul appartement qui y donne avec le mien est occupé par un officier arrivé nouvellement d'Afrique, et qui ne l'habite presque jamais; allant souvent à la campagne.

Après m'être assurée de cet asile, je retournai en toute hâte chez moi. Je donnai une commission un peu longue à Marie ; aussitôt qu'elle fut partie, je lui écrivis un mot pour l'inviter à se présenter chez M. de Marigni, afin d'y toucher ce qui lui était dû, et je lui laissai deux pièces d'or : j'aurais voulu la récompenser plus largement de ses bons soins, mais l'argent est une chose si précieuse pour moi maintenant !

Après avoir rempli ce devoir de reconnaissance, je suis partie bien émue, bien tremblante ; une voiture m'a emmenée, je l'ai fait me conduire dans un quartier tout à fait opposé à celui que j'allais habiter. Là, je l'ai renvoyée, et j'en ai pris une autre à qui j'ai encore fait faire un long détour avant d'arriver à mon nouveau domicile.

Tu le vois, chère Delphine, le malheur m'a donné de la défiance et de l'expérience. Je ne suis plus une jeune fille embarrassée et rougissante ; je sens que je dois protéger mon fils et moi-même.

Depuis deux mois que je suis établie ici, je jouis d'une tranquillité que je demande tous les jours à Dieu de me conserver. Mon fils s'élève parfaitement, et je ne l'ai encore couché que pour dormir. Quoiqu'il m'occupe beaucoup, il a un caractère si doux qu'il me laisse quelques heures de liberté : je le place alors sur un tapis près de la fenêtre et l'entoure d'oreillers. Là, il joue des heures entières avec des fleurs et des bagatelles ; il me connaît si bien qu'il répond à mon sourire et comprend ma voix. Je lui cache mes larmes, car, tu vas me traiter de folle, Delphine, mais je ne puis m'empêcher de t'attester que, pour m'avoir vue pleurer une fois, son doux visage a pris une expression de mélancolie ; et comme le sourire est presque toujours sur ses petites lèvres roses, cette expression passagère de tristesse m'a profondément touchée.

Les heures qu'il me laisse libres, ainsi que je viens de te le dire, je les emploie à travailler à des aquarelles. J'ai commencé une série de petits tableaux de genre dont les sujets me rappellent les scènes les plus pénibles de ma vie.

Tout devient événement dans une existence comme la mienne, Delphine, où toutes les heures s'écoulent dans les mêmes occupations, dans les mêmes chagrins. Nous avons eu pendant quelques jours de cet automne un temps superbe ; j'en ai profité pour sortir chaque matin avec mon fils, et me promener sur le boulevard des Invalides, qui est au bout de ma rue.

Mais avant-hier et hier, la pluie tombait constamment, je n'ai pu sortir. Mon petit Albert paraissait mécontent de cette reclusion forcée, quoique je fisse tout ce que je pusse pour le distraire. Je me suis alors décidée à le promener un instant sur la terrasse. Je savais cependant que la personne qui occupe l'appartement à côté du mien était à Paris, et j'avais bien soin de ne pas quitter le côté de la terrasse sur lequel donne ma chambre ; je chantais tout bas, bien bas, mais j'étais tellement occupée de distraire mon enfant, que je ne remarquai pas que je franchissais les limites que je m'étais fixées ; je ne m'en aperçus que sur le point d'entrer dans une chambre que je crus la mienne ; je m'arrêtai vivement au moment d'en franchir le seuil.

Heureusement le locataire de cette chambre écrivait le dos tourné et ne put me voir. Je crus remarquer seulement que c'était un jeune homme à la taille mince et élancée.

J'étais assez effrayée de mon imprudence ; cependant j'eus le bonheur de m'enfuir sans être aperçue, me promettant bien de ne plus m'oublier sur ce balcon ;

aussi je continuai ma promenade dans ma chambre pour apaiser les doux murmures de mon enfant.

J'étais si près de la porte, que j'entendis le garçon de l'hôtel annoncer à mon voisin qu'une voiture l'attendait en bas, et je ne tardai pas à l'entendre descendre l'escalier et le garçon lui dire assez haut:

« — Soyez tranquille, Monsieur, je dirai aux personnes qui viendront vous demander que vous serez ici dimanche de grand matin. »

Quoique j'eusse ainsi la certitude du départ de mon voisin, j'attendis encore quelque temps avant de prendre possession de la terrasse.

Le domestique faisait l'appartement de mon voisin; il m'aperçut et vint à moi pour m'engager à entrer dans cet appartement, en me disant qu'il croyait qu'il devait me convenir davantage que le mien et que je pourrais en disposer bientôt, la personne qui l'occupait devant partir.

J'entrai en effet, et le logement me parut réellement plus commode que celui que j'occupais.

On est rempli de soins et de politesse pour moi dans la maison; on ne me témoigne aucune curiosité, bien que ma jeunesse et mon isolement puissent en faire naître. J'ai pris un nom supposé; il est inutile que je te dise lequel, puisque tu ne dois ni m'écrire ni me venir voir. Depuis que je suis ici, on ne m'a vue recevoir ni lettres ni visites; la fille qui me sert me trouve toujours au travail ou occupée de mon fils, et cette conduite m'attire le respect ou du moins le silence.

Je remarquai quelques livres et beaucoup de papiers dans la chambre de mon voisin, et le garçon, qui paraissait vouloir m'en faire les honneurs, se mit à me raconter que le jeune homme qui l'occupait vivait d'une manière for retirée; que du reste il le croyait marié, puisqu'il passait presque tout son temps à la campagne; que cependant il paraissait fort content de retourner en Afrique, d'où il y avait peu de temps qu'il était arrivé.

Eh bien, je suis fâchée que ce voisin si tranquille s'en aille. Qui sait si la personne qui viendra le remplacer sera aussi discrète, aussi peu curieuse ? Et puis elle pourra se plaindre des cris de mon fils, car le pauvre petit crie bien souvent maintenant, et voilà bien des nuits que nous dormons mal l'un et l'autre ; il souffre des dents. Je sais bien que toutes les mères doivent s'attendre à ces in-quiétudes, mais il en est peu d'isolées comme moi avec si peu d'expérience.

Les jours commencent à devenir bien courts et bien sombres, ma vie est constamment triste et isolée. Tant que mon fils s'est bien porté, il m'a souri toujours : j'ai conservé mon courage. Hélas ! si cet ange de ma vie souf-frait sérieusement, je ne puis penser sans frémir à ce que le désespoir ferait de moi...

Albert n'a point dormi cette nuit, mais la pluie a cessé ; le soleil est assez chaud, j'en ai profité pour porter mon fils sur la terrasse. Mon Dieu ! l'air n'a pâru lui faire aucun bien, et il ne retrouve ni couleurs ni forces.

Au bout d'un instant, par un horrible hasard, je re-gardai dans la cour de notre bien cher couvent ; j'ai aperçu, oh ! comme j'en ai frémi, j'ai aperçu un petit cercueil posé sur le perron et recouvert d'un drap blanc. Cette vue m'a percé le cœur, et pourtant je n'ai pu m'en arracher. Bientôt madame l'abbesse, que j'ai reconnue, quoiqu'elle soit beaucoup vieillie et bien changée, est ar-rivée, suivie de toutes les pensionnaires vêtues de blanc. L'une d'elles a déposé sur la bière une petite couronne de roses blanches, puis le chapelain du couvent, qui est aussi le même, s'est mis à la tête de ce troupeau de jeunes filles : quatre d'entre elles portaient le petit cercueil, elles ont ainsi fait le tour de la cour et sont entrées dans la chapelle. Je me suis alors unie à elles par la prière, en pressant mon pauvre petit Albert sur mon cœur. J'ai prié pour cet ange que Dieu avait repris, et je priai avec d'autant plus d'ardeur qu'il me semblait que mon enfant allait aussi partir.

Le pauvre petit a été pris presque au même instant d'une terrible convulsion. Ah! qui n'a pas vu souffrir son enfant, qui n'a pas craint pour sa vie, ne sait pas encore ce que c'est que la douleur. J'ai jeté un cri terrible, mais personne ne m'a entendue. J'habite seule le haut de la maison; on ne pouvait venir à mon secours. J'ai baigné le pauvre petit de mes larmes, et puis j'ai prié. Sans doute Dieu m'a entendue, car mon fils s'est calmé et endormi.

Anéantie et brisée moi-même, je me suis cependant rapprochée malgré moi de la fenêtre. On emportait du couvent le corps de la pauvre enfant, peut-être aussi le trésor d'une mère! Madame l'abbesse était sur le perron, elle regardait de mon côté; je me suis imaginée qu'elle me reconnaissait et me suis retirée. Ah! que penserait-elle, si elle savait que son élève favorite, qu'Alice de Lostange, qu'elle aimait comme sa fille; qu'Alice de Lostange, à qui elle avait offert un asile, n'a pas eu le courage d'accourir dans ce saint refuge, et a préféré se fier à la foi d'un homme! Cependant cet homme avait pris Dieu à témoin! et je le pense, oui, je le pense, aux yeux de Dieu, du moins, je ne suis point coupable.

Eh bien, le croirais-tu, ma Delphine, tel est l'amour que je porte à mon fils, que je n'ai pas la force de regretter le déshonneur à qui je le dois.

. . . .

Delphine! Delphine! sais-tu bien qu'il n'est point de faute qui reste impunie? Sais-tu bien que le châtiment que Dieu nous inflige, c'est toujours le plus pénible pour notre cœur, le plus humiliant pour notre orgueil ?

Je n'ose penser à ce qui vient de se passer, je n'ose penser au parti que je dois prendre, pourtant il faut que je m'arrête à un, car je ne pourrai jamais avouer la vérité ; il me semble que je mourrais de honte s'il me fallait dire à cet être si grand, si généreux : Je me suis laissé séduire par un homme méprisable, et je ne l'aimais pas. Non, je ne l'aimais pas ! Car, je t'assure, Delphine, que je ne le regrette point, et que, même au milieu de mon malheur, je me surprends à me dire avec une espèce de joie : Il n'est pas mon époux, je suis libre, je ne passerai pas ma vie près de lui !

Si je l'avais aimé, je n'en serais pas arrivée là ; je ne chercherais pas avec tant de soin dans les traits de mon fils, pour m'assurer qu'ils n'ont aucune ressemblance avec les siens. Mais, mon Dieu, je n'en sais encore rien, il est si jeune ! Il est beau, voilà tout ; mais Roger aussi est beau, et cette charmante enveloppe cache pourtant une âme basse et perfide.

J'ai cru perdre mon fils ; j'ai cru que ce cœur identifié avec le mien, que ce souffle qui est plus le mien que celui qui sort de ma poitrine, que tout cela allait s'éteindre. J'ai la force d'écrire ces mots maintenant, car il est sauvé et on m'assure que ces horribles crises ne reviendront plus. Je me sens le besoin de reprendre la plume et je le ferai, j'espère, avec quelque sang-froid. Il est sauvé ; mais sais-tu à qui je le dois ?...

Il faut encore que je me calme, j'ai besoin de me recueillir pour mettre un peu d'ordre dans ce que j'écris. Il me semble qu'en revenant sur ces terribles heures, mon malheur n'est pas moins grand, mais que je le considère avec plus de calme. N'ai-je pas un nouveau parti à prendre ? Ne dois-je pas encore aller me cacher dans quelque retraite plus obscure ? Et que puis-je craindre maintenant? N'ai-je pas rencontré celui dont je redoutais le plus la vue! Oh! j'aurais préféré cent fois être humiliée aux yeux de toute la terre qu'aux siens! Oui! la vie était déjà bien triste pour moi; mais qu'elle le sera davantage quand je me dirai : Il pensera que si je n'étais pas coupable, je ne l'aurais pas fui.

Allons, il faut se résigner...

Quand j'ai cessé d'écrire, mon enfant était depuis quelques jours très-souffrant et très-abattu, cependant le pauvre petit pleurait si doucement et se plaignait si bas que le cœur d'une mère pouvait seul l'entendre. Je le tenais dans mes bras; ses yeux étaient fermés, et cependant il ne dormait pas; je ne savais que faire, ni à qui m'adresser. Je me sens tellement rougir, je suis si embarrassée quand il faut que je parle à quelqu'un pour la première fois! Cependant j'étais décidée à voir un médecin le lendemain, surtout si la nuit était aussi mauvaise que les précédentes.

Elle fut terrible; je la passai dans des angoisses tellement inexprimables que je ne demandais plus que de mourir avec mon fils et à l'instant même. Que serait-il arrivé?... On nous aurait emportés comme cette pauvre petite du couvent. Mais personne ne se fût inquiété de nous, pas même toi, peut-être, Delphine, car je doute de tout maintenant. Qu'est-ce pour le monde qu'Alice de Lostange? Elle n'y aura passé que pour qu'on en garde un fugitif souvenir, et quand je serai morte on dira: « Elle a bien fait; que pouvait-elle espérer d'une existence qu'on avait brisée et d'une vie qu'on avait déshonorée? »

Mon fils était donc bien mal, très-mal, et, vers la fin de la nuit, ses yeux devinrent égarés, sa bouche se tordit, ses bras me repoussèrent, je crus qu'il allait mourir. Je m'élançai sur l'escalier en criant comme une insensée: Au secours! au secours! il se meurt, mon enfant se

meurt! Et cependant je n'osais descendre, je n'osais m'é-
loigner de lui, son dernier soupir m'appartenait, j'espérais qu'il entraînerait le mien.

J'entendis monter l'escalier avec précipitation; je pensai qu'on venait à mon secours et je m'avançai toujours
en criant : Du secours! du secours! mon enfant se meurt!
Ah! je vous en conjure, courez chez un médecin!

Et je pressais dans les miennes les mains d'un homme,
et je le poussais; je ne savais ce que je faisais, Delphine;
je ne reconnaissais même pas celui dont le souvenir
m'était si présent. Mais lui me reconnut; car il s'écria :

— Qu'avez-vous? grand Dieu! Pourquoi êtes-vous là?
que voulez-vous?... Êtes-vous bien Alice de Lostange,
ou plutôt madame de Sommerville?

— Oui, oui, je suis Alice, mais mon fils va mourir. Et,
sans savoir ce que je faisais, j'entraînai Emmanuel de
Fargy, c'était lui, lui, Delphine, je l'entraînai vers le
berceau où mourait mon fils.

— Ne dites pas qu'il va mourir! m'écriai-je.

M. de Fargy ouvrit la fenêtre et m'y porta avec Albert
dans les bras.

— Je reviens, je reviens à l'instant! s'écria-t-il.

Je crois que je l'avais reconnu; ce qu'il y a de certain,
c'est que je me sentais plus tranquille, je ne doutais plus
du secours, puisqu'il venait de lui. J'avais foi dans sa
puissance, et j'attendis presque patiemment; je priai, et
le nom d'Emmanuel s'échappait de mes lèvres avec celui
de mon enfant.

L'éclair ne fut pas plus rapide que la course qu'il fit.
Il ramenait un médecin qui n'arriva même que quelques
minutes après lui. Le docteur prescrivit divers remèdes,
et au bout de quelques heures mon Albert était sauvé.
Le médecin assura même que les accidents, s'ils reparais-
saient, auraient perdu toute gravité.

Ce fut alors que mon désespoir étant calmé, et ma raison un peu revenue, je n'osai lever les yeux sur ceux d'Emmanuel. Lui-même était là devant moi, évitant de m'interroger, n'osant le faire sans doute.

Nous nous mîmes enfin à parler de sa sœur ; puis nous nous arrêtâmes embarrassés l'un et l'autre.

— Vous être brisée, dit-il doucement ; je vais me retirer pour vous laisser prendre du repos, Madame, mais vous ne doutez pas que je ne sois tout à vos ordres.

— Je ne doute pas que vous ne soyez le meilleur des hommes, dis-je en lui tendant la main, mais... mais...

— Je vous entends, reprit-il, je ne vous ferai aucune question. Cependant ma sœur m'avait dit que vous étiez heureuse ; j'en remerciais le ciel, Madame. Hélas ! comment se fait-il que vous soyez ainsi seule ici avec votre enfant?... Ah ! pardon, reprit-il, je vous interroge et vous paraissez accablée. Je vous reverrai quand vous me le permettrez, quand vous me le ferez dire. Je pars bientôt ; mais n'oubliez pas, Madame, n'oubliez pas combien ma sœur vous aimait, malgré votre abandon qu'elle a toujours justifié... Grand Dieu ! je m'oublie, ajouta-t-il avec une sorte d'impatience, vous souffrez, je me retire.

Et il sortit, non sans m'avoir fait mille recommandations pour mon fils et pour moi. Ah ! Delphine, qu'il y a de charmes dans la bonté de M. de Fargy ; et cependant je ne pourrai jamais me décider à lui confier ce qui m'est arrivé. Une sorte de pudeur me retiendrait pour lui confesser l'horrible position dans laquelle je suis tombée.

Je fuirai ; je quitterai cette maison où l'on est pour moi rempli d'égards et de soins. Je ne sais ce qu'a dit de moi M. de Fargy, mais on a redoublé de respect et de prévenances. Qu'aura-t-il dû penser quand il aura appris que je ne portais ni le nom de M. de Sommerville, ni le mien !

Depuis deux jours que nous nous sommes retrouvés, il
part le matin et ne rentre que le soir; il n'a point demandé à me voir; je reconnais là sa parfaite discrétion,
il attend. En effet, ce n'est point à lui de me prévenir, et
puis, il va partir pour l'Afrique, et moi je serai disparue
avant lui.

Il faut encore que je me cherche un asile; pourtant
celui que j'occupe m'est cher, surtout en ce moment. Tu
ne saurais croire, Delphine, la douce sensation que j'é-
prouve en entendant le peu de bruit que peut faire M. de
Fargy; je me dis : J'ai là un protecteur, un ami! et pour
une femme abandonnée, tu ne sais pas ce que c'est qu'un
ami. Mais demain j'aurai fui, je ne le verrai plus, et je
lui laisserai de cette fois encore plus de mépris pour moi :
il pensera que si j'étais dans une position convenable; si
je n'avais rien à me reprocher, si je pouvais marcher la
tête haute, je ne le fuirais pas, je ne répondrais pas aux
preuves d'intérêt qu'il m'a données par une basse ingratitude.

Pour la seconde fois, je m'éloignerai sans explication et
avec mystère, car je ne pourrais supporter son regard
quand il saurait que j'ai été déshonorée par cet homme,
et que mon fils ne porte pas le nom de son père. Sais-tu
que cette pensée est affreuse, Delphine, et qu'elle m'ôte
tout courage! Ah! je crois que je n'ai pas tant souffert le
jour où me fut révélée l'odieuse conduite de M. de Sommerville. Pourquoi est-ce que j'éprouve cette profonde
douleur? Ma conscience devrait me consoler, puisqu'il est
vrai que je n'ai point mérité mon sort; je sais que je n'ai
à me reprocher que de l'imprudence. Mais n'est-ce pas
assez?

Je viens de verser bien des larmes en serrant mon fils
dans mes bras : il se porte mieux que jamais, pourquoi
donc ma profonde douleur?...

Je me suis enfin interrogée avec sévérité ; je me suis demandé comment cette tendresse si vive que je porte à mon enfant ne peut plus me suffire et me dédommager de tout. Eh bien, non, elle ne peut me consoler de la douleur de ne plus revoir Emmanuel et d'être méprisée par lui ; je ne puis me dissimuler que je l'aime : cette faiblesse de mon cœur n'est point du moins de l'inconstance, puisque je suis certaine que je n'ai jamais aimé M. de Sommerville. Il faut que je me l'avoue à moi-même : en lui cédant, j'ai été éblouie, plus entraînée que séduite ; je venais d'être si malheureuse, si humiliée, que j'ai fait un dieu d'un homme qui n'était que méprisable. Il m'a semblé si noble, si généreux ; enfin je lui ai prêté des vertus qu'il n'avait pas. J'ai aimé l'être idéal que je m'étais formé, et ce n'était pas Roger que j'aimais ; s'il avait été bon pour moi, s'il m'avait aimée réellement, je crois que je me serais attachée à lui. Mais il s'est rendu si méprisable à mes yeux, que l'image d'Emmanuel est restée, sans que je m'en doutasse, victorieuse au fond de mon cœur.

Il faut que j'en convienne, le souvenir de M. de Fargy m'a rendu plus supportable l'affront fait à mon honneur ; et je me suis sentie moins misérable, parce que je me suis sentie plus libre de l'aimer.

Ne me blâme pas, Delphine, jamais personne ne fut plus digne d'occuper le cœur d'une femme délicate que M. de Fargy. D'ailleurs, je ne le verrai plus ; je vais partir ce soir même ou bien demain de bonne heure, quand il sera sorti. Dans ce moment, il est encore chez lui, et cette pensée m'est douce malgré moi ; il me semble que nous ne sommes pas entièrement séparés ; il peut encore entrer dans ma chambre, me parler, me demander cette preuve de confiance que je lui ai promise, mais il ne le fera pas, il l'attend... et, pour le récompenser de cette

marque d'égards, je le fuirai; il aura le droit de penser
que je ne suis digne ni de son estime, ni de ses regrets.
C'est une autre femme qu'il aimera: celle-là certainement
sera heureuse parmi toutes les femmes, elle sera fière du
nom qu'elle portera, et, si elle devient mère, avec quelle
tendresse elle cherchera dans les yeux de son enfant le
regard si tendre et si spirituel de son père; avec quel orgueil ne découvrira-t-elle pas sur son front cette élévation d'âme qui se lit sur celui d'Emmanuel, car sa belle
âme se reflète dans son regard.

Et un tel homme m'a aimée, et je l'ai fui...

Allons, il faut tâcher d'oublier, je me dois toute à mon
fils.

J'étais occupée à écrire quand le domestique de la maison est entré, un billet à la main. J'ai deviné de qui venait ce billet, ce qui n'était pas bien difficile, puisque
personne ne peut m'écrire ici; mais j'ai même deviné ce
que m'écrivait M. de Fargy. Voici son billet:

Ah! je le garderai toute ma vie, Delphine, c'est la seule
chose que j'aurai de lui.

« Pardonnez-moi, Madame, de vous importuner de
mon souvenir; hélas! il faut que je parte, le devoir me
rappelle. Cependant, avant de m'éloigner, j'aurais désiré
savoir, non vos secrets, Madame, vous ne me jugeriez
pas digne sans doute de votre confiance, mais je désirerais que vous me procuriez le bonheur de vous être bon
à quelque chose. Ma sœur, qui vous est si attachée, peut-
elle au moins vous le prouver?

« Je ne suis pas allé chez elle depuis cinq jours que je
vous ai revue; je ne lui ai pas même écrit. Elle doit être
bien inquiète; mais vous ne m'aviez pas permis de parler
de vous, et je sens qu'il m'eût été impossible de parler
d'un autre objet.

12

« Votre fils va très-bien, Madame, on me l'a assuré;
je partage votre joie comme j'ai partagé votre douleur.

« Je suis à vos ordres, Madame, et je les attends. »

Le domestique, resté devant moi, paraissait compter
sur une réponse. Je n'étais plus à moi-même; mon cœur
était rempli de trouble, d'hésitation. Pour me débarrasser
de ce témoin qui me semblait si importun, je fis dire à
M. de Fargy qu'il aurait de mes nouvelles le lendemain.

Ainsi le moment est arrivé, je ne puis plus retarder,
je vais quitter ce toit sous lequel j'ai retrouvé un appui,
où je m'étais attiré quelque ombre de protection. Il me
semble qu'ici j'étais presque bien; il me semble que, si
j'y étais morte, j'aurais appelé notre bonne abbesse pour
lui confier mon fils. Et demain je serai dans une maison
étrangère, personne ne viendra m'y chercher; je suis déjà
sûre de n'y rencontrer ni protection, ni sympathie. Je
viens de compter mon argent, car, ne faut-il pas que je
m'occupe aussi de vivre, ne faut-il pas que je travaille
pour me nourrir?... Ah! j'ai tort, Delphine, de murmurer, j'ai bien tort. Ne dois-je pas remercier Dieu à chaque
instant de m'avoir accordé assez de talent pour me suffire à moi-même. Il me reste bien peu : depuis quinze
jours que mon Albert a été malade, je n'ai rien fait, et
peut-être serai-je encore bien des jours sans pouvoir travailler. Sais-je même si je serai convenablement logée
pour peindre? Puis je me sens plus découragée que je ne
l'ai jamais été.

Je viens d'entrer un instant sur la terrasse : la croisée
de M. de Fargy est encore éclairée, la lumière se projette
sur la pierre du balcon. Il veille encore. Pourquoi ne
dort-il pas, lui? Son âme doit être si calme et si tranquille!
Aucun remords ne la trouble, aucune pensée dévorante
ne tourmente sa vie; il va quitter la France, où il laisse,

il est vrai, sa sœur qu'il aime et qui le mérite si bien.

Je ne puis me le dissimuler, c'est par orgueil que je n'ai pas recours à elle. J'avais peur de ce qui arrive aujourd'hui, de ce qui me cause la peine la plus cruelle : la certitude d'inspirer le mépris à son frère. Il faut chasser tous ces souvenirs. Emmanuel est sans doute attaché à une autre femme. Est-ce à vingt-sept ans qu'on ne connaît pas l'amour ou qu'on y renonce? Sa sœur m'a bien dit qu'il m'avait aimée, mais c'est une erreur de sa part. S'il m'avait aimée, ne l'aurais-je pas lu dans ses yeux? Folle que je suis! Ne me suis-je pas montrée assez imprudente, n'ai-je pas fui avec un homme; et que penserait-il, s'il savait que cet homme n'est pas mon époux?... Imaginerait-il, voudrait-il croire que, sans éprouver d'amour, j'aie poussé la confiance jusqu'à une crédulité presque niaise? Car à présent que je me rappelle tant de circonstances qui auraient dû m'éclairer... Mais à quoi bon m'occuper de ces souvenirs : ma vie n'était-elle pas marquée pour être malheureuse, et ne l'ai-je pas bien mérité?

Je viens d'essayer de retourner sur la terrasse, mais le ciel, qui était tout à l'heure parsemé d'étoiles, est maintenant noir et chargé de nuages; et la lumière paraît éteinte au ciel comme sur la terre, car le reflet de celle de M. de Fargy ne se montre plus. Il dort, sans doute; moi, je ne puis fermer les yeux; je vais cependant essayer de reposer, ma journée de demain sera bien pénible; demain, je vais bien souffrir... Oh! ma mère, je m'adresse à vous, comme dans toutes les occasions importantes de ma vie; priez pour moi, priez pour que je ne soie pas trop cruellement punie de ma faute! Priez que Dieu m'inspire le courage de supporter mon sort!

XI

Le vent soufflait violemment sur la terrasse d'Alice et balayait rapidement les larges rues du faubourg Saint-Germain; le jour était sombre et blafard; Alice se leva plus fatiguée encore que quand elle s'était couchée. Elle avait fini par succomber à l'épuisement; mais son sommeil avait été plus pénible que sa veille, et après avoir ouvert les yeux, elle les referma comme pour ne pas voir commencer une journée qui devait être si cruelle. Cependant, telle brisée que fût l'âme d'Alice, elle ne manquait pas d'énergie; elle s'ordonna le courage, et commença les préparatifs de son pénible et indispensable départ.

Cependant elle cherchait vainement à concentrer ses pensées dans cette occupation, elle ne pouvait s'empêcher d'écouter ce qui se passait chez M. de Fargy; mais elle n'entendait rien, et peut-être éprouvait-elle un peu d'amertume, en se disant:

— Il dort toujours, il dort tranquille. Ah! s'il savait que je pars encore une fois sans lui donner aucune explication, s'il savait que nous ne devons jamais nous revoir!...

A cette dernière pensée, Alice retomba baignée de larmes près du berceau de son fils qui dormait encore.

— Pauvre enfant, dit-elle au bout d'un moment, pauvre enfant! c'est toi que je dois aimer seul...

Et quand enfin elle se réveilla, elle le pressa avec plus d'ardeur que jamais sur son cœur, en demandant pardon à la pauvre petite créature de partager malgré elle l'affection qu'elle lui devait tout entière.

Lorsque tout fut prêt pour son départ, Alice s'approcha de nouveau de la terrasse, et remarqua qu'une pluie froide et abondante avait fait tomber le vent.

Ce mauvais temps rend plus pénible encore le parti auquel elle s'est résolue; elle se le persuade du moins. Cependant, si le soleil brillait dans le ciel, si tout était gai et animé autour d'elle, elle reprocherait sans doute au ciel d'insulter à sa douleur. Certes, quand on est jeune et heureux, on est à peu près indifférent aux intempéries des saisons, tout paraît frais et riant; mais quand le malheur nous accable, nous nous en prenons à tout, même à la nature, qui fait toujours bien ce qu'elle fait.

Cependant les heures s'écoulent. Quoiqu'il monte peu de bruit jusqu'à l'appartement de mademoiselle de Lostange, elle comprend que chacun a repris ses occupations et que la matinée s'avance. M. de Fargy ne sort point; il attend sans doute de ses nouvelles : il faut enfin qu'elle prenne un parti.

Tremblant que le hasard ne lui fasse rencontrer Emmanuel en ouvrant sa porte, Alice s'en approche doucement, puis se rejette en arrière. Il lui semble qu'en quittant sa chambre, elle va y laisser toutes ses espérances; elle la regrette, ou plutôt elle regrette tout espoir de revoir Emmanuel.

Tout à coup, s'armant de résolution, elle se décide à descendre, à envoyer chercher une voiture, et à se faire conduire avec son fils elle ne sait encore où, mais bien loin, bien loin, quelque part où on ne puisse jamais la retrouver.

— Ah! pense-t-elle avec angoisse, que de précaution pour fuir ce qu'on ne voudrait jamais quitter...

Alice entr'ouvre doucement la porte, laissant après elle tout ce qui lui appartient :

— Je l'enverrai chercher plus tard, pense-t-elle; dans

quelques jours il sera parti; d'ailleurs je suis sûre qu'il ne s'inquiétera pas de moi; que lui importera ce que je suis devenue.

A cette triste réflexion, Alice sent ses yeux se voiler de larmes; elle s'arrête un moment dans l'escalier avec d'autant plus d'effroi que quelqu'un monte et va passer près d'elle.

Elle n'a pas le temps de baisser son voile, quand un cri de surprise et de joie s'échappe de la bouche de cette personne.

— Madame! mademoiselle de Lostange, je vous retrouve donc enfin!

— Oh! silence, Monsieur, s'écrie Alice avec terreur; silence, Monsieur! ne me nommez pas! Par pitié pour mon malheur, par respect pour une femme outragée, quittez-moi! ne dites pas dans cette maison que vous me connaissez, et laissez-moi sortir.

— Je ne puis vous obéir, Madame, répond M. de Marigni respectueusement; je ne puis vous laisser sans que vous me permettiez de vous revoir. Il est impossible que la pénible situation qu'on vous a faite reste ainsi, et je vous jure que justice vous sera rendue.

— Pas un mot de plus, Monsieur, je vous en conjure, j'éprouverais une répugnance extrême à entendre encore parler de ce qui s'est passé!

— Vous n'êtes pas seule, Madame, vous vous devez à votre fils. Vous ne pouvez refuser pour lui que...

— Ah! laissez-moi, laissez-moi! s'écrie Alice en regardant avec terreur autour d'elle; vous ne savez pas, Monsieur, tout ce que me fait souffrir votre insistance.

— Encore un mot, Madame, et je vous obéis : je vous ai cherchée bien longtemps; le hasard, car je viens voir quelqu'un dans cette maison, le hasard me fait vous rencontrer. Vous logez ici?

— Oui, oui, répond Alice ; revenez, Monsieur, je vous verrai, je...

Et Alice s'élance dans la rue sans attendre qu'on aille lui chercher une voiture.

La pluie tombait alors avec une espèce de furie, les éléments semblaient déchaînés, et cependant la pauvre jeune femme paraissait n'y faire aucune attention. Elle ne la sentait pas, et l'instinct maternel l'engageait seulement à cacher le petit visage de son fils, qu'il appuyait contre l'épaule de sa mère. Elle qui craignait tant pour lui ne faisait aucune attention à la pluie qui l'inondait ; elle ne s'occupait pas davantage de l'étonnement du peu de personne qu'elle rencontrait : car ce n'était plus seulement M. de Fargy qu'elle fuyait, c'était encore M. de Marigni. Sa vue lui avait rappelé toutes ses douleurs ; n'était-ce pas l'affreuse position où l'avait placée M. de Sommerville qui la réduisait à fuir ce qu'elle aimait? Ses yeux et son cœur étaient gonflés de larmes, et elle marchait toujours avec une telle rapidité, qu'elle se trouva bientôt loin de l'hôtel de Bellevue. Mais il lui fallait un abri, et, remarquant un écriteau qui annonçait une maison garnie, elle entra.

La beauté d'Alice était si frappante, sa tournure si distinguée, que ce ne fut qu'en hésitant que la maîtresse de la maison lui répondit qu'elle n'avait point de place. Alice s'aperçut alors que son fils était entièrement trempé.

— Madame ! Madame ! s'écria-t-elle, quelque modeste que soit l'abri que vous puissiez m'offrir, donnez-m'en un, ne fût-ce que pour quelques jours. Vous ne pouvez me refuser : que craindriez-vous de moi? Je payerai ce que vous me demanderez, ce que vous voudrez.

— Je ne loue pas au jour, reprit l'hôtesse, et si vous voulez prendre pour un mois, en payant...

Alice jeta quelques écus sur la table.

En entrant dans la chambre où on la conduisit, elle ne remarqua pas d'abord sa tristesse et sa pauvreté; mais quand elle fut un peu calmée, quand son Albert fut séché et couché dans un bien mauvais lit, où il s'endormit cependant de suite, Alice jeta alors un regard de profonde douleur autour d'elle. Elle n'avait jamais connu la misère, jamais elle n'avait senti ce besoin d'argent qui blesse plus par l'humiliation qu'il cause que par les privations qu'il impose.

La pluie continuait à tomber. L'humidité de cette chambre était extrême, elle donnait sur une petite cour étroite et le jour qui tombait arrivait à peine jusqu'à la croisée. Alice ne savait à qui s'adresser pour avoir quelques aliments; elle n'avait rien pris de la journée. Dans la maison qu'elle venait de quitter, elle s'était arrangée de manière à ne pas avoir à s'occuper de tous ces détails de ménage; elle était donc tout à fait inhabile à lever ces petites difficultés. Elle mourait de faim et de froid, et sa plus grande terreur était d'ailleurs de tarir le lait nécessaire à son fils; cependant elle demeurait toujours inactive et tremblante, la faiblesse lui causait une espèce d'anéantissement sans douleur qu'elle ne cherchait pas à vaincre. Tout à coup on frappa à sa porte.

— Je ne sais pas son nom, entend-elle prononcer par l'hôtesse dont Alice reconnut la voix, et peut-être vous trompez-vous, Madame.

— N'importe, n'importe, reprit une autre voix de femme, laissez-moi frapper moi-même.

Alice se précipita vers la porte, ouvrit et tomba dans les bras de madame de Belmance.

ALICE DE LOSTANGE

A LA VICOMTESSE DELPHINE DE LAUNAY.

Paris, 8 novembre 18...

Sais-tu, Delphine, d'où je recommence à te confier ma position, ou plutôt à la confier à un papier qui ne te parviendra peut-être pas? Sais-tu enfin d'où je t'écris?... de chez madame de Belmance, de sa maison de campagne où elle m'a emmenée. Comment suis-je arrivée à me retrouver sous cette protection si douce et si chère? Comment suis-je sortie du triste abandon où j'étais plongée? Il me semble que ce serait un doux rêve dont je tremblerais de sortir, si la certitude désolante qu'enfin M. de Fargy sait toute la vérité, ne venait troubler toute ma joie.

Oui, Delphine, cette certitude est si poignante pour moi que je préférerais, je crois, tu vas me traiter d'insensée, et je le mériterais bien, oui, je préférerais être demeurée dans la triste situation où je me trouvais que d'avoir à rougir devant Emmanuel. Mais je veux faire taire toutes les susceptibilités de mon orgueil, et la résignation doit être au moins la vertu de celle qui s'est perdue elle-même.

Par une fatalité qui m'a fait perdre presque la raison, au point que je ne savais plus ce que je faisais, en descendant l'escalier de l'hôtel de Bellevue, en fuyant M. de Fargy, j'ai rencontré M. de Marigni. Te dire ma crainte qu'Emmanuel ne descendît dans ce moment, te peindre ma répugnance ou plutôt ma terreur à la vue de M. de Marigni, le sentiment de colère et d'indignation qui me saisit en entendant prononcer le nom de M. de Sommerville? Car il me semblait que cet homme

venait de détruire encore une fois toute espérance de bonheur pour moi, et, pour la première fois peut-être, je le
haïssais.

Je n'ai pas besoin de te dire la hauteur avec laquelle
je repoussai même la pensée d'entendre parler de réparation ou de dédommagement.

Ah! je suis trop convaincue qu'il est des choses que
l'on ne peut réparer; et quand je verrais M. de Sommerville à mes pieds, quand il viendrait m'offrir de rendre
un père à mon fils, je refuserais de lui en donner un aussi
méprisable, je refuserais de pardonner à celui qui m'a
rendue indigne de l'estime et de l'amour d'Emmanuel.

Je parvins à échapper à M. de Marigni, en lui promettant de le revoir, mais je n'en fus que plus empressée à
sortir de la maison. Je crois que je serais devenue folle
alors, si j'avais pensé que c'était pour M. de Fargy qu'il
venait à l'hôtel de Bellevue.

La pluie tombait avec fureur, je ne m'en mis pas moins
à fuir. Moi qui aime mon fils plus que ma vie, quelquefois plus que mon honneur, je ne pensais pas au mal que
pouvaient lui faire les torrents d'eau qui tombaient sur
lui. Il ne pleurait pas : rien n'égale la douceur de cet enfant. Cependant je sentis que les forces me manquaient,
et apercevant enfin, car jusque-là je ne voyais rien, apercevant l'enseigne d'une obscure maison garnie, j'y entrai.

On faillit ne pas me recevoir; cependant la vue de
quelques pièces d'argent m'a fait ouvrir une chambre, et
quelle chambre, mon Dieu! Ah! quand je verrai la misère des autres, j'espère que je me souviendrai de cette
chambre, de son pavé humide, de ses murailles recou-
vertes d'un papier sale et déchiré, et surtout du grabat
sur lequel j'ai couché mon fils.

Je ne m'étonnai pas, en revenant sur moi-même, de la
difficulté qu'on avait faite de me recevoir : j'étais dans

un tel état d'égarement que je devais faire naître les
soupçons les plus extraordinaires.

Je passai, près du lit où s'était endormi mon fils, des
heures que je n'oublierai jamais. Je ne versais pas une
larme, ce que j'éprouvais était à la fois de la honte et un
amer regret.

Tout à coup on frappe à ma porte, je reconnais une
voix amie. Ah! tout mon orgueil fut vaincu, une joie
presque sans mélange entra dans mon âme, en me sentant pressée par les bras de madame de Belmance; oui,
c'était elle : j'oubliai tout, j'oubliai qu'en me retrouvant
madame de Belmance allait savoir toute la vérité; j'oubliai que peut-être en l'apprenant, cette humiliante vérité, elle allait me trouver indigne de son amitié.

— Alice! chère et cruelle Alice! répétait-elle en es-
suyant mon visage baigné de larmes, est-il possible que
je vous retrouve dans un pareil lieu !

Et, ne se bornant pas à s'occuper de mes chagrins, elle
fit allumer un feu petillant dont elle me força à m'approcher; puis elle fut au lit où reposait mon fils, et, le regardant avec tendresse, elle dit :

— Pauvre enfant! toi aussi nous t'aimerons.

— Ah! si vous saviez, m'écriai-je en cachant mon
visage dans mes mains; ah! si vous saviez ce que je suis
devenue; si vous saviez qu'Alice de Lostange est déshonorée!...

— Ce que je sais, interrompit madame de Belmance
gravement, c'est qu'Alice de Lostange est toujours digne
de respect et d'amitié, et que sa chute, qui fut l'ouvrage
d'un homme méprisable, a montré toute la noblesse de
son caractère. Alice, ne me voulez-vous plus pour amie?

Je me rejetai en sanglotant dans ses bras; elle aussi
pleurait, et, quand nous fûmes plus calmes l'une et
l'autre, voilà ce qu'elle m'apprit :

« — Très-inquiète de ne pas voir mon frère, ni d'en recevoir des nouvelles, je pris le parti d'en venir chercher, et j'arrivai directement chez lui. On me prit pour sa mère, continua madame de Belmance en souriant, et l'on me laissa monter sans m'accompagner. J'entendis parler vivement, et, quand j'entrai dans la chambre, je trouvai Emmanuel très-pâle et paraissant fort agité. Il fit peu d'attention à moi, lui qui, comme vous le savez, m'aime avec tant de tendresse. La personne qui était près de lui, et que je ne connaissais pas, était un jeune homme qui paraissait fort embarrassé et encore plus touché.

« — Eh bien, monsieur de Marigni, dit Emmanuel, aurez-vous enfin la bonté de vous expliquer? La présence de ma sœur ne peut vous retenir. Vous êtes entré ici tellement ému, que vous en avez perdu toute prudence, et que vous avez prononcé un nom que vous voudriez peut-être taire maintenant. Vous m'avez demandé si j'avais aperçu quelquefois une jeune dame qui demeure dans cette maison. Cette jeune personne est Alice de Lostange. L'y veniez-vous chercher, ou est-ce chez moi?...

« — Alice de Lostange? m'écriai-je à mon tour.

« Emmanuel me fit signe de garder le silence.

« — Oui, Alice de Lostange, répéta mon frère d'une voix tremblante, Alice de Lostange que j'ai retrouvée dans cette maison avec un enfant au berceau. Parlez, monsieur de Marigni, que signifie tout ceci? Où est le marquis de Sommerville? Vous devez nous instruire, car mademoiselle de Lostange est l'amie de ma sœur, elle est partie de chez elle pour épouser le marquis de Sommerville. C'était un ange alors qu'Alice...

« — C'est un ange encore aujourd'hui, s'écria Armand de Marigni.

« Le visage d'Emmanuel s'éclaircit. Ah! je vous l'atteste, Alice, mon frère était bien malheureux de vous soupçonner coupable. M. de Marigni hésitait cependant à parler; mais enfin, vaincu par nos instances, il nous confia toute la vérité.

« — Le misérable! répétait mon frère, dont les lèvres tremblantes et pâles dénotaient la vive émotion et la colère. Mais que voulez-vous donc encore à mademoiselle de Lostange, monsieur de Marigni? Est-ce que votre ami vous envoie? Est-ce qu'il veut bien ajouter quelques louis de plus au prix auquel il a tarifé le déshonneur d'une femme dont il n'a jamais été digne?

« — Je ne venais rien proposer à mademoiselle de Lostange, reprit M. de Marigni, puisque j'ignorais qu'elle fût dans cette maison. Après son départ, et l'avoir vainement cherchée, j'écrivis au marquis de Sommerville. Si vous aviez lu ma lettre, monsieur de Fargy, vous ne m'accuseriez pas de donner le titre d'ami au marquis de Sommerville. Je lui marquais que mademoiselle de Lostange était disparue, après m'avoir renvoyé le contrat de rentes qu'il m'avait chargé de lui offrir. J'ajoutais qu'elle le méprisait trop pour vouloir rien accepter de lui. Soit que le marquis ait voulu comprendre que si mademoiselle de Lostange refusait, c'est qu'il ne s'était pas montré assez grand, assez généreux ; soit qu'un reste de conscience le tourmentât, il m'écrivit de nouveau, me suppliant de faire de nouvelles tentatives auprès d'elle; il ajoutait que, peut-être avec le temps, il lui offrirait une autre réparation. Je n'ai rien répondu, quoiqu'il m'ait adressé deux autres lettres, et c'est cependant cette nouvelle proposition que je voulais communiquer à mademoiselle de Lostange ; mais elle n'a rien voulu écouter, elle m'a fui avec un effroi rempli d'indignation, et s'est précipitée hors de l'hôtel sans que j'osasse essayer de la retenir.

« — Quoi! me suis-je écriée, et par cet horrible temps, où serait-elle allée, puisqu'elle demeure dans cette mai-

13

son ; elle est sans doute revenue et doit être chez elle.

« Je sonnai précipitamment. On ignorait dans l'hôtel
que vous fussiez sortie ; je me fis conduire à votre appartement, la clef était à la porte et j'entrai. Il était impossible de s'y tromper, tout y était préparé pour un départ :
l'argent déposé sur votre secrétaire, avec la note de ce que
vous deviez à l'hôtel ; tout prouvait que vous ne vouliez
pas revenir.

« Je retrouvai M. de Marigni réellement inquiet, et
mon frère, mon frère que j'avais toujours vu si calme,
était dans un état d'exaltation impossible à rendre. Il
s'accusait de votre fuite, il s'accusait de s'être montré
indiscret, et répétait sans cesse : « Elle est partie pour ne
pas me voir, elle est partie pour ne pas m'entendre ; elle
me hait, oui, elle me hait ! »

Madame de Belmance me regardait tout en parlant, et,
quand elle me vit rougir sous mes larmes, elle ajouta
doucement :

« — Alice, je ne le crois pas. Qui pourrait haïr mon
frère ? qui pourrait haïr Emmanuel, le meilleur des
hommes !

« Enfin, continua madame de Belmance, je pensai à
faire de pressantes démarches pour vous retrouver. Mon
frère voulut m'accompagner, et, persuadés l'un et l'autre
que par un temps aussi affreux vous n'aviez pu quitter le
quartier, nous vous cherchâmes dans tous les hôtels jusqu'à ce que nous arrivâmes à cette obscure maison. Je ne
voulais même pas m'y arrêter, ne pouvant croire que
vous y eussiez cherché un asile, mais Emmanuel insista ;
il ne voulait rien négliger.

« Ah ! quelle a dû être sa joie, Alice, quand il a appris
que vous étiez enfin retrouvée. J'avais chargé quelqu'un
de la maison de courir le lui apprendre dans la voiture
où il était resté à m'attendre ; il sera parti rassuré, mais

toujours au désespoir, puisqu'il est persuadé que c'est lui surtout que vous fuyez.

« Nous sommes convenus qu'il quitterait l'hôtel de Bellevue pour que vous puissiez y revenir. Ainsi, Alice, rien ne vous arrête ici. »

— Comme il doit me mépriser! m'écriai-je en pleurant; il doit penser qu'un fol amour m'a seul entraînée; il doit penser que j'aimais...

— Que vous connaissez mal mon frère, interrompit madame de Belmance gravement; à vingt-six ans, il juge avec prudence et ne condamne pas sans entendre. Pensez maintenant qu'il sait la vérité tout entière. Pauvre Alice, si vous aviez deviné!... Mais une fatalité vous a entraînée... Allons, quittons cette maison, ajouta-t-elle, venez chercher un peu de repos, vous en avez bien besoin; je prendrai l'appartement qu'occupait mon frère, et y resterai jusqu'après son départ pour l'Afrique. Quand vous serez un peu remise et plus calme, je vous emmènerai à la campagne avec moi, et si mes soins et mon amitié ne peuvent vous rendre le bonheur, j'espère que vous retrouverez au moins un peu de tranquillité.

Pendant l'agitation à laquelle j'avais été en proie depuis quelques heures, je n'avais pas senti toute l'étendue de mes souffrances physiques; mais, de retour dans ma maison, hélas! le malheureux appelle sa maison son domicile d'un jour, quand je fus couchée, je fus prise d'une fièvre tellement violente, qu'au bout de quelques heures j'étais en proie à un complet délire. On m'ôta mon fils, et, dès ce moment, madame de Belmance. qui est bonne comme les anges, s'est chargée de lui et l'a confié à une femme qui habite chez elle, à la campagne.

Juge, Delphine, si j'étais en délire : je ne me suis pas aperçue qu'on m'enlevait mon fils, je ne l'ai pas redemandé avec des larmes de sang et de désespoir! Je n'a-

vais aucune conscience de ce qui se passait autour de moi,
je ne reconnaissais personne, et cependant il me semble,
j'ai un vague souvenir que quand je me débattais contre
le mal terrible qui me brûlait, des paroles de tendresse
frappaient doucement ma raison égarée. Il me semble
sentir encore sur ma main brûlante couler des larmes
qui parvenaient parfois à me calmer, et, au travers de
l'épais nuage qui obscurcissait mon intelligence, je croyais
voir Emmanuel, toujours Emmanuel, et le jour et la nuit.
Il me semble aussi qu'il me disait, oh! folle que je suis!
il me semble qu'il me disait qu'il m'aimait depuis le premier jour où il m'avait vue, et que si je mourais il
mourrait avec moi. Il me semble également que je lui
avouais que je l'aimais. Tu comprends bien que toutes
ces rêveries sont impossibles, puisqu'au milieu de ma
souffrance je me trouvais parfaitement heureuse.

Tout cela était un songe, et, depuis que la connaissance
m'est revenue, depuis que la fièvre m'a quittée, mes rêves
n'ont plus de bonheur, je m'endors de fatigue et d'abattement, mais je ne revois plus Emmanuel.

J'ai redemandé mon fils avec instance, et madame
de Belmance m'a répondu qu'il était bien, parfaitement
bien. Cependant j'ai bien pleuré en songeant qu'il était
nourri maintenant par une autre femme. Hélas! mon lait
est tari. J'ai tant pleuré, tant souffert et je souffre tant
encore!

Certes, je suis heureuse de me sentir sous la protection
d'une femme aussi dévouée, aussi bonne que madame de
Belmance. Cependant mon cœur se serre péniblement,
en pensant à quel prix j'ai acheté cette protection. Elle
connaît mon imprudente conduite, et encore si elle était
seule à la connaître, mais M. de Fargy la sait aussi!

Je ne l'ai point revu; sans doute il a craint de m'em-
barrasser, de me faire rougir, et il n'a point demandé à

me faire ses adieux ; il est parti pour l'Afrique pour ne revenir jamais peut-être.

Ce fut encore un cruel jour que celui où il est revenu pour la dernière fois dans la maison que j'habite. Madame de Belmance était auprès de moi quand on vint l'avertir que quelqu'un la demandait. Ma convalescence était commencée ; je ne souffrais presque plus, mais je sentais cette faiblesse douloureuse qui émousse même jusqu'aux peines morales ; je répondais à peine aux paroles amicales de madame de Belmance, qui, toujours attentive et bonne, cherchait à me distraire et à me ranimer. Elle me quitta ; je devinai qu'elle allait rejoindre son frère. Je restai au coin de la cheminée, la tête appuyée contre la cloison qui sépare ma chambre de celle de madame de Belmance, et le silence était si profond autour de moi, que je pus entendre ce qui se passait.

— Pauvre Emmanuel, disait madame de Belmance, je sens qu'il te faut du courage, mais que veux-tu faire contre l'irrévocable ?

— L'irrévocable ! répétait Emmanuel, il n'y a ici d'irrévocable que la résolution d'Alice ! Ne l'a-t-elle pas exprimée ? Je la respecte trop pour croire qu'elle en reviendra jamais. Au surplus, je pourrais tuer cet homme, et...

— Mon frère ! s'écria madame de Belmance, vous fermeriez toute route au repentir. De quel droit vous feriez-vous le défenseur d'Alice ? D'ailleurs il se peut qu'une réparation rende un père à ce malheureux enfant.

— Quel père ! s'écria M. de Fargy avec indignation. Si je connais bien mademoiselle de Lostange, elle repoussera toute proposition de M. de Sommerville... Mais peut-être, ajouta-t-il en soupirant, peut-être l'aime-t-elle encore.

— Vous savez bien le contraire, Emmanuel ; vous savez bien que dans sa maladie...

— Elle était en délire, ma sœur, et d'ailleurs qu'ai-je fait pour qu'elle m'aime ? Si seulement elle savait que je donnerais ma vie pour qu'elle fût heureuse ! Ah ! ma sœur, si je trouve la fin de ma vie sur cette terre d'Afrique, qui a été si funeste à tant d'autres, tu lui diras que je l'aimais, pour qu'au moins elle me pleure avec toi. Et toi, ma sœur, toi qui es si bonne, si généreuse, sois pour elle une mère, une amie ; soigne-la, garantis-la de tout péril : c'est la plus grande preuve de tendresse que tu pourras me donner.

Il se prépara alors à la quitter. J'entendis murmurer les mots d'adieu au milieu de sanglots et de larmes. Et moi, je ne pleurais pas, Delphine : je n'étais pas assez heureuse pour pouvoir pleurer ; mais je sentis un poids si affreux oppresser ma poitrine, une douleur si déchirante me saisir, que j'eusse voulu mourir pendant qu'Emmanuel était encore là. A un cri de moi il pouvait revenir. Alors, oh ! alors, je crois que je me serais jetée dans ses bras en lui criant : « Je t'aime, je n'ai jamais aimé que toi ! »

Mais il partit ; j'entendis fermer la porte de la chambre où il laissait sa sœur, je l'entendis s'arrêter un instant, quand il passa devant la mienne ; j'eus un moment de fol espoir... Que m'aurait-il dit que je ne susse, hélas ! trop bien ? Un obstacle insurmontable ne s'élève-t-il pas entre nous ? Il le sentit si bien, qu'il s'éloigna. Ses pas résonnèrent quelques moments dans l'escalier, puis je n'entendis plus rien, rien que les sanglots de sa sœur, qui s'unirent enfin aux miens.

Madame de Belmance resta encore longtemps loin de moi, sans doute pour se calmer, et cependant, quand elle revint, il était encore facile de retrouver la trace de ses larmes ; mais elle ne prononça pas une seule fois le nom d'Emmanuel.

Elle a raison de ne pas me parler de lui, et sa sévérité blâme sans doute son amour pour moi. Aimant son frère comme elle l'aime, c'est une femme plus digne d'estime que moi qu'elle doit lui désirer pour épouse.

Le lendemain du départ de M. de Fargy, M. de Marigni m'écrivit pour me faire part des nouvelles propositions de M. de Sommerville. C'est peut-être une injustice, mais je lui en veux de ce qu'il ait cru nécessaire de les renouveler parce qu'elles sont plus avantageuses. Peut-il croire que je mette la moindre valeur à ce qu'il me dit de ramener M. de Sommerville à une réparation plus convenable? Madame de Belmance était là, quand je reçus cette lettre.

— Ah! m'écriai-je, n'est-il pas cruel de me rappeler mon déshonneur? n'est-ce pas m'offenser encore de renouveler de telles propositions? Je ne veux entendre parler d'aucune réparation!

— Chère Alice, observa gravement madame de Belmance, ce n'est pas votre intérêt seul qu'il faut que vous écoutiez. Celui de votre enfant doit passer avant tout; avant vos répugnances, avant votre ressentiment.

— Oh! jamais, jamais, répondis-je, je ne consentirai à passer ma vie avec un homme que je méprise. Ma résolution est irrévocable!

— Dites-moi, Alice, reprit madame de Belmance en souriant, soyez vraie comme il est dans votre caractère de l'être : si vous aimiez le coupable, ne lui pardonneriez-vous pas? Votre ressentiment n'est-il si implacable que parce que le criminel ne vous est plus cher?

— Chère Madame, je vais vous paraître bien plus coupable encore, répondis-je, car je n'ai jamais aimé Roger. Je sais que mon fils n'aura que moi pour appui, mais j'espère en mon courage, et je préfère qu'il n'ait point de père à en avoir un méprisable. Ainsi M. de Sommerville m'offrirait toutes les réparations possibles que je les refuserais.

— Eh bien, ma chère Alice, partons donc dès demain pour retrouver ce cher enfant, votre seul trésor; pourtant, je vous en conjure, ne prenez plus aucune résolution sans avoir consulté ma sincère amitié.

Nous partîmes en effet pour Montmorency, où est située la maison de madame de Belmance. Je trouvai mon fils plein de santé et de vigueur; quoique plus de quinze jours se fussent écoulés depuis ma séparation d'avec lui, je m'imaginai qu'il me reconnaissait, et j'en fus bien heureuse.

La maison que nous habitons, quoique assez petite, est commode de distribution. Elle est entourée de grands bois et de promenades charmantes. Nous y sommes seules, madame de Belmance et moi. Elle n'y passe pas ordinairement l'hiver. M. de Belmance est à Paris, où ses occupations le retiennent; car toute cette famille s'occupe, et leur fortune est médiocre. Eh bien, j'en suis convaincue, Delphine, ce n'est que dans la médiocrité qu'on trouve le vrai bonheur. J'ai vu de près des gens très-riches et qui n'avaient qu'à désirer pour avoir, et j'ai toujours reconnu la satiété et l'ennui se mêler à leur opulence. J'oubliais que tu étais riche, Delphine, c'est que je crois que tu fais un bel usage de ta richesse, et je t'aime aussi.

Je passe dans la maison pour une veuve, et ma tristesse, que je ne puis vaincre, paraît ainsi toute naturelle.

Madame de Belmance exerce envers moi l'hospitalité la plus généreuse et la plus aimable, elle me laisse libre de faire de longues promenades, et ne me gronde qu'à cause du mauvais temps que je brave sans cesse afin de rêver à mon aise. Je sais que je pense à qui je ne devrais pas penser, et que mes regrets sont inutiles; car, enfin, ma vie n'est-elle pas pour jamais brisée ? ne suis-je pas condamnée à cacher mon existence ? Hélas ! je ne suis ni fille, ni femme, ni veuve ; et que de personnes penseront que j'ai mérité mon sort ! Il en est peu d'assez généreuses pour plaindre sans blâmer. J'espérais qu'un seul ne me jugerait pas comme les autres, et il m'a fuie sans explication ! Ah ! s'il m'avait aimée comme il l'a dit, il n'eût pas eu tant d'empire sur lui-même.

Mais il faut chasser tous ces souvenirs ; mon devoir est de faire un sort à mon fils : aussi suis-je décidée à ne pas accepter plus longtemps l'hospitalité de madame de Belmance ; il faut que je cherche un autre asile où l'on me permette de me suffire à moi-même. Ne crois pas que je me plaigne d'être obligée de travailler ; avec quel bonheur, au contraire, j'eusse fait usage de mes talents pour et avec une famille qui m'aurait aimée ! Comme j'aurais été fière d'apporter ma part dans cette communauté de travail qui fait de la femme un être utile ! Avec quel bonheur on doit se retrouver le soir, quand on est tous certains d'avoir fait son devoir !

Ah ! Delphine, que cette vie d'ordre et d'occupation m'eût été agréable à mener ! Il est impossible que cette existence utile et réglée n'amène pas la sérénité de l'âme. C'est cette vie que j'ai si souvent rêvée. Mais je me suis fermé, par mon imprudence, tout espoir de bonheur, et je dois me faire une occupation, afin de ne pas continuer d'être à charge. Madame de Belmance n'est pas riche ; la maison que nous occupons a été payée presque entièrement avec les économies de M. de Fargy, son frère. Leur noblesse est ancienne, mais tous deux sont restés de bonne heure orphelins et sans fortune. Madame de Belmance, l'aînée de son frère, lui a servi de mère et l'aime avec une tendresse et une admiration mêlées de confiance. Si tu entendais comme elle parle de lui, non à moi, puisque jamais, dans nos entretiens, son nom n'est prononcé.

Tout ce qui appartient à ce cher Emmanuel est sacré pour sa sœur ; sa chambre et son cabinet de travail restent fermés en son absence, et on ne les ouvre que pour leur donner de l'air. Madame de Belmance prend soin elle-même de quelques raretés que M. de Fargy a rapportées de ses voyages. Souvent elle entre dans la chambre de ce frère chéri, et deux ou trois fois elle m'a vue passer devant la porte restée ouverte, sans que jamais elle m'ait engagée à y pénétrer.

Je m'éloigne toujours tristement, et je ne puis m'empêcher de penser qu'elle désapprouve l'amour qu'il a eu pour moi, et s'il en conserve encore quelques souvenirs, elle les blâme aussi sans doute.

Mais qui me dit qu'il m'aime encore ? Voilà trois mois qu'il est parti, et pas un mot, pas une preuve qu'il s'intéresse à moi ; et cependant il sait que je l'aime. Cette pensée ferait ma honte, si M. de Fargy n'était pas le plus noble, le plus loyal des hommes. Il faut même te l'avouer, Delphine, j'éprouve parfois presque du bonheur à m'avouer qu'il connaît ma faiblesse.

.   .   .   .

Delphine ! Delphine ! que ne peux-tu lire la lettre que je viens de recevoir à l'instant même. Peut-être me donnerais-tu un conseil. Tu ne serais pas entraînée comme moi par la passion, par l'amour que j'éprouve pour Emmanuel, et tu me dirais sans doute que je ne dois pas accepter, que je ne puis abuser de tant de dévouement. Que peut-être un jour je me repentirais d'avoir cru à une générosité qui touche presque au sublime. Eh bien, tu aurais raison, et je vais refuser.

Refuser, oh ! mon Dieu, mais c'est le désespoir de toute ma vie, c'est l'arrêt de ma mort que je vais signer ; jamais rien ne pourra me consoler, pas même mon fils. Oui, Del-

phine, même mon fils; car, vois-tu bien, j'aime Emmanuel de toutes les puissances de mon âme, et pour être à
lui, à lui seulement un mois sans la crainte qu'il cesse de
m'aimer, que le souvenir du passé ne vienne troubler sa
confiance et son amour, oui, Delphine, pour lui appar-
tenir ainsi seulement un mois, je donnerais toutes les
années que Dieu peut vouloir m'accorder.

Mais tout ce que j'écris là, ma chère Delphine, prouve
mon peu de courage. Je le sais, on ne doit pas balancer à
faire son devoir, et mon devoir n'est-il pas de ne point
unir la noble destinée d'Emmanuel à la mienne, déjà si
flétrie; cependant, malgré moi, mon cœur se déchire à la
seule pensée de renoncer à lui.

EMMANUEL DE FARGY

A ALICE DE LOSTANGE.

Constantine, 19 février 1840.

Écoutez-moi, Alice, écoutez-moi, sans effroi, sans indignation. Oui, sans indignation, car je suis forcé d'écrire
un nom qui doit vous inspirer un profond mépris. Je vais
l'écrire, ce nom, mais une seule fois, sachez-le bien, et il
ne doit jamais ensuite être prononcé entre nous. Pardonnez-moi donc, je vous le demande à genoux.

Quand je vous vis pour la première fois, Alice, je fus
peut-être moins frappé encore de votre admirable beauté
que de l'expression de candeur et d'ingénuité qui s'unis-
sait sur votre doux visage à l'intelligence la plus déve-

loppée, à la finesse la plus aimable. Je vous aimai, Alice, je vous aimai avec la profondeur que je porte dans tous mes sentiments, et, quelque rapide que fût l'amour qui m'entraînait vers vous, je sentis de suite qu'il ferait le destin de ma vie. Je n'avais point usé ma jeunesse dans ces amours d'un jour dont on évite le souvenir ; je n'avais promis à personne ce que je sentais que je n'aurais pas tenu, et je pouvais, sans remords, attacher tout mon bonheur, toutes mes espérances à faire de vous ma compagne adorée.

Vous vous en souviendrez, Alice, huit jours se passèrent avant que je ne me rencontrasse avec le marquis de Sommerville, avant que je ne connusse les relations qui existaient entre vous. Durant ces huit jours, je m'enivrai de mon amour, je me berçai d'espérance ; nos goûts étaient les mêmes, nos occupations avaient le même charme. Remplie de talents et de grâces, je sentis que je serais fier de vous, et cependant je sentais aussi que, toute belle que vous fussiez et si bien faite pour briller dans la position la plus élevée, vous ne refuseriez point le modeste sort que je pouvais vous offrir. Ma naissance était digne de la vôtre, ma sœur vous aimait comme si vous étiez sa fille ; quel obstacle pouvais-je prévoir ?

Hélas ! la première fois que je vis M. de Sommerville auprès de vous, je devinai, non son amour, je n'honorerai jamais de ce nom le sentiment qui le guidait, mais je devinai ses projets. Si vous aviez été ma parente, si je n'avais pas ressenti un violent amour, peut-être me serais-je jeté à vos genoux et vous eussé-je crié : Fuyez cet homme, il veut vous tromper. Mais on m'apprit qu'il allait vous épouser, mais on me dit que vous l'aimiez ; ma sœur vantait les vertus du marquis, l'âme de ma sœur n'était pas faite pour comprendre celle de cet homme. Alors je m'ordonnai d'étouffer mon amour, et, durant ce

peu de jours que je restai près de vous, je tâchai de me
contraindre, et je sus me taire.

Vous ne comprendrez jamais ce que j'ai souffert quand
j'appris votre fuite! Mon désespoir effraya ma sœur, et lui
apprit combien vous m'étiez chère.

Dès ce moment, je fus résolu à ne jamais me marier, et
nous arrêtâmes aussi de ne jamais prononcer votre nom,
ni pour le blâme, ni pour l'éloge. Cependant la haine que
j'éprouvais pour le marquis était si violente que je n'a-
vais aucun droit sur vous.

Plus tard, ma sœur m'apprit qu'elle vous avait vue à
Paris; que M. de Sommerville était votre époux. Jugez
donc de l'étonnement que je dus ressentir quand je vous
retrouvai dans un hôtel garni, quand vous vous précipi-
tâtes dans mes bras, quand vous me parlâtes de votre fils.
Je vous crus victime d'une séduction ordinaire, et moi,
qui méprise le duel et cette manière brutale de vouloir se
venger, j'étais décidé à vous offrir ma vie, ma fortune,
pour vous faire rendre justice. Ah! je sentis bien alors
combien vous m'étiez toujours chère.

Sans m'expliquer l'abominable ruse dont vous aviez été
la victime, jamais, je crois, je ne vous soupçonnai réellement d'avoir manqué à ce que vous vous deviez à vous-
même; et, sans rien comprendre, je fus persuadé que
vous aviez été trompée.

Le récit de M. de Marigni me convainquit que je vous
avais bien jugée, et quand je retournai en Afrique, mon
parti était pris au fond du cœur, mais je voulais vous
laisser renaître au calme et à la confiance; je ne commu-
niquai mes projets à personne, parce qu'il me semble que
c'est presque consulter, et parce qu'il n'est pas dans mon
caractère d'hésiter lorsque j'ai pris un parti que je crois
celui de l'honneur; mais ici, Alice, le devoir s'accorde
avec l'amour.

Vous avez été bassement trompée, et vous êtes aussi
pure à mes yeux que le jour où Dieu accueillit votre première prière. Alice de Lostange, je vous demande à genoux de me confier votre bonheur et de me regarder
comme le père de votre fils.

Si vous y consentez, il n'en connaîtra jamais d'autre ;
jamais personne ne pourra venir réclamer aucun droit sur
lui, droits que j'abolis en lui donnant mon nom. Notre
mariage sera censé dater d'une année, non pour vous ni
pour moi, mais pour notre enfant, et dès aujourd'hui,
songez que, si vous le voulez, vous êtes la mère de mon
fils.

Ma sœur sera bien heureuse quand elle saura le parti
que j'ai pris ; l'oubli le plus profond s'étendra sur le
passé ; je ne vous dirai point que j'essayerai de faire taire
le misérable qui voudrait se vanter de vous avoir perdue
en l'appelant en duel ; non, Alice, non, je méprise trop
cet homme, et je crois que l'existence que je veux vous
consacrer devient assez précieuse pour ne pas la risquer au
hasard d'une arme ; mais je vous en donne ma parole,
Alice, je saurai trop vous faire respecter, je vous respecte
trop moi-même, pour qu'on ose vous affliger ou même
vous offenser, ne fût-ce que d'un regard ; on a pu abuser
de l'innocente confiance d'Alice de Lostange, mais jamais
on n'osera toucher à la dignité de madame de Fargy.

Maintenant, Alice, vous tenez entre vos mains la destinée de trois personnes ; d'un mot vous pouvez me faire
le plus heureux ou le plus malheureux des hommes. Cependant, que cette crainte ne vous arrête pas, je sais souffrir. Ne me répondez qu'une ligne, qu'elle m'apprenne si
je suis aimé ; car je vous connais, Alice, vous êtes trop
noble et trop vraie pour accepter ma vie, si vous ne pou-
viez me donner le bonheur. Pour prix de mon amour
que vous condamnerez au silence, si vous me refusez, re-

gardez-moi au moins comme un frère, comme un ami, et promettez-moi de ne pas fuir Henriette.

Si je ne deviens pas votre époux, je ne reviendrai que quand je n'aurai plus d'amour pour vous. Je vous jure sur l'honneur que, loin de chercher à caresser ma blessure, je ferai tout pour la guérir; ne serai-je pas trop heureux encore en restant votre ami? Cependant...

Je m'arrête, Alice, soyez libre, libre même de me désespérer. Le ciel m'est témoin que, quel que soit le parti que vous preniez, je n'en bénirai pas moins le jour où je vous ai vue pour la première fois.

Dans un mois je serai à vos pieds, si vous le permettez, ou pour jamais éloigné de ma patrie.

Mais non, Alice, ne croyez pas ce que je vous écris, je pourrai encore connaître des jours tranquilles, même n'étant pas votre époux, et quel que soit le parti que vous prendrez, je le respecterai, et je n'en resterai pas moins le protecteur de votre fils, s'il a besoin de protection, car un autre parviendra sans doute à vous rendre heureuse. Qui ne serait fier de mettre son existence à vos pieds.

J'attends votre décision, Alice.

XII

Une neige souillée de boue, une de ces neiges qui ne fondent qu'à demi sous un vent froid et chargé de brouillards ; une de ces neiges qui refroidissent autant l'imagination que le corps couvrait les rues de Paris, et leur prêtait cet aspect désolant qui réagit d'une manière marquée sur les personnes d'une santé délicate et d'une humeur mélancoliques ou mécontentes d'elles-mêmes.

Aussi le marquis de Sommerville, assis près d'un feu dont le bois noircissait sans brûler et qu'il attisait à chaque instant avec une distraction maussade, tirait, au moins pour la dixième fois depuis une heure, le cordon de la sonnette attaché à sa cheminée. Baptiste, cet ancien serviteur que nous connaissons déjà, accourut avec l'empressement que le zèle inspire, cependant, bien persuadé d'avance que l'ordre qu'il allait recevoir ne serait pas plus important que ceux que le marquis venait de lui donner plusieurs fois.

Baptiste retrouva son maître comme il l'avait laissé, c'est-à-dire enveloppé dans une ample robe de chambre fourrée, ne se livrant à aucune occupation et blotti dans le coin de son large fauteuil.

M. de Sommerville avait la fièvre, une de ces fièvres lentes qui inspirent avec un malaise général une profonde tristesse, une de ces tristesses qui réagissent autant sur le moral que sur le physique.

— Baptiste, demanda le marquis brusquement, vous ne m'avez pas rendu compte de la commission dont je vous avais chargé !

— Monsieur le marquis m'avait ordonné de ne pas quitter la maison ; j'ai envoyé Augustin, le valet de pied, porter la lettre de monsieur le marquis, et...

— Je sais tout cela, interrompit M. de Sommerville.

— J'ai donné à Monsieur la réponse qu'a rapportée Augustin, M. de Marigni n'était pas chez lui.

— Je sais encore cela ; mais à qui a-t-on remis ma lettre ? J'avais ordonné qu'elle ne fût déposée qu'en mains sûres.

— C'est madame de Marigni qui l'a reçue.

— Madame de Marigni ? M. de Marigni est marié ! et il ne me l'a pas même écrit ! Ah ! fiez-vous aux amis. Celui-là sur qui je croyais pouvoir compter ! C'est bien,

Baptiste, allez, je n'ai besoin de rien dans ce moment.

Baptiste fit quelques pas et s'arrêta pour demander à son maître s'il dînerait chez lui.

—Oui... non... je ne sais... Avez-vous eu soin d'envoyer le bouquet et la corbeille chez la comtesse ?

— Madame la comtesse, Monsieur, dormait encore, on a tout remis à la première femme de chambre.

Baptiste marcha de nouveau vers la porte ; le marquis le rappela.

— C'est une chose bien cruelle, s'écria-t-il, que d'être abandonné à des valets ; on ne m'obéit jamais. Hier le docteur est entré malgré mes ordres, ne le laissez pas pénétrer aujourd'hui ; il me parlerait encore de ma santé de manière à m'impatienter. Je ne sais pourquoi vous avez été chercher cette sévère figure du docteur Richon.

— Monsieur était bien malade, répondit le vieux valet de chambre, je ne savais à qui m'adresser ; madame la comtesse était aux eaux, où Monsieur devait aller la rejoindre, Augustin m'apprit que le docteur Richon était déjà venu chez Monsieur pendant son dernier séjour à Paris, et voilà comment j'ai été le chercher moi-même. Mais, mon Dieu ! j'entends le docteur dans l'antichambre ; Augustin lui aura dit que Monsieur y était ; faut-il ?...

— Non, s'écria le marquis avec impatience, il est trop tard maintenant ; après tout, que me dira-t-il ? J'en serai quitte pour jeter ses ordonnances au feu ; faites entrer... Voilà un bien vilain temps, docteur, dit le marquis en se levant avec la politesse qui lui était habituelle, et vous devez avoir beaucoup de malades.

— Que trop, répondit le docteur en prenant la main amaigrie de Roger. Voyons votre pouls... la fièvre n'a pas augmenté, mais elle n'a pas diminué non plus.

— Ah ! je me sens bien, dit le marquis avec fatigue.

— Comme vous voudrez, reprit le docteur.

Le docteur Richon n'était par d'une sensibilité fort apparente, mais c'était un brave homme au fond, et il ressentait une sorte de répulsion pour le marquis en se rappelant le peu d'intérêt qu'il avait montré envers la jeune femme pour les couches de laquelle il avait été appelé. A cette époque, sans faire de bruit, sans se vanter, il avait montré dans cette circonstance un caractère parfaitement honorable et une véritable bonté. La figure si belle et si distinguée d'Alice, sa parfaite ignorance de toutes les choses de la vie, la tendresse qu'elle avait témoignée à son enfant, avaient profondément intéressé le docteur. Mais trop occupé de son état, trop peu instruit de ce qui concernait cette jeune femme, il s'était retiré quand il avait cru qu'elle n'avait plus besoin de lui.

En retrouvant le marquis assez sérieusement malade, il l'avait soigné avec conscience et empressement, mais il avait hésité à lui parler du passé. D'ailleurs il ne se sentait aucune confiance, aucun attrait pour son malade, à qui il n'avait pas cependant cru devoir cacher que son état deviendrait inquiétant s'il n'y faisait une sévère attention.

Pourtant le marquis continuait à parler de sa santé avec beaucoup de légèreté.

— Il fait froid et très-vilain, ajouta-il, voilà pourquoi vous me trouvez aujourd'hui un peu éprouvé, docteur; car vous me tâtez le pouls avec un sérieux qui ferait croire que vous me trouvez bien malade, cependant il n'en est rien et je me marie demain.

— Vous vous mariez demain! s'écria le docteur en lâchant le poignet du marquis, vous vous mariez demain? Mais vous avez peut-être raison, c'est une garde-malade que vous allez prendre, et comme il est d'usage de partir pour la campagne en sortant de l'église, cela vous sortira au moins de l'atmosphère des salons, qui ne vaut rien pour vous... Pourtant, puisque vous allez vous marier, monsieur le marquis, je dois vous entretenir d'un sujet que j'ai évité d'aborder jusqu'à ce moment, parce que les affaires des autres ne me regardent point ; cependant ici il ne s'agit pas seulement des affaires des autres, c'est un peu la mienne, puisque je suis resté chargé...

— Chargé de quoi ? docteur ; il me semble que vous parlez en énigmes.

— Du tout, du tout, monsieur le marquis, puisqu'il paraît que c'est vous qui manquez de mémoire. Comme j'ai peu de temps à donner à d'autres occupations qu'à celles de ma profession, je viens droit au fait, et vais m'expliquer clairement... Vous allez vous marier, cela ne me regarde pas, et je n'ai ni le droit, ni la volonté de me mêler de vos actions. Ce qu'est devenue la jeune femme que je croyais la vôtre, ce qu'est devenu l'enfant que vous avez eu d'elle, cela ne me regarde pas davantage ; mais à qui faut-il que je remette l'acte de naissance resté entre vos mains ? Quand M. de Marigni vint me payer mes honoraires et les frais que j'avais faits dans cette circonstance, je voulus lui remettre cette pièce, il la refusa en me disant qu'il n'avait plus aucun rapport avec vous. Quant à la jeune femme, il m'apprit qu'elle était disparue et qu'il ne savait où la trouver ; mais que, dans tous les cas, il n'aurait jamais l'audace de lui remettre un pareil acte... Il est vrai, continua le docteur, que cette jeune femme paraissait l'innocence même, et si vous l'aviez vue comme moi, monsieur le marquis, presser son enfant dans ses bras ; elle était bien belle, bien intéressante ! Mais ce n'est point mon affaire. Toujours est-il qu'elle était si bien, si convenable, que si j'avais soupçonné qu'elle fût abandonnée, je n'aurais pas hésité à la présenter à la femme qui lui aurait servi d'appui ; du moins dans le premier moment. Après tout, cependant,

cela ne me regarde pas... Voici l'acte de naissance, continua le docteur en posant un papier sur la cheminée, je
l'avais pris ce matin sur moi, déterminé à vous en parler. Il me reste un conseil à vous donner comme à mon
client. Puisque vous vous mariez, retournez en Italie aussitôt que vous le pourrez ; respirez autant que possible
un air frais et pur ; ne veillez pas ; ne faites d'excès d'aucun genre, ou sans cela votre poitrine s'attaquera sérieusement. Votre pouls est fiévreux, votre figure très-fati-
guée. Avec des soins et beaucoup de ménagements, tout
cela peut se remettre, mais il ne faut pas faire le jeune
homme quand on ne l'est plus.

— Vous me traitez comme un Cassandre, dit Roger en
essayant de sourire, et pourtant je n'ai que quarante-deux
ans. N'importe, je suivrai votre avis ; je tâcherai de me
faire un intérieur et de vivre sagement. De votre côté,
docteur, oubliez toutes mes folies de jeunesse.

— Bien, bien, répondit le docteur, tout cela ne me regarde pas, et je vous salue de tout mon cœur.

Roger, qui avait reconduit le docteur jusqu'à la porte
de sa chambre, revint tristement tomber sur son fauteuil.
Il était las et abattu comme s'il avait fait un violent
exercice.

Tout à coup il fit un mouvement involontaire pour
prendre le papier que le docteur avait posé sur la cheminée, mais il retira la main avec une sorte d'effroi et
comme si ce papier lui avait fait éprouver une sorte de
douleur ; cependant il parut prendre une forte résolution,
s'en saisit et le lut.

— J'ai un fils, un fils de quatre ans ! s'écria-t-il ; qu'est
devenu cet enfant, et où est sa mère ? sa mère, Alice de
Lostange ? Quel mépris elle m'a témoigné et combien elle
doit me haïr !... Je le mérite, continua Roger en baissant
la tête avec abattement, je le mérite ; elle était si confiante

et si pure, tandis que la femme que je vais épouser...
Puis-je les comparer, ajouta-t-il avec une sorte de dégoût.
Pourquoi donc vais-je unir mon sort à celui de cette
femme? pourquoi? Parce que je m'ennuie d'être seul, et
que là, du moins, je me distrais, je m'étourdis sur la
vie que je me suis faite. Mais quand je ne pourrai plus
partager leurs folies, à tous ces amis d'un jour; quand je
serai tout à fait malade, je sais bien que cette femme
m'abandonnera. Cependant que faire? Je me suis trop
avancé avec elle, et je n'ai plus le courage de commettre
même une action raisonnable.

Et Roger resta un instant accablé, anéanti.

La neige avait redoublé, le froid devenait à chaque heure
plus intense; jamais Roger ne s'était senti si accablé et si
malheureux. Et cependant c'était le lendemain qu'il devait signer son contrat de mariage; ce jour même il devait
aussi passer la soirée chez la comtesse pour décider comment on meublerait leur nouvel appartement.

La journée s'avançait : le marquis sonna pour se faire
habiller; Baptiste entra portant une lettre sur un plateau
d'argent. Roger la prit et lui fit signe de sortir. Une sorte
de pressentiment lui disait qu'il valait mieux qu'il restât
seul pour la lire, car il reconnut sur l'adresse l'écriture
d'Armand de Marigni, tandis que c'était lui-même qu'il
attendait. La lettre que Roger lui avait écrite était trop
pressante pour que celui-ci doutât un instant de la présence de son ancien ami.

Depuis plusieurs mois que M. de Sommerville était à
Paris, il s'était informé du retour de M. de Marigni, qui,
à son arrivée, était déjà absent; M. de Sommerville venait
d'apprendre le retour de cet ami et lui avait écrit aussitôt.
Par une suite de son caractère, Roger, qui ne croyait pas
aux résolutions arrêtées, ne doutait pas qu'il ne s'empressât
d'accourir, quoique Armand lui eût écrit qu'il prétendait

cesser toutes relations avec lui et méprisait sa conduite ; mais Roger ne pouvait s'imaginer qu'Armand rompît ainsi une amitié qui datait de l'enfance, et de leurs études faites ensemble. Mais ces amitiés enfantines, et toutes de premier mouvement, ne durent presque jamais que tant qu'on se trouve des rapports de qualités et de vertus. Or, Armand de Marigni n'avait aucun rapport avec Roger.

Sous une apparence assez froide et exempte d'affectation, il cachait une sensibilité réelle et franche ; sans doute, il n'avait pas les manières charmantes et pleines de grâce qui distinguaient Roger, mais il était incapable d'une action déloyale et de toute tromperie. Il avait mené, sans remords, une vie de garçon fort gaie, puisqu'il n'avait à se reprocher le malheur de personne. Assez défiant, parce qu'on lui avait appris à l'être, il accordait son estime avec beaucoup de difficultés peut-être, mais il ne la retirait pas sans motifs. Sa fortune était moins considérable que celle de Roger, mais il savait en faire un meilleur usage. Sa vigueur morale et physique était bien au-dessus de celle de M. de Sommerville ; aussi au collége s'était-il constitué naturellement son protecteur, et, quand ils se retrouvèrent dans le monde, leur liaison prit une consistance plutôt basée sur le caractère d'Armand que sur celui de Roger : celui-ci fit des relations plus brillantes, plus amusantes peut-être, mais c'était à Armand qu'il accordait réellement sa confiance ; c'était à lui qu'il demandait des avis et des services, tout en ne suivant guère les uns et oubliant les autres ; Armand s'apercevait bien peu à peu que son ami était fort égoïste, cependant ce n'est guère un jeune homme qui en condamne un autre. On s'étourdit facilement sur les défauts de ceux avec lesquels on s'amuse, et comme, après tout, on ne pouvait guère jusque-là reprocher à Roger des fautes bien

graves, les deux amis restèrent liés jusqu'au moment où
M. de Sommerville connut Alice.

Et comme il avait raconté à Armand cette liaison avec
beaucoup de légèreté, et qu'Armand était encore aveuglé
sur son compte et surtout qu'il l'estimait trop, il soup-
çonna d'abord Alice au moins de coquetterie et d'imprudence ; mais quand il connut toute la vérité, il écrivit à
Roger que, s'il ne rendait pas pleine justice à mademoiselle de Lostange, il lui retirerait à tout jamais son amitié
et son estime. Les réponses de Roger, ses propositions injurieuses, sa conduite enfin, éteignirent toute sympathie
dans le cœur d'Armand ; mais M. de Sommerville ne pouvait croire à une résolution inébranlable, et, depuis quatre
ans que tout cela était passé, il ne pouvait surtout s'imaginer qu'Armand n'eût pas oublié des torts qui ne l'offensaient pas personnellement.

Il s'était trompé : le souvenir d'Alice, et si belle et si
pure, firent à M. de Marigni une impression si profonde,
qu'il chercha une femme qui pût lui être comparée. Devenu heureux époux, il se sentit encore plus porté à ne
conserver aucune relation avec un homme qu'il n'estimait plus, et quand il reçut la lettre de Roger, il fut au
moment de la renvoyer sans l'ouvrir. Il la lut cependant,
et, sans hésiter, lui répondit ce qui suit :

ARMAND DE MARIGNI

A ROGER DE SOMMERVILLE.

J'espérais que mon silence à plusieurs lettres que
j'ai reçues du marquis de Sommerville, lui diraient assez
que je ne puis ni ne veux conserver des relations qui ne
peuvent plus être fondées sur une estime mutuelle.

Je n'ai aucune réponse à lui faire à l'annonce de son mariage, mariage que l'honneur lui défendrait de former. Quoi qu'il en soit, je désire sincèrement le bonheur de celui à qui j'ai donné jadis le titre d'ami, mais je le prie d'oublier que nous nous soyons jamais connus.

XIII

Dans un fort bel hôtel du faubourg Saint-Honoré, dont le charmant jardin donnait sur les Champs-Élysées, la comtesse de Vatry, affligée d'un embonpoint un peu trop accusé, s'essoufflait à parcourir, avec une contestable légèreté, ses nombreux appartements. Les meubles en étaient assez flétris ; elle voulait les changer et faire décorer somptueusement son salon et son boudoir.

— Agénor, demanda-t-elle, quelle couleur dois-je choisir ? Le vert s'éclaire mal ; le jaune ne me paraît pas bon genre ; ma chambre à coucher peut être bleue, c'est doux ; je mettrai le boudoir en rose et blanc ; la cerise sera...

— Votre appartement aura l'air d'un arc-en-ciel, répondit Agénor avec humeur. Du reste, il est cruel à vous de m'entretenir de tous ces détails, puisque vous savez bien que vous allez décider le malheur de ma vie. Vous vous montrez réellement impitoyable, Céphise, vous enfoncez le poignard dans mon cœur jusqu'au manche. Croyez-vous, de bonne foi, qu'il ne soit pas affreux pour moi d'entendre tous les détails de ce fatal mariage ? Il faudrait peut-être, pour vous plaire, que je fisse moi-même le dessin de la chambre nuptiale ?

— Enfant! fit la comtesse en minaudant et se laissant tomber assez lourdement sur le divan où Agénor était mélancoliquement couché. Vous savez depuis longtemps que ce mariage doit avoir lieu, et que rien ne peut empêcher ni rompre notre amitié.

— Notre amitié, Céphise? Ah! pouvez-vous ne ressentir que de l'amitié pour moi, tandis que ce que j'éprouve pour vous est un amour indomptable, effrayant de violence! Je n'ai jamais aimé comme je vous aime, et vous le savez bien.

— Taisez-vous, grand fou, répondit la comtesse en repoussant légèrement la tête d'Agénor qui s'était approchée de la sienne, et venez m'aider...

— Non, je ne vous aiderai pas à consommer mon malheur! s'écria tragiquement Agénor; restez plutôt auprès de moi, écoutez votre ami, ne fût-ce que pour la dernière fois.

— Mon Dieu, allez-vous prendre les choses tragiquement? Vous êtes absurde, mon cher; vous n'ignoriez pas que j'étais liée avec M. de Sommerville, et quand vous me répéteriez cent fois la même chose, cela n'empêcherait pas que je n'épousasse le marquis; c'est une chose arrêtée. Allons, Agénor, ne faites pas l'enfant, vous savez bien que dans le fond je n'ai pas d'amour pour lui...

— Et que vous en avez pour moi? interrompit Agénor; comment voulez-vous que je le croie, puisque vous l'épousez?

— Par délicatesse, poursuivit en minaudant la comtesse; et puis, il m'aime de si bonne foi! C'est bien assez de l'avoir trompé pour vous, monstre que vous êtes; c'est moi qui dois avoir des remords!

— Des remords? Voilà, par exemple, qui est plaisant; aussi, ma foi, je n'y tiens plus, et il faut que je vous apprenne toute la vérité. Mais, non, vous croiriez que c'est

14

par jalousie que je vous la découvre; je dois me taire;
d'ailleurs, l'honneur m'y oblige.

— L'honneur! ah! par exemple, ne m'avez-vous pas
dit vingt fois que vous me sacrifieriez votre vie, votre
honneur? Parlez, parlez à l'instant même, ou je ne vous
revois de ma vie!

— Mais, Céphise, songez donc que je me suis promis
par tout ce qu'il y a de plus sacré...

— Je me soucie bien de ce qu'il y a de sacré!

— Laissez-moi essayer avant de tout vous dire. Qu'a-
vez-vous besoin de vous marier, puisque vous avez le
bonheur d'être devenue veuve d'un homme qui s'est si
abominablement conduit envers vous?

— Il est vrai que je n'ai pas eu trop à me louer de mes
deux maris; mais le marquis est un homme dont je ferai
ce que je voudrai.

— Fiez-vous y! s'écria Agénor; fiez-vous aussi à sa
fidélité! Cet homme, à qui je voudrais arracher la vie,
prononça mélodramatiquement Agénor, cet homme n'a
jamais su apprécier son bonheur, et il y a longtemps qu'il
vous trompait quand vous avez couronné mon amour.
Allons, je dois vous fuir, vous dire adieu pour toujours;
mais souvenez-vous, Céphise, que si jamais vous êtes
malheureuse, je reviendrai...

Cette réminiscence de l'esprit de M. Scribe fit une
grande impression sur celui de madame de Vatry. Cependant elle dit encore:

— Je sais bien que c'est la jalousie qui vous fait parler
ainsi, Agénor, et vous ne pouvez rien savoir contre le
marquis de Sommerville, car il m'a toujours adorée.

— Si je pouvais voir le côté ridicule de la chose, je le
trouverais dans votre crédulité, et plus encore dans votre
beau marquis, qui ne cherche, en vous épousant, qu'une
garde-malade. Ainsi vous allez passer vos belles années

à soigner un poitrinaire; il l'est au moins au deuxième degré. Souvenez-vous que vous avez vous-même remarqué quelle mine fatiguée il avait le lendemain d'un bal. Puis vous êtes gaie, sémillante, charmante enfin; et lui, triste, morose, de mauvaise humeur; il a des remords, j'en suis sûr.

— Des remords, et de quoi? Parlez, parlez, je le veux; au nom de cet amour que vous invoquez sans cesse, apprenez-moi la vérité. Si j'ai été la dupe d'un fat, je saurai bien me venger.

— Grâce! grâce! Céphise, laissez-moi, laissez mon honneur intact.

— Il s'agit bien de votre honneur. Si vous ne me dites pas tout, je ne vous aimerai plus, vous sortirez d'ici.

— Cette horrible menace me décide; écoutez-moi donc. Savez-vous avec qui M. de Sommerville a quitté Florence, lorsqu'il vous dit qu'il allait rejoindre son oncle à Naples?

— Non, non, je l'ignore, et c'est pour cela qu'il faut me le dire, et tout de suite.

— Eh bien, c'est avec... Mais vous ne me croiriez pas, car la chose est si épouvantable, si indigne, si monstrueuse! Préférer un instant cette froide statue à la plus belle, à la plus charmante des femmes!

— Mais quelle statue? De qui voulez-vous parler?

— Eh bien donc, puisqu'il faut vous le dire, il est parti de Florence avec Alice de Lostange, avec votre nièce.

— Alice de Lostange? la personne que je déteste le plus au monde? s'écria la comtesse qui blêmit de colère. Mais c'est impossible! Où a-t-il pu la voir? où a-t-il pu la rencontrer? Alice avait quitté la Toscane avec cette affreuse princesse chez qui elle était entrée. Vous me mentez, Agénor, vous me mentez!

— Pour rien au monde je n'altérerais la vérité, reprit celui-ci. Écoutez donc comment j'ai découvert ce mystère.

Et Agénor fit rasseoir la comtesse, se mit à ses pieds, et après l'avoir accablée de louanges et de flatteries, il commença ainsi son récit :

— Vous vous rappelez que quand le marquis vint vous rejoindre à Florence, vous, et même vos amis, fûtes frappés de sa préoccupation et de l'air fort embarrassé qu'il avait. Il se laissait, il est vrai, distraire par votre entraînante gaieté, par vos saillies si spirituelles, mais il était visiblement changé; nous l'attribuions à sa mauvaise santé. Quelques mois après ce retour, je le trouvai un jour tenant une lettre à la main venant de France. Il paraissait moitié colère, moitié effrayé, et vous décida, à cette époque, à partir pour Naples. J'allais vous perdre, peut-être pour toujours, si je ne m'étais décidé à vous suivre. Mais pour effectuer ce projet, il me fallait rester quelques semaines seul à Florence, où j'avais des portraits à finir. Vous pleurâtes quand nous nous séparâmes, vous m'aimiez alors, Céphise...

— Et je vous aime toujours, s'écria la comtesse avec impatience. Mais continuez, car vous me donnez de l'humeur en voulant me persuader qu'il a pu me préférer cette petite mendiante. N'est-il pas vrai, Agénor, que vous ne l'avez jamais trouvée jolie?

— Figure fort insignifiante, reprit Agénor; d'ailleurs, je l'ai à peine regardée.

— Continuez, continuez, Agénor.

— Je travaillais beaucoup. L'été était arrivé; je brûlais d'aller vous rejoindre. Aussi je ne perdais pas une heure, et j'allais dans plusieurs villas des environs pour donner des séances. J'avais à finir le portrait de lord Vernon, et je me rendis à *Bello-Sguardo*, qu'il habitait. J'y dînais souvent, même j'y restais à coucher. Vous savez que votre Agénor sait plaire, et, sans fatuité, j'aurais pu trouver bien des consolations pendant votre absence, mais

j'en étais incapable. Un matin, je me levai de très-bonne
heure; je voulais dessiner un charmant point de vue qu'on
découvrait de la terrasse. Une jeune fille que je n'avais
pas remarquée, bien qu'elle soit très-jolie, travaillait déjà
dans le jardin. Elle s'approcha timidement de moi, et me
demanda si j'aurais la bonté de lui donner quelques derniers coups de pinceau à un portrait d'elle qui avait été
commencé par une jeune demoiselle artiste. Je la ques-
tionnai, sans soupçonner assurément ce que j'allais découvrir, et j'appris que mademoiselle de Lostange avait
passé quelque temps près de madame de Belmance, une
Française qui habitait alors *Bello-Sguardo*. Je sus qu'un
beau marquis français venait presque tous les jours la
voir, et si j'avais douté que ce fût M. de Sommerville, le
nom de Roger, plusieurs fois répété, aurait levé toute incertitude. La petite jardinière parlait fort bien français,
parce que jusque-là la villa avait été presque toujours
louée à de nos compatriotes. Elle ne tarissait point sur
l'éloge de mademoiselle de Lostange, et me raconta qu'elle
avait beaucoup pleuré quand cette jeune demoiselle était
disparue un matin sans qu'on sût ce qu'elle était devenue. Je rapprochai la date de cette disparition; je me
rappelai les singulières manières du marquis le jour de
son départ, et je ne doutai pas alors que votre fidèle Roger
n'eût passé le temps de son absence avec votre belle nièce.
Mais voulant en être positivement sûr, j'écrivis à Naples
à une personne qui sait tout et voit tout. On n'avait pas
plus entendu parler du marquis de Sommerville que de
son oncle. Où pouvait-il avoir été cacher sa complice?
Tout se découvre, vous le savez, belle comtesse, quand on
est une fois sur la trace. Je me rappelai que, durant les
quelques jours que le marquis était venu passer près de
vous comme s'il s'échappait de Naples, je l'avais remarqué
s'entretenant souvent avec quelqu'un de Rimini. Ma foi!

je risquai quelques questions, et comme rien n'est bavard comme les Italiens, attendu qu'ils n'ont rien à faire, je retrouvai la trace du marquis, et je sus qu'il avait habité une petite villa dans les environs de la patrie de Françoise, avec une jeune personne qu'on disait d'une beauté merveilleuse. Ces Italiens ont si mauvais goût, que, quoique la beauté de mademoiselle de Lostange soit fort contestable, je ne doutai pas que ce ne fût elle. Je pouvais vous apprendre tout cela en vous rejoignant à Naples, mais je vous aimais trop pour oser vous affliger, et j'espérais aussi que vous ouvririez les yeux sur le marquis, ou qu'il vous ennuirait assez pour que vous vous décidiez à rompre avec lui. Je fis donc taire toutes mes répugnances; je me mis à votre suite comme un simple ami, tandis que je vous aimais comme un insensé; je me fis votre esclave et presque le sien; je supportai son orgueil, moi à qui vous avez prouvé que vous l'aimiez; je fus cent fois forcé de dissimuler devant cet homme que j'aurais voulu broyer! Mais dans ce moment vous m'apprenez que vous allez l'épouser, que vous allez m'abandonner: je ne puis m'empêcher de vous répéter, Madame, que vous êtes cruelle et dupe en même temps.

— Ah! par exemple, dupe? et pour qui me prenez-vous, bon Dieu! Qu'ai-je besoin de lui, après tout? Mon titre vaut bien le sien, ma fortune est assez considérable...

— D'autant-plus, interrompit Agénor, que le marquis joue comme un sot, sans passion comme sans plaisir. C'est un homme faible, voilà tout, qui n'a jamais su faire franchement ni une bonne ni une mauvaise action. Et puis, ne le trouvez-vous pas ridicule quand il danse, car il danse encore, malgré ses quarante-cinq ans et...

— Il n'en a que quarante-deux, interrompit la comtesse, mais il en montre bien cinquante. Eh bien, voyons, que me conseillez-vous?

— Si je ne vous aimais pas, je vous dirais : Partons, venez loin de lui vous laisser véritablement adorer. Mais, bah! vous voudrez des explications : il s'excusera, vous pardonnerez, et je serai sacrifié. Il vaut mieux m'arracher d'ici à l'instant même.

— Je vous défends de sortir, Agénor, je vous le défends, entendez-vous!

— Eh bien, alors, consentez-vous à vous éloigner; quittons Paris ce soir.

— Mais comment faire les préparatifs?

— Avec de la bonne volonté, tout peut être prêt dans deux heures.

— Cette Alice! s'écria madame de Vatry, après toutes les bontés que j'ai eues pour elle, se conduire ainsi! Peut-être la voit-il encore en secret? Quelque mauvaise opinion que j'avais d'elle, je n'aurais jamais cru...

— Le marquis est le plus immoral, interrompit Agénor; séduire votre nièce, c'est vous avoir doublement offensée.

— C'est vrai; aussi je veux le lui dire, le confondre, avoir une explication et...

— Quelques lignes, interrompit encore tendrement Agénor; vous êtes trop agitée, vous n'avez pas l'esprit assez calme. Permettez-moi de vous dicter.

La comtesse se laissa persuader et écrivit. Quelques heures après, elle avait quitté Paris avec Agénor.

XIV

La nuit était entièrement arrivée. Le marquis était resté immobile dans son fauteuil ; il avait rêvé tristement, ou plutôt il s'était ennuyé. On avait vainement placé près de lui une table couverte des mets les plus appétissants ; M. de Sommerville ne se sentait aucune envie de goûter à rien. Il éprouvait un abattement général, qu'il ne cherchait point à vaincre, car c'était un homme qui se laissait dominer par toutes ses impressions, bonnes ou mauvaises. Il tenait dans sa main l'acte de naissance que lui avait remis le docteur et la lettre d'Armand de Marigni ; il les ouvrait et les repliait machinalement, comme s'il se fût senti incapable de supporter deux fois leur lecture.

Baptiste était entré à plusieurs reprises dans l'appartement sans oser adresser la parole à son maître ; il cherchait à attirer son attention par quelque bruit ou quelque maladresse : mais M. de Sommerville restait toujours impassible et plongé dans une profonde apathie.

La lumière de deux bougies, placées sur la cheminée, donnait en plein sur le front, déjà un peu chauve, du marquis. Il n'avait point encore demandé à l'art de remède pour cacher sa précoce vieillesse, et Baptiste se disait en soupirant :

— Il est bien malade ! Voyons, il faut rappeler à Monsieur qu'il se marie demain, puisqu'il y est décidé.

Et Baptiste s'approcha respectueusement, et dit :

— Monsieur le marquis, c'est à huit heures que vous devez vous rendre chez madame la comtesse ; il en est sept : je vais tout préparer pour la toilette de Monsieur.

— Comme vous voudrez, Baptiste; mais une demi-
heure suffira. Jusque-là, laissez-moi reposer encore un
peu, et faites desservir... Quatre ans! répéta Roger quand
il fut bien certain d'être seul; mon fils a quatre ans! Je
vais me marier; et peut-être souffre-t-il de la misère, de
la faim même, tandis que je vais donner ma fortune et
mon nom à une femme qui n'en a pas besoin, qui n'en
est pas digne peut-être. Notre contrat est fait; nous nous
assurons nos biens au dernier vivant. Oh! elle sait bien
ce qu'elle fait; elle sait bien qu'elle me survivra... Et je
n'ai pu rien réparer! continua-t-il; avec quelle hauteur,
quel mépris m'a traité mademoiselle de Lostange! C'était
celle-là qui était noble et fière; c'était celle-là qui était
réellement faite pour porter mon nom, tandis que la
comtesse n'aime à s'entourer que de saltimbanques et de
gens de mauvaise compagnie. Cet Agénor, par exemple,
il se moque de moi avec elle, je ne l'ignore pas : il la fait
rire, tandis que moi je ne fais rire personne. Et comment
le pourrais-je, mon Dieu! je sens tous les jours s'affaiblir
mes forces; les plaisirs qui m'étaient si faciles autrefois
me lassent aujourd'hui. La vie me paraît chaque matin
plus lourde. Je porte dans le monde l'ennui qui me dé-
vore; oui, j'envie ce que la fortune ne peut donner, la jeunesse et la santé. Pourtant je vais dans les salons, parce
que je crains la solitude et la réflexion : la réflexion, elle
me tue; la lecture, elle me fatigue. Je suis riche : on dit
que je devrais être heureux, parce que je suis riche. Être
riche, mon Dieu! c'est une heureuse chance quand on fait
un bon emploi de sa fortune; mais moi, à qui ai-je fait
du bien? Hélas! le présent m'importune, et le souvenir
du passé m'inspire des remords. Et l'avenir? c'est cela
qui m'effraye, car j'ai abusé de tout; je n'ai pas une pensée
douce et consolante : je n'aime personne, et personne ne
m'aime; je puis disparaître de la terre sans y laisser un

regret ni un souvenir... Cette femme, qui va devenir la mienne, portera mon deuil, et ne me pleurera pas. Je lui laisserai une fortune plus considérable, un titre plus élevé que celui qu'elle porte, tandis que mon fils, mon sang, souffrira de la misère avec sa mère; sa mère que j'ai déshonorée, sa mère si pure, si jeune, si belle! Si j'avais été seulement honnête homme, aujourd'hui j'aurais un intérieur, une femme, un enfant; ils m'entoureraient, me soigneraient, ne fût-ce que par devoir. Un enfant, une femme doivent vous aimer. Ils seraient là; je ne regarderais pas avec douleur autour de moi sans y trouver le regard d'un ami, d'un parent...

Et, découragé autant par ses pensées que par ses souffrances physiques, Roger se rejeta dans son fauteuil avec un mouvement de désespoir si vrai, si profond, que quelqu'un même qu'il eût offensé l'aurait plaint. Son feu, que le temps de neige empêchait de brûler, attristait encore l'appartement, peu éclairé par deux bougies. Un frisson de terreur fit tressaillir tout le corps de Roger, et cet homme, arrivé à la maturité de la vie, pleura comme un enfant.

Dans ce moment, Baptiste entra, et Roger se hâta de cacher ses larmes. Baptiste venait annoncer à son maître que tout était prêt pour sa toilette, et ajouta:

— Il est bien fâcheux que Monsieur soit forcé de sortir ce soir, car la neige redouble et il fait un horrible temps. Certainement si Monsieur avait quelques personnes qui vinssent lui tenir compagnie...

Roger lui fit signe de la main de se taire, et se souleva péniblement pour passer dans son cabinet de toilette.

Dans ce moment on frappa discrètement à la porte, et on remit à Baptiste une lettre pour son maître.

— Ah! c'est de la comtesse, pensa avec fatigue M. de Sommerville; sans doute quelque papier qui manque,

quelque nouvelle exigence. Allez m'attendre dans mon
cabinet, Baptiste.

Et Roger ouvrit nonchalamment une lettre qu'il croyait
ne devoir lui présenter aucun intérêt.

— Cette femme écrit d'une manière indéchiffrable,
murmura-t-il.

Cependant il parvint à lire ce qui suit :

« Monsieur le marquis, vous ne pouvez être à la fois
le mari de la tante et l'amant de la nièce; et comme je
sais de quoi vous êtes capable et vos odieuses tromperies,
je vous prie instamment de ne plus vous présenter chez
moi. Du reste, ce serait fort inutile, car, lorsque vous re-
cevrez cette lettre, je serai partie pour un long voyage.

« J'ai l'honneur de vous saluer.

« Comtesse DE VATRY. »

Certainement ce ne fut pas de la douleur que ressentit
M. de Sommerville en recevant ce billet; peut-être même
fut-il assez heureux de voir rompre un mariage auquel
il avait été amené par nonchalance et par faiblesse. Mais,
par sa résolution, madame de Vatry rompait une habitude qui remplaçait pour lui le bonheur. Il trouvait chez
elle et près d'elle des distractions commodes qui conve-
naient à sa nonchalance. Puis, ce qui le blessait encore
plus, c'était le motif que la comtesse donnait à cette rupture : elle se croyait le droit de le mépriser. Roger connaissait le peu d'élévation de son caractère; il était certain qu'elle se vengerait par l'arme du ridicule, et cette
pensée lui était insupportable.

Un nouveau remords vint aussi l'assaillir. Il savait
qu'elle serait sans pitié, et qu'elle présenterait Alice
comme une jeune fille sans délicatesse; tandis qu'il l'a-

vait trompée, qu'il avait invoqué pour la séduire tout ce qu'il y avait de plus saint, de plus sacré parmi les hommes. Ah! ce fut dans ce moment que sa conduite parut inexcusable à M. de Sommerville lui-même.

— Eh bien! dit-il avec résolution, je réparerai : avec de l'or, je découvrirai Alice, si elle existe; elle me pardonnera pour l'amour de son fils : elle sera ma femme... Ma femme! répéta-t-il? Ah! peut-être est-elle morte. Mais non, mais non, on ne meurt pas à dix-neuf ans, quand la vie a été si pure, et Dieu ne peut vouloir me punir jusque dans mon fils... Demain, demain je la chercherai; mais que demain vient lentement!

M. de Sommerville passa une nuit remplie d'agitations, et pourtant plus tranquille que celles qui s'étaient écoulées depuis longtemps.

XV

Un beau soleil de printemps, un de ces soleils que les Parisiens saluent avec tant d'enthousiasme et de plaisir, avait rassemblé, vers midi, une foule de jolis enfants au jardin des Tuileries. Quelques personnes raisonnables les regardaient sauter et courir avec cette mélancolique attention qui s'empare presque toujours de l'homme à l'aspect de la joie innocente et pure qui éclaire le visage si beau et si insouciant de l'enfance.

Parmi ces petits anges, on en distinguait un vraiment remarquable par son maintien assuré et sa précoce vigueur. Il tenait d'une main ferme un sabre de fer-blanc, et commandait d'une voix éclatante et victorieuse

une petite troupe dont le plus jeune était cependant plus
âgé que lui. Mais c'était là le cas de dire que

La valeur n'attend pas le nombre des année s.

car ce charmant enfant n'était pas âgé de plus de cinq
ans, et son air déterminé, la souplesse de ses mouvements
lui en auraient fait donner sept. Ses traits à la fois délicats et un peu hautains frappaient tous ceux qui le regardaient; ses cheveux, d'un blond cendré, bouclés et touf-
fus, avaient peine à être contenus par une toque écossaise
posée crânement sur le côté; sa blouse de même étoffe, à
carreaux bleus et bruns, était serrée par une simple cein-
ture de cuir verni fermée par une boucle d'acier; ses
jambes, déjà musculeuses, restaient demi-nues; son pied,
bien attaché, sa petite main élégamment gantée, tout était
à la fois si simple et de si bon goût, qu'on devinait que
les yeux d'une mère avaient veillé sur cet enfant.

Cependant il n'était gardé que par une bonne qui le
surveillait avec le soin le plus tendre et le plus scrupu-
leux. Aussi, quand elle vit le petit Écossais à la fois rouge
de plaisir et de fatigue, elle lui dit en l'attirant vers une
chaise :

— Albert, mon amour, venez, je vous prie, vous reposer : vous êtes en nage; nous avons à traverser plusieurs rues où le soleil ne donne pas toujours, et si vous
étiez malade, vous savez comme on me gronderait.

L'enfant obéit sans murmurer, en gardant sur son
charmant visage l'expression aimable qui le rendait ado-
rable, quoiqu'il fût facile d'y lire aussi le regret de quitter sitôt le jeu et que ses petits camarades le rappelassent.

L'empressement que l'enfant avait mis à obéir lui
avait fait heurter la chaise contre laquelle le marquis de
Sommerville avait posé sa canne.

Roger était venu là pour jouir, lui aussi, des premiers rayons d'un soleil de printemps. Ennuyé, mécontent, c'était un de ceux qui enviaient à l'enfance et sa brillante santé et l'insoucieuse gaieté qui en est la suite.

Il avait remarqué le petit Écossais, car il était impossible de voir cet enfant sans admiration ; et quand il fit un petit salut à Roger comme pour s'excuser d'avoir fait tomber sa canne, M. de Sommerville rapprocha sa chaise de la sienne, et lui dit :

— Vous êtes aussi poli qu'obéissant, mon jeune ami, et cependant vous aimez bien le jeu !

— Certainement que j'aime le jeu, c'est si amusant ! mais il faut que j'obéisse à ma bonne, parce que maman me l'a dit.

— Aussi il faut nous en aller, reprit la gouvernante, et quand vous aurez salué Monsieur, nous partirons.

— Oui, nous partirons, mais dans un tout petit moment ; laissez-moi donner des bonbons à Monsieur, voyez comme il tousse !

En effet, Roger venait d'être pris d'une quinte très-fatigante. Depuis l'abandon de madame de Vatry, il s'était fait une existence qui n'avait fait qu'aggraver son mal. Il passait plus que jamais ses soirées dans des salons bien chauffés, où il jouait toutes les nuits, et il passait ses journées au lit. Une petite fièvre lente le dévorait, et, comme tous les malades, ce qui lui était contraire lui plaisait seul.

Aussi, durant presque tous les moments où il aurait pu s'occuper de chercher Alice, il était tellement abattu, que, bien que le projet de lui rendre justice fût toujours sa pensée prédominante, la faiblesse et l'irrésolution de son caractère lui faisaient remettre chaque jour à prendre une décision ou à faire quelques démarches ; d'ailleurs, celles qu'il avait tentées jusque-là n'avaient pas été conduites avec cette chaleur qui assure presque toujours la réussite. Cependant Roger trouva une fois en rentrant la carte de la personne qui lui avait loué l'appartement qu'il avait occupé avec Alice. Ce nom ranima quelque espoir dans son âme. Il se leva le lendemain un peu de meilleure heure, et se fit conduire chez M. Durand.

M. Durand fit un mouvement de surprise en apercevant le marquis; il était si changé ! Quant à M. Durand, c'était toujours le même homme, plus insolent cependant, car il était encore plus riche; et il dit fort négligemment au marquis qu'il était passé chez lui pour lui demander ce qu'il devait faire de plusieurs objets restés entre ses mains.

— Plusieurs objets ? qu'est-ce donc ?

— Quelques brimborions de musique, de dessin, et, par exemple, un assez médiocre châle de cachemire.

— Et vous savez ce qu'est devenue celle à qui...

— Ah ! par exemple, non, et ce n'est pas ma faute, car elle était diablement belle cette jeune personne ; et dussiez-vous vous moquer de moi, monsieur le marquis, je vous avouerai que je me serais volontiers chargé de la mère et de l'enfant. Elle avait bien essayé de me faire croire que vous étiez son mari ; mais, bah ! un mariage au treizième, n'est-ce pas, marquis ? Et vous vous êtes en allé pour vous débarrasser de tout ce trantran qui vous ennuyait. Cependant, jusqu'au dernier moment elle a conservé ses grands airs de princesse qui m'auraient déplu dans toute autre et qui semblaient à leur place chez elle. Mais, ma foi, elle a fui comme une ombre, sans me dire: je reviendrai. Je n'ai pas couru après, parce que je n'en ai pas le temps, et j'ai pris un *rat*. Vous savez ce que c'est, marquis, et vous en avez peut-être un aussi ? Cela me fait aller à l'Opéra, où je m'ennuie beaucoup, et pourtant...

— De sorte, interrompit le marquis avec fatigue, que vous n'avez pas d'autres renseignements?

— Mon Dieu, non. Quand votre ami, M. de Marigni, vint me payer ce qui m'était dû, je lui demandai ce qu'il fallait faire des objets restés entre mes mains ; il me répondit que je vous les renvoie, ou bien que je fisse vendre le tout pour en donner l'argent aux pauvres ; car, ajouta-t-il, ce sera tirer une bonne action d'une bien mauvaise. Je n'ai pas trop compris ce qu'il a voulu dire. J'ai su votre adresse dernièrement par hasard ; voilà pourquoi je me suis présenté chez vous. Mais il paraît que les voyages ne vous ont pas été très-favorables, monsieur le marquis, vous me semblez bien changé.

Roger n'aimait pas qu'on lui dise qu'il était changé ; aussi se hâta-t-il de prendre congé de M. Durand, qui avait encore ajouté à son ennui : dans son langage, si peu délicat, il lui avait fait l'éloge d'Alice, et M. de Sommerville était un de ces hommes à qui les éloges des autres révèlent la valeur de ce qu'ils ont perdu et de ce qu'ils n'ont pas apprécié.

Aussi, à peine fut-il dans l'escalier de M. Durand, qu'il se hâta de remonter pour lui demander s'il connaissait le moyen de découvrir quelqu'un dans Paris.

— Pardieu ! la police, répondit celui-ci ; avec de l'argent, vous saurez tout ce que vous voudrez.

Roger répandit de l'argent, et ne découvrit rien.

Il retomba alors dans cette morne apathie qui le rendait presque digne de pitié. Il en vint jusqu'à regretter les tromperies et les plaisanteries presque injurieuses de la comtesse.

— Du moins elle s'occupait de moi, se disait-il. Je suis persuadé que maintenant elle me tourne en ridicule avec cet intrigant d'Agénor. Si je savais où ils sont, je crois que j'irais les trouver.

— Il avait raison de dire je crois, car il retombait bien vite dans son indolente apathie.

Ce qui le rendait plus malheureux était de ne pouvoir se dissimuler le ravage des années et de la maladie ; sa figure, encore naguère si charmante, n'était plus faite que pour inspirer la pitié.

Cependant un jour il se dit :

— Mais pourquoi n'essayerais-je pas d'aimer encore ? Il est vrai que je ne croyais guère à l'amour véritable quand j'étais jeune et beau, et je n'y croirai certainement pas plus à présent ; mais je donnerai de l'argent pour qu'on me trompe et m'amuse.

Roger prit une maîtresse.

C'était une triste chose à voir que ces semblants d'amour qu'on lui prodiguait, que ces amis qui l'entouraient et se moquaient de lui en lui empruntant de l'argent. Malheureusement pour Roger, il n'en était pas dupe ; c'est presque un malheur de ne pouvoir être trompé dans une position telle que celle que s'était faite M. de Sommerville.

Souvent il pensait à son fils, et le souvenir de cet enfant qu'il avait rencontré aux Tuileries lui revenait alors naturellement. Parfois il essayait de s'étourdir ; il se disait que ce fils lui aurait peut-être causé de grandes peines, et il se rejetait dans la dissipation avec un entraînement qui nuisait autant à sa santé qu'à sa fortune. Il pariait aux courses ; il jouait toute la nuit ; tout cela sans passion, au hasard ; il riait sans cesse de ces rires nerveux plus désolants que la tristesse ; et avec sa santé, c'était une si dangereuse existence que celle de Roger, que ceux qui en profitaient ne pouvaient s'empêcher eux-mêmes de la plaindre et de la blâmer.

Il était facile de s'apercevoir du rapide chemin qu'il faisait vers la tombe ; et un beau jour sa maîtresse se réveilla en pensant qu'elle devait se faire épouser pour s'assurer sa fortune.

— Ce n'est pas chose si difficile, se dit-elle : un homme qui n'a ni volonté pour le bien, ni force pour le mal. Autant que ce soit moi qui profite de ce qu'il laissera.

Et peu à peu elle amena Roger à entendre, sans beaucoup de répugnance, parler d'un mariage qu'il eût cru à jamais impossible, car il savait que c'était cette femme qui cherchait à s'emparer de lui : sa naissance, son éduducation, rien n'était en rapport avec Roger ; et quand elle lui laissait un moment de tranquillité, il se sentait si honteux de lui-même, qu'il retombait sous un autre pouvoir, celui d'un intrigant qui se disait son ami. Celui-là luttait avec la maîtresse et s'opposait au mariage.

Le pauvre Roger, ainsi tiraillé de tous côtés, cherchait dans ses songes l'image si pure d'Alice ; et quand son nouvel ami lui faisait des protestations d'attachement, il se disait :

— Ah ! que l'amitié était douce quand nous étions jeunes, Armand et moi ! Je n'étais pas toujours sincère avec lui, mais il était toujours franc avec moi. Il me semblait que je pouvais compter sur lui comme sur ma vie, mais il est trop loyal pour serrer encore la main de celui qu'il n'estime plus. Il me semblait impossible qu'il cessât de m'aimer ; cependant il n'est pas venu, quoique je l'en aie prié. Ah ! si j'étais libre, je crois que j'irais à lui.

Mais Roger n'avait pas un instant de liberté ; la maîtresse et le parasite l'obsédaient, et, sous le prétexte de le soigner et de le distraire, on ne le laissait jamais seul. Pour obtenir la paix, M. de Sommerville promit enfin de se décider au mariage que sa maîtresse désirait.

C'était donc là le sort réservé à cet homme si élégant, si noble et si fier : devenir la proie d'une maîtresse avide et intrigante. Et si, pour échapper à la tyrannie de cette femme, il se livrait à l'amitié perfide d'un intrigant, alors celui-ci, loin de l'engager à se marier, lui disait du mariage et de la femme qu'il voulait prendre tout le mal possible. Tous deux également en voulaient à sa fortune ; tous deux spéculaient sur sa faiblesse; tous deux voulaient en faire leur dupe. Et le malheureux Roger n'avait même point d'illusions; il savait bien qu'on ne l'aimait pas réellement, et il sentait qu'il n'aimait personne lui-même.

Ainsi harcelé de tous côtés, fatigué et ennuyé, le malheureux ne connaissait même pas le charme de la liberté. Il n'avait même pas la faculté de respirer en paix, et il devinait, aux instances plus pressantes qu'on lui faisait, que son état devenait chaque jour plus dangereux. Ah ! c'était une triste vie que celle de Roger ! et son présent était trop amer pour qu'on osât jeter le blâme sur le passé ; d'ailleurs, qui l'eût fait ?

Enfin, ne pouvant plus résister aux tourments qu'on lui imposait, il allait peut-être céder et donner son nom, dont il était encore si fier, à une femme méprisable, quand le hasard lui fit revoir le docteur Richon.

Il le rencontra dans l'escalier de sa maison. Le docteur venait de visiter une personne pauvre et malade.

— Pourquoi ne vous êtes-vous pas adressé à moi? dit Roger; j'ai de l'argent...

— Pourquoi... pourquoi? Ma foi! à vous dire le vrai, je ne vous ai pas cru très-sensible au malheur des autres.

— Le chagrin change bien le caractère, reprit le marquis.

— Et la maladie change bien la figure, reprit le docteur. Pourquoi vous obstiner à rester à Paris? Je suis certain que vous veillez. Faut-il enfin vous parler franchement? Eh bien ! vous n'en avez pas pour trois mois à vivre si vous continuez de la sorte. Le printemps est superbe, la campagne est déjà magnifique : pourquoi ne pas y aller?

— Ah! docteur, on n'est pas toujours libre de faire ce que l'on veut.

— Je comprends : vous êtes encore l'esclave de quelque maîtresse, car j'ai appris que vous n'étiez pas marié et qu'au moins vous aviez échappé à cette folie-là. Allons! il faut prendre un parti, ou...

— Je n'ai pas peur de la mort, interrompit le marquis, tournant des yeux calmes et mélancoliques sur le docteur.

— Voyons, pas de découragement! Vous savez que je n'aime pas à me mêler des affaires des autres. Eh bien! cependant, si on enchaîne votre liberté... Tenez, je connais justement une maison à louer, je suis capable de vous y établir et cela tout de suite. Mais ce serait à une condition, c'est que vous n'emmènerez avec vous ni maîtresse ni parasite, et que votre vieux valet de chambre, qui me paraît un brave homme, ne laissera entrer personne chez vous.

— J'y consens, reprit Roger, quoique je n'espère pas plus me guérir à la campagne qu'à Paris; cependant c'est beaucoup que de vivre et de mourir en paix.

— Point de ces idées, monsieur de Sommerville. Je ne dis pas que vous pourrez jamais retrouver une très-forte santé, mais vous vivrez si vous ne faites pas d'imprudence et que vous évitiez toute émotion vive.

Ce fut ainsi que Roger fut enlevé aux persécutions dont il était l'objet.

Le docteur l'établit dans une maison de Ville-d'Avray. Cette maison, surmontée d'une terrasse d'où l'on découvrait la campagne et les maisons environnantes, était entourée d'un petit, mais délicieux jardin.

Les premiers jours de l'établissement de Roger à la

campagne, il s'ennuya beaucoup, et peut-être en voulait-il secrètement à Baptiste de ce qu'il suivait si bien les prescriptions du docteur. Personne, en effet, ne parvenait jusqu'au marquis, et il ne lisait aucune des lettres qu'on lui adressait.

Ce calme parfait, le silence et l'air pur de la campagne amenèrent peu à peu une grande résignation dans tout le système de Roger. Des idées élevées, quelques sentiments religieux entrèrent aussi dans son âme ; il s'avoua aussi qu'il se devait tous ses malheurs, et qu'il ne pouvait s'en prendre qu'à lui-même et ne pas accuser la Providence, qui avait tant fait pour lui. Avec la réflexion, le repentir prit la place de l'irritation injuste qu'il éprouvait pour le genre humain, et, loin de craindre la solitude, elle ne tarda pas à lui devenir douce et indispensable. Il se plut enfin à la campagne, qui avait jadis si peu de charmes pour lui.

Très-voisine de la maison qu'habitait M. de Sommerville, s'en élevait une d'une construction simple et pittoresque. C'était la plus modeste des environs, mais en même temps celle dont le jardin était le plus grand et le plus soigné.

Au travers des branches touffues, Roger apercevait souvent quelques personnes qui se promenaient. La vue d'une robe blanche qui flottait à la brise du matin ou au vent du soir attirait moins son intérêt et sa curiosité que l'aspect d'un bel enfant qui venait souvent étudier au pied d'un gros arbre que Roger découvrait facilement de sa terrasse. Après avoir étudié avec attention, l'enfant faisait gaiement la guerre aux papillons. De si loin, Roger ne pouvait distinguer sa figure à demi cachée par de belles boucles blondes ; mais ce qu'il était possible d'apercevoir, c'était la grâce et la légèreté de chacun de ses mouvements. Son rire frais et joyeux se faisait souvent entendre et les éclats de sa joie apportaient une sorte de bien au pauvre malade.

Quand Roger était à Paris, la joie des autres lui était, malgré lui, pénible; il enviait la jeunesse, la santé et tout ce qui rend heureux. Mais à présent, au contraire, cette gaieté de l'enfance lui faisait du bien; il en jouissait comme si c'était lui qui la causait; il la partageait même, sans en comprendre toujours le motif, et tout le temps que ce petit ange passait dans le jardin, Roger ne quittait pas sa terrasse. Cette place était devenue sa plus chère distraction. Il attribuait cet intérêt à son isolement, à la privation de tout lien, et il se faisait un bonheur réel des quelques heures qu'il arrachait à ses tristes pensées.

— Si cet enfant pouvait s'attacher à moi, pensait Roger! Il me semble que je donnerais tout ce que je possède pour avoir la certitude d'être aimé de lui... Ah! si Armand me voyait, pensait-il encore, c'est bien alors qu'il répéterait sa sentence favorite : « Celui qui ne sait rien aimer ne peut être aimé de personne... » Eh bien, il me semble que j'adorerais cet enfant. Mais à quoi me servirait-il d'aimer? A quoi bon m'attacher à quelque lien que ce soit? J'ai suivi les conseils du docteur : je mène la vie qui peut m'être la plus salutaire, et cependant ma faiblesse augmente ; la catastrophe est inévitable, imminente, quoi qu'il en dise. Et pourtant je ne veux pas revenir à Paris pour y mourir... Je donnerai mon bien aux pauvres, puisque je n'ai personne à qui je puisse le laisser... Personne ! et mon fils... Mon Dieu ! mon nom s'éteindra avec moi... Qu'importe donc qu'on me mette dans le coin d'un cimetière de village ou dans un fastueux tombeau de marbre? Personne ne viendra pleurer ni sur l'un ni sur l'autre.

Cependant, dans cette âme brisée vivait encore un dé-

sir : c'était de voir de près, de parler à son petit voisin de
campagne. Jusque-là l'enfant ne l'avait peut-être pas
aperçu, les arbres du jardin cachant presque entièrement Roger et la terrasse ; mais quand l'automne arriva
et que les arbres, sans se dépouiller entièrement, laissèrent les derniers rayons du soleil tomber sur la terrasse,
l'enfant finit par remarquer Roger et la ténacité avec laquelle il le regardait.

Les enfants, comme les hommes, aiment à ce qu'on
s'occupe d'eux, et le petit garçon, loin d'être fâché de l'attention que lui portait son voisin, se mit chaque jour à
faire de nouvelles gentillesses pour se rendre plus agréable.
Puis, peu à peu il se rapprocha de la muraille qui soutenait
la terrasse, et Roger reconnut alors son petit Écossais des
Tuileries, embelli, grandi, mais ayant conservé toute sa
grâce enfantine et son charmant sourire.

La conversation fut bientôt engagée entre l'enfant et le
voisin ; et, si Roger n'eût pas possédé l'exquise discrétion
qui distingue la bonne compagnie, il eût appris par l'aimable babil de l'enfant tout ce qui se passait dans la famille de celui-ci. Mais il ne s'entretenait avec lui que de
ce qui pouvait l'intéresser ou l'amuser ; quoique abattu
et bien souffrant, il retrouvait un peu de gaieté dans cette
innocente causerie, et chaque jour il s'attachait davantage
à ce charmant petit voisin. C'était avec une attention
soutenue qu'il écoutait le récit de ses joies, de ses bon-
heurs d'enfant ; et quand il le voyait si naïf, si sensible,
il se disait que sa mère devait être bien heureuse, que son
père devait être bien fier.

De loin, il les voyait souvent l'un et l'autre embrasser
leur enfant et se mêler à ses jeux ; ils paraissaient jeunes
et pleins de santé, et Roger se disait avec un amer regret :

— C'est bien là qu'est le bonheur !

Et il y avait quelque chose de si paisiblement chaste

dans ce ménage, que Roger n'enviait plus que ce bonheur.

D'autres fois, il les distinguait s'éloignant dans la campagne, en s'appuyant l'un sur l'autre. L'enfant les suivait en courant et jetant des cris de joie. Alors le pauvre malade rentrait solitairement dans sa chambre et se sentait atteint de douleurs tellement vives, qu'il se disait encore :

— Croyais-je jamais devoir envier cette vie de calme et de médiocrité ! Ils n'ont ni équipage, ni grande fortune ; leur maison est un peu plus qu'une chaumière, et moi, qui possède des terres, des châteaux, je vis et je mourrai seul...

Alors il tournait autour de lui un regard entièrement découragé, et repoussait les soins de Baptiste et les conseils de la médecine.

Vainement le docteur, qui venait le voir souvent, lui ordonnait-il d'aller passer l'hiver, qui s'approchait, dans des climats plus doux. Roger répondait en souriant que ce n'était pas la peine de se déranger.

— Au moins, lui disait le docteur, ne restez pas trop longtemps sur votre terrasse : l'hiver arrive à grands pas.

— Hélas ! je le sais bien, pensait Roger, et quand viendra le mauvais temps, cet enfant, qui est maintenant ma seule consolation, je ne le verrai plus.

En effet, le petit garçon, dans une de leurs entrevues, lui apprit qu'il allait bientôt quitter la campagne avec ses parents.

— J'ai pensé à une chose, ajouta-t-il avec cet air important que les enfants aiment à prendre quand ils croient avoir trouvé un moyen pour remédier à ce qu'ils craignent, c'est qu'il faut que vous veniez nous voir à Paris.

— Mais je ne connais pas vos parents, objecta M. de Sommerville.

— Oh! ils vous connaissent eux, reprit l'enfant, je leur ai si souvent dit que je causais avec un monsieur qui avait une terrasse à côté de chez nous, que ce monsieur était bien aimable et paraissait m'aimer! Alors maman m'a recommandé de ne pas vous importuner; cependant je suis sûr qu'elle vous recevrait très-bien.

— Mais puisque vous allez vous en retourner à Paris?... fit observer Roger en hésitant.

— Vous ne resterez pas non plus toujours à la campagne, reprit l'enfant; et puis, j'ai trouvé un moyen: venez auparavant faire une visite à papa.

— Il me semble qu'il est bien tard pour commencer des relations de voisinage.

— Moi, je trouve toujours des moyens, reprit l'enfant, tenez.

Et il jeta, avec plus de force que Roger n'en attendait de lui, un ballon sur la terrasse.

— J'espère que voilà un prétexte! s'écria-t-il en riant de tout son cœur. Si vous m'aimez, vous le rapporterez vous-même.

— Si je l'aime! se répéta Roger en ramassant le ballon; je l'aime assez pour vaincre ma répugnance et ma fatigue.... Baptiste, demanda le marquis en rentrant dans sa chambre, savez-vous le nom des personnes qui habitent la maison voisine?

— Non, Monsieur, répondit le valet de chambre, je ne sors guère de notre enclos; mais ce sont des gens qui paraissent bien tranquilles, et qui vivent très-retirés. Voulez-vous que j'aille reporter ce ballon; car c'est sans doute le petit voisin avec lequel vous aimez tant à causer qui l'aura jeté?

— Non, répondit Roger en donnant quelques soins à sa toilette, non, j'irai moi-même.

Et un peu ranimé par un désir qu'il accomplissait, le

marquis se dirigea vers la maison. La soirée était calme et douce. Malgré ses souffrances, il éprouvait comme une sorte de bonheur de vivre; la solitude, à laquelle il s'était condamné, lui semblait dans ce moment presque insupportable; et il se réjouissait de la distraction qu'il allait chercher.

L'enfant vint en courant à sa rencontre et l'entraîna vers le salon où se tenaient ses parents.

L'obscurité était presque arrivée: Roger ne distinguait qu'imparfaitement la femme qui s'était levée pour le recevoir. Mais, dans le beau jeune homme qui s'avança au-devant de lui, il lui semblait retrouver comme un souvenir vague, et presque pénible.

— Papa, c'est notre voisin! cria l'enfant.

— Pardon, Monsieur, reprit le jeune homme, mais je dois remercier l'importunité de mon fils, puisqu'elle nous procure l'honneur de vous connaître.

Roger allait répondre quand un domestique, chargé de deux flambeaux allumés, entra dans l'appartement; alors, dans cette femme qui était là debout devant lui, M. de Sommerville reconnut Alice de Lostange.

XVI

L'automne sévissait dans toute sa rigueur et se confondait avec l'hiver; les dernières feuilles flétries volaient dans les airs, chassées par un vent humide et froid, et la campagne n'était plus habitée que par ceux qui y étaient tout à fait fixés, ou par ceux que leur santé empêchait de la quitter.

De ce nombre était le marquis de Sommerville, véritablement malheureux, car il sentait que sa vie allait s'éteindre sans laisser un regret ni un souvenir honorable et doux. Il sentait aussi que c'était lui qui s'était fait cette vie, dont il ne lui restait plus que le remords.

Roger avait quitté son lit pour la première fois depuis six semaines, depuis le jour où il était revenu, presque sans connaissance, de chez M. de Fargy, où il avait retrouvé Alice : car on a compris que mademoiselle de Lostange était devenue la femme d'Emmanuel.

Sans doute, Alice avait fait à son généreux époux toutes les observations que lui suggérait la délicatesse; mais ils s'aimaient passionnément l'un et l'autre, et Emmanuel, abritant de son nom une faute innocente en donnant un père à l'enfant d'une femme aussi pure d'âme, avait été le plus heureux des deux; aussi jamais un retour sur le passé, jamais une pensée inquiétante ou un regret n'était venu assombrir la destinée qu'il avait choisie avec tant de dévouement.

Emmanuel de Fargy possédait un caractère fortement trempé, rempli d'honneur et de loyauté, en même temps que d'une fermeté qui eût pu passer pour de la dureté, si elle n'avait été tempérée chez lui par une bonté de cœur et une indulgence sincère et dévouée.

Ainsi, en épousant une fille déshonorée aux yeux du monde, il ne s'était point préoccupé de ce que le monde en penserait, il ne s'était même pas dit qu'il faisait une action généreuse : car son sort était tellement lié à celui d'Alice, qu'il sentait qu'il s'était uni à elle encore plus pour son propre bonheur que pour celui de sa bien-aimée.

L'enfant d'Alice était aussi l'enfant de l'amour d'Emmanuel. Il était des moments même où on lui aurait assuré que cet enfant n'était pas le sien qu'il eût eu besoin de réfléchir pour le croire. Il l'élevait, comme il l'avait été lui-même, avec une tendresse sérieuse et raisonnée ; il lui montrait par son exemple que la vie d'un homme doit être régulière et occupée, ne dépréciant point la fortune, mais lui prouvant que la seule manière d'en jouir est de savoir l'acquérir et la mériter.

Ce qu'Emmanuel apprenait surtout à son fils par son exemple, c'était à rester parfaitement juste et bon, et à ne jamais sacrifier le bonheur de personne au sien. Du reste, la tâche lui était facile, le petit Albert avait le cœur le plus tendre et le caractère le plus aimable. C'est à tort qu'on prétend qu'on ne découvre pas ses défauts dans l'enfance, et qu'un petit être dont le cœur est bon peut devenir un homme méchant : les déceptions, l'ingratitude dont il est souvent l'objet rendent quelquefois méchant cet enfant devenu homme. Mais combien y a-t-il de ces âmes brisées qui regrettent de ne pas être restées dupes, pour ne point connaître le monde tel qu'il est !

Le petit Albert avait donc un caractère d'élite, quoiqu'il ne fût pas exempt de défauts. Mais la Providence, en le faisant naître presque orphelin, en attachant à son existence une marque qui pouvait lui nuire, ne lui avait donné aucune ressemblance morale avec celui à qui il ne devait que la vie. On trouvait bien dans ses traits, réguliers et fins, quelque chose de la figure du marquis, mais ce que l'on remarquait tout d'abord, c'étaient d'admirables yeux, semblables à ceux de sa mère. L'intelligente et spirituelle expression d'Alice se réfléchissait sur la physionomie de son fils. Élevé par elle et par un homme remarquable par son caractère et son instruction, ils avaient fait du jeune Albert un enfant vraiment aimable et digne d'être aimé passionnément.

La paix et le bonheur régnaient sans nuage dans l'intérieur d'Alice ; peut-être était-elle quelquefois troublée pour madame de Fargy par un souvenir pénible ; mais elle se serait crue bien ingrate de ne pas rendre, dans chaque occasion, grâce à la Providence qui avait permis qu'elle trouvât dans l'homme qu'elle aimait le sauveur de son honneur.

M. de Fargy avait peu de fortune, et l'aisance dont il jouissait, il la devait à ses travaux et à ceux de sa femme : car Alice continuait à peindre avec autant de courage que de succès. Cette vie occupée, le contentement de soi-même qui en résulte, la douce occupation d'élever un enfant, l'idole des deux époux, faisaient de leur vie un paradis sur terre. La beauté d'Alice brillait de tout son éclat, et l'amour qu'elle inspirait à son Emmanuel était devenu de l'idolâtrie.

Telle était la position de cette heureuse famille, quand un déplorable hasard amena le coupable Roger près d'eux. En reconnaissant Alice, il recula avec terreur, et, après avoir jeté un rapide regard sur M. de Fargy et sur l'enfant qui était près de lui, il sortit en chancelant de l'appartement.

Quelque changé que fût le marquis de Sommerville, M. de Fargy et Alice l'avaient à l'instant reconnu. Alice tomba sur un siége, pâle et tremblante, ses lèvres devinrent agitées de mouvements convulsifs. Ce qu'elle éprouvait n'était pas du ressentiment, c'était un regret amer, une honte vertueuse.

— Alice, mon amie, calme-toi, lui dit Emmanuel en s'approchant d'elle, sois tranquille ; en le voyant si changé, je n'ai ressenti que de la pitié ! Retire-toi dans ta chambre où j'irai bientôt te retrouver.

Le petit Albert, étonné de ce qui se passait autour de lui, rappelait son voisin et voulait courir après lui.

— Ne quitte pas ta mère, lui dit M. de Fargy, je vais voir ce qu'il est devenu. Il est souffrant, très-souffrant sans doute, tu ne serais pas capable de le secourir, moi je le reconduirai chez lui.

Emmanuel entra en effet dans le jardin ; le crépuscule lui permettait encore de distinguer les objets. Il ne tarda pas à découvrir le marquis assis sur un banc et la tête cachée dans ses mains. Il paraissait affaissé sur lui-même, et tellement abattu qu'Emmanuel se sentit presque touché. Le bruit des pas de M. de Fargy sur les feuilles qui jonchaient déjà la terre fit tressaillir le marquis ; il quitta le banc sur lequel il était assis avec un empressement où se révélait encore un reste de dignité. Mais ce sentiment, qui l'avait un instant ranimé, fit bientôt place à une prostration si complète, qu'Emmanuel s'avança involontairement pour le soutenir.

— Merci, Monsieur, murmura Roger en le repoussant doucement, merci. Vous vous apercevez que je suis bien faible ; mais, quel que soit l'état de ma santé, je n'en suis pas moins prêt à vous donner toutes les satisfactions que vous désirerez.

— Satisfactions, Monsieur ? il n'est pas dans mes intentions de vous en demander aucune : si j'avais été le frère ou le parent de mademoiselle de Lostange, peut-être l'eussé-je fait ; mais, devenu son heureux époux, je ne pense qu'aux raisons que j'ai de la considérer comme la meilleure et la plus digne des femmes.

Roger laissa échapper, bien malgré lui, un accès de toux sèche et cadavéreuse ; dans cet instant, il eût donné tout ce qu'il lui restait d'existence pour ressaisir une heure de vigoureuse santé.

— Permettez-moi de vous aider à regagner votre demeure, reprit Emmanuel, la nuit est déjà bien froide, et je crains...

— Et moi, Monsieur, je ne crains rien, interrompit Roger en essayant de se lever.

Mais sa faiblesse était si grande que, malgré tous ses efforts, il fut obligé de s'appuyer sur le bras de M. de Fargy, qui ne le quitta qu'après l'avoir remis aux soins de Baptiste. Depuis ce jour la maladie du marquis ne fit qu'empirer ; les tourments de son esprit venaient ajouter à ses souffrances physiques.

—Jeune ! beau ! rempli de santé et d'ardeur ! pensait-il, et l'heureux possesseur d'Alice, d'Alice que j'ai dédaignée ! Ah ! qu'elle m'a paru embellie ! Que je dois lui inspirer de pitié à cet homme ! De la pitié?.. Ah ! cette pensée est horrible ! Cependant cet enfant, que j'aimais sans savoir qu'il était mon fils, cet enfant, il est mon bien ; personne n'aura le pouvoir de me le ravir ; je ferai valoir mes droits. Mes droits ! et comment les prouverai-je ; ne l'ai-je pas abandonné? N'a-t-il pas été écrit, certifié, qu'il était le fils d'Alice de Lostange et d'un père *inconnu?* Infamie dont je suis puni. Que prouverais-je, mon Dieu! que je suis un misérable sans foi et sans honneur, tandis qu'Emmanuel de Fargy a su montrer toute la délicatesse et la générosité de son amour.

Tant d'émotions pénibles, tant de remords sans consolations, une solitude presque absolue, et la saison rigoureuse, avaient amené chez M. de Sommerville un état qui ne laissait aucun espoir de le sauver. Il quittait peu son lit, et le docteur venait presque chaque jour.

Un soir il trouva le marquis si mal qu'il ne put dissimuler son inquiétude. C'était un homme plus instruit qu'adroit, et qui savait peu cacher la vérité.

— Je vois que vous me trouvez bien mal, demanda Roger en essayant de sourire. Allons, rassurez-vous, docteur ; si j'ai montré peu de caractère pour vivre, j'en montrerai, j'espère, pour mourir.

— Mourir, mourir, il ne s'agit pas de cela, reprit le docteur en essayant de dissimuler, et...

— Ne cherchez pas à me tromper, docteur, ce que je vous demande, seulement, c'est de tout employer pour que je souffre le moins possible, et puis il est nécessaire que je sache le temps que j'ai à vivre; je voudrais aussi retourner à Paris, vous perdez beaucoup de temps pour me venir voir. Enfin, tous mes voisins sont partis; il n'y a plus personne à la campagne, n'est-ce pas?

— Que vous importe? vous n'êtes pas curieux, je pense, de recevoir des visites; quant à retourner à Paris, je craindrais, je redouterais que le voyage ne vous fît beaucoup de mal. Ville-d'Avray n'est pas loin, je viendrai chaque jour plutôt deux fois qu'une...

— C'est bien, docteur; maintenant, répondez-moi franchement : croyez-vous que j'aie encore quelques mois à vivre?

— Des mois à vivre! fit le docteur avec un étonnement qu'il cacha si mal que Roger reprit :

— Allons, docteur, ne parlons, si vous voulez, que de semaines, et pardon si je vous fais cette question, mais c'est qu'elle est pour moi d'une haute importance.

— Puisqu'il en est ainsi, je vous dois la vérité, reprit le docteur. Si nous entrions dans le printemps, peut-être pourrions-nous gagner quelques jours, mais l'hiver s'annonce durement, et...

— Et vous ne répondez pas de ma vie pour quinze jours, pour huit peut-être?... Eh bien! il faut se résigner.

— On peut se tromper; savons-nous toujours ce que nous disons, reprit le docteur. La nature est mille fois plus puissante que nous.

— Vous êtes bon, docteur, quoique vous cherchiez à le cacher, et je suis sûr que vous ne m'abandonnerez pas dans le terrible passage qui m'attend. Puis-je, en toute sûreté, vous dire à demain?

— Certainement, et demain et après-demain. Allons, du courage, je ne sais peut-être ce que je dis.

Le docteur sortit, empressé de cacher l'émotion qui le dominait malgré lui.

Resté seul, Roger tomba dans une profonde rêverie. Il se sentit ensuite assez de résolution pour écrire quelques lignes d'une main peut-être plus ferme qu'il n'avait pu le faire depuis longtemps. Une sorte de révolution venait de s'accomplir chez le malheureux Roger, car il venait de vaincre un sentiment qui l'avait dominé toute sa vie.

— Baptiste, ordonna M. de Sommerville après avoir fermé sa lettre, informez-vous auprès du jardinier de M. de Fargy où demeure son maître à Paris, et faites porter cette lettre par un exprès.

Le lendemain, M. de Sommerville était si mal, et avait passé une si terrible nuit, que le docteur annonça qu'il reviendrait le soir. Il sortait de l'appartement quand Baptiste annonça M. Emmanuel de Fargy.

En le voyant entrer, Roger n'essaya même pas de quitter le fauteuil où on l'avait transporté. Un léger mouvement de répulsion, et une faible rougeur se montrèrent cependant sur sa figure, où la pâleur de la mort était déjà répandue. Mais, surmontant un sentiment dont il n'avait pas été le maître, il tendit la main à M. de Fargy, qui la retint un moment dans la sienne.

— Merci, Monsieur, merci, dit Roger doucement, merci de vous être rendu si vite à mes désirs; hélas ! vous le savez, la mort n'attend pas.

Emmanuel n'essaya point de ces consolations banales qu'il croyait inutiles et ne pouvaient, selon lui, faire aucune impression dans un moment aussi solennel que celui où était arrivé le marquis; mais la profonde impression de tristesse et de sympathie répandue sur sa physionomie n'échappa point à l'œil mourant de Roger.

Il l'invita de la main à s'asseoir et à se rapprocher de lui.

— Vous m'avez écrit, monsieur de Sommerville, et je suis venu, dit Emmanuel : maintenant, apprenez-moi ce que vous désirez, et croyez que je m'empresserai de vous satisfaire.

— Ne devinez-vous pas ce que je désire ? répondit Roger d'une voix basse : le pardon d'Alice !

— Je vous l'apporte, répondit Emmanuel avec une noble simplicité. En vous revoyant si abattu et si malade, il n'est pas resté un seul ressentiment dans l'âme d'Alice ; elle fait même des vœux sincères pour votre rétablissement.

— Remerciez-la, Monsieur ; dites-lui que je mets à ses pieds mon repentir et mes remords. Si elle m'a pardonné, si vous-même, Monsieur, ne vous y opposez point, ne refusez pas de me laisser voir mon fils, ajouta le pauvre malade en joignant les mains ; que je l'embrasse une fois, une seule fois ; que mes yeux, qui vont se fermer, se reposent, auparavant, sur cet être charmant que j'aimais sans le connaître.

— Je pourrais vous tromper, répondit Emmanuel avec attendrissement, je pourrais vous assurer que votre fils est mort au berceau, et que l'enfant que vous avez vu est le mien, mais je ne sais, ni ne veux dissimuler. Cependant, dois-je céder à un vœu bien naturel, sans doute, mais qui peut compromettre l'avenir de cet enfant ? N'est-il pas à craindre qu'il ne devine, à votre émotion, aux paroles qui pourront vous échapper, quels liens sacrés l'unissent à vous ? Il est rempli d'âme et d'intelligence, ce souvenir lui restera et troublera toute sa vie. Il se croit mon fils ; en découvrant qu'il est le vôtre, n'est-ce pas déshonorer sa mère, ou jeter le mépris sur celui qui l'a trompée. Et moi, Monsieur, à qui il est si cher, il me faudra renoncer à mes espérances, à mon bonheur, et même à mon empire sur lui. Un jour peut-être, il me dirait : « Vous n'êtes pas mon père, et vous n'avez pas le droit de guider ma jeunesse, d'arrêter les écarts où elle m'entraînerait ; vous n'êtes pas mon père. Ce nom que vous m'avez donné, je ne puis le quitter, puisque la loi me l'impose, mais je préférerais porter celui de marquis de Sommerville. »

Roger tendit à M. de Fargy l'acte de naissance de l'enfant, et après l'avoir laissé quelques instants sous ses yeux il le jeta au feu.

— Je renonce à voir votre fils, murmura-t-il avec effort, cependant j'espère que vous ne vous opposerez pas à ce qu'il hérite de ma fortune ; vous direz que cette fortune vient...

— Oh ! pardon, mille fois pardon de vous affliger encore, interrompit Emmanuel ; mais je ne puis accepter. Toute tromperie est toujours découverte, et quand ma conscience ne me reprocherait rien, je serais le plus malheureux des hommes si l'on savait, si même on soupçonnait la source de la fortune de mon fils. Telle cachée que soit la position où s'est trouvée Alice, elle ne l'est pas tellement qu'on ne puisse la retrouver. Mon front se couvre de rougeur à cette pensée. J'ai épousé Alice de Lostange pauvre et abandonnée, je ne l'eusse pas fait si elle eût été riche des bienfaits de celui qui l'avait outragée. Et mon fils, à qui je cherche à donner des goûts modestes et l'amour du travail, que deviendrait-il s'il se trouvait de la fortune sans l'avoir gagnée? Il perdrait la force et l'envie de se distinguer dans quelque carrière honorable : la fortune égarerait sa jeunesse. Non, Monsieur, il faut que vous me pardonniez de vous refuser.

— Hélas! je ne pourrai donc jamais faire un noble usage de cette fortune? dit Roger.

— Vous pouvez faire des heureux, reprit Emmanuel

d'une voix consolante; donnez à ceux qui souffrent, vous ne serez jamais assez riche : tant d'orphelins n'ont ni pain, ni moyen d'en gagner! tant de vieillards n'ont pas d'asile! Si vous y consentez, je vous enverrai un homme respectable, qui ne vous parlera ni de punition ni d'enfer, mais qui vous enseignera à placer dignement vos bienfaits; et si vous devez nous précéder dans la route où chacun doit passer, vous vous endormirez avec la certitude que Dieu pardonne à qui se repent, et que l'homme charitable est sûr de sa miséricorde.

— Ah! ne vous reverrai-je plus? s'écria Roger; du moins envoyez-moi cet homme si digne dont vous venez de me parler...

— Il sera ici ce soir; il ne vous quittera que quand vous le voudrez.

— Embrassez votre fils pour moi, balbutia Roger.

— Je ferai mieux, répondit doucement Emmanuel, je lui apprendrai à prier pour vous; je lui dirai que vous étiez mon ami, que nous nous sommes retrouvés trop tard.

— Serrez donc ma main mourante, balbutia Roger, dont le regard s'était ranimé et de qui la figure avait repris pour un moment l'expression qui y donnait tant de charme.

Emmanuel prit la main que lui tendait le marquis, lui dit adieu, ou plutôt au revoir.

— Courage pour vivre ou pour mourir, ajouta Emmanuel. Croyez-moi, dans ce moment vous êtes digne de la clémence de Dieu, qui, moins impitoyable que les hommes, ne demande qu'une minute de sincère repentir. Vous faites plus que vous repentir, puisque votre dernière pensée est pour faire des heureux.

— Adieu donc, soupira Roger, adieu, vous qui avez réparé si généreusement mon crime. La Providence vous a déjà récompensé en vous rendant l'époux d'Alice ; et vous restez l'heureux possesseur des deux trésors qu'elle m'avait donnés. S'il se peut, parlez quelquefois de moi à mon fils, et que ses vertus plaident pour les erreurs de son père.

— Vous vivrez, j'ose encore l'espérer, s'écria Emmanuel ; mais si, malgré nos prières, vous arrivez trop tôt à ce passage terrible, je vous le jure, Roger, j'apprendrai à votre fils le chemin de votre tombe ; les bienfaits que vous voulez répandre l'indiqueront aux malheureux: Dans quelques heures, vous aurez près de vous l'homme respectable dont je vous ai parlé ; il vous soutiendra, il vous consolera, et, si vous le désirez, je reviendrai aussi.

— Merci, dit Roger ; le spectacle de ma mort pourrait vous affliger. Je ne veux pas troubler le bonheur que vous méritez si bien. ? . . . . ? .

— Pauvre insensé ! s'écria M. de Marigni en tombant, accablé et les yeux remplis de larmes, sur le fauteuil où son ami avait passé tant d'heures de souffrances. Il n'est plus ! Tout est donc fini sans retour ! Et je ne lui ai pas serré la main une dernière fois ! Il est mort sans que son premier et peut-être son unique ami fût là pour recevoir son dernier soupir ! Cependant il a songé à moi ; il m'a choisi pour accomplir ses dernières volontés, parce que j'étais l'homme, assure-t-il, qu'il estimait le plus... Il est mort dans ce lit, ajouta Armand en y jetant un regard mélancolique, et j'ignorais même qu'il fût malade, puisque j'évitais de prononcer son nom. Cependant lui m'a écrit de sa main mourante... Ah ! pourquoi ne l'ai-je pas revu ! Pourquoi me suis-je fait son juge !... En avais-je le droit ?

Armand s'oublia longtemps dans une triste et profonde rêverie dont Baptiste le tira en entrant.

16

— Vous étiez là, Baptiste, quand votre maître a fini?

— Oui, Monsieur, je l'ai vu mourir, répondit d'une voix brisée le vieux serviteur, et je puis assurer que ce n'a pas été son plus triste moment. Jamais je ne l'avais vu plus calme, plus résigné; et quoique M. le marquis fût cruellement changé, eh bien, quand tout a été fini, il était beau, réellement beau, comme avant ses tourments; car il en a éprouvé que j'ignorais, et d'autres assez visibles. Un bon prêtre l'a assisté et l'a suivi jusque là-bas; voyez-vous, monsieur Armand, ce petit cimetière placé au milieu des bois. Mon pauvre maître est là.

— J'irai, Baptiste, j'irai; la tombe de Roger ne sera point négligée.

— Vous ne serez pas le seul qui la visiterez, Monsieur, et déjà, le jour de l'enterrement de mon pauvre maître, M. de Fargy, le propriétaire de la maison voisine, y était avec son fils, un bien joli enfant, que mon maître aimait beaucoup.

« M. de Sommerville était mon ami, disait M. de Fargy. Aussi, mon enfant, dans la saison des fleurs, tu en apporteras sur cette tombe. »

L'enfant l'a promis, et tous deux ont longtemps prié sur la terre encore fraîche qu'on venait de jeter sur mon pauvre maître.

Armand ne témoigna aucun étonnement, mais il admira la Providence, qui avait rapproché Roger de son fils.

— Baptiste, dit M. de Marigni, venez écouter la lecture du testament de votre maître. Après avoir donné son âme à Dieu, son âme épurée par le malheur, il vous lègue une pension annuelle de deux mille quatre cents francs, qui doit retourner, après vous, à un hospice de vieillards. Il constitue de plus une rente de vingt mille francs pour doter, chaque année, six jeunes filles; une autre pareille pour mettre, aussi chaque année, dit jeunes enfants de sept ans en apprentissage. Le reste de sa fortune est léguée aux hôpitaux. A moi son portrait, fait à l'âge de dix-huit ans, lorsqu'il venait de sortir du collége ; ses bijoux, et les objets d'art qu'il a rapportés d'Italie.

— Pauvre maître, balbutia le vieux Baptiste en pleurant, je me reproche d'avoir trop souvent blâmé...

— Ne parlons plus de lui que pour le recommander à Dieu, interrompit M. de Marigni d'une voix grave.

Baptiste s'inclina, et présenta à M. de Marigni une lettre arrivée récemment pour son maître. Comme exécuteur testamentaire, Armand crut devoir l'ouvrir ; elle contenait ce qui suit :

« Mon toujours cher et bien-aimé Roger, aussitôt que j'ai acquis la certitude que cet indigne Agénor m'avait trompée sur votre compte, et après m'être laissé enlever une partie de ma fortune, je suis accourue à Paris, où j'ai appris que vous étiez malade à la campagne. Je n'attends qu'un mot pour voler dans vos bras et vous consacrer le reste de ma vie.

« CÉPHISE, comtesse DE VATRY. »

M. de Marigni connaissait assez madame de Vatry pour ne pas hésiter à lui envoyer, pour toute réponse, un billet de faire part qui lui apprenait la mort de M. le marquis Roger de Sommerville.

FIN

Imp. Eugène HEUTTE et Cⁱᵉ, à Saint-Germain.

www.ingramcontent.com/pod-product-compliance
Lightning Source LLC
Chambersburg PA
CBHW072120020726
47501CB00003B/899